隠れΩの俺ですが、執着αに絆されそうです

CHARACTERS

畑仲 翔
［はたなか かける］
私立椿山学園に通う青年。
一見αのようだが実はΩで、
周りにはそのことを隠している。
宮本 雄大
［みやもと ゆうだい］
『運命の番』を探して椿山学園に
入学した、高等部からの編入生。
翔をαだと思って友人になる。

本間 清二郎 ［ほんま せいじろう］
翔、猛と中等部からの友人。
柔和で気遣い上手。
里見 猛 ［さとみ たけし］
翔の幼馴染。
気性は荒いが根は悪い奴ではない。
戸塚 ［とづか］
翔たちのクラスメート。
畑仲 慶 ［はたなか けい］
翔の弟。兄を慕っていたが、
ある事情で険悪な仲に。

目次

隠れΩの俺ですが、執着αに絆されそうです

プロローグ

——ふいに、甘い香りがした。

その脳まで蕩(とろ)かしそうな甘い香りを嗅いだ瞬間、ぶわりと全身に鳥肌が立つのがわかった。からからに口の中が渇くのと同時に激しい恐怖心が体の奥底から湧き上がり、まるで凍えたように震えがとまらない。

それなのに一方で俺の体は熱く火照(ほて)り、いますぐにでもその香りの主に蹂躙(じゅうりん)されることを望んで、腰砕けになっていた。

湧き上がる性衝動は、いままで味わってきたそれとは比にならないほど強力な、獣的なもので。

下肢はズボン越しでもわかるほど熱く昂ぶり、孕(はら)んだ熱を香りの主の手で吐き出してもらいたいのだと……俺の意思などどうでもいいのだと言わんばかりに、激しく自己主張していた。

屈服したい。

犯されたい。

うなじを噛んで——番(つがい)にしてほしい。

体全体が、本能が、そう叫んでいるのがわかった。

恐怖と、それと同じくらい強い性衝動。

錆ついたように緩慢な動作でなんとか首を動かして、香りの発生源を確かめる。

その姿を見るなり、俺は一層強くなる衝動に逆らって、残った理性で動かない足を必死に動かし、その場から逃げ出した。

「――待って！　俺の運命！」

簡単には追いつけないほどの距離から、それでもはっきり聞こえてきた、この声は。

かろうじて判別できた、あの顔は。

――目深に帽子をかぶっていて、よかった。

こちらからは向こうの顔を判別できたが、帽子のおかげでこちらの顔は認識されていないはずだ。

俺は帽子を深くかぶり直し、否応なしに漂いくる香りを鼻をつまんで遮断しながら、安全な場所を目指してただただ足を動かす。

目からは、いまだ体内で燻る性衝動からか、恐怖からかわからない涙が次々あふれ出てきて、とまらなかった。

男、だった。

俺の運命の番は、男だった……！

――それは俺にとって、到底受け入れられない事実だった。

第一部

この世界には二つの性のかたちが存在している。

一つは先天的な男女という性別。

そしてもう一つ……第二の性とも呼ばれる、バース性。

後天的な性であるバース性は成長期と共にその特徴があらわれるようになり、一定の年齢で行なわれる検査によって判明する。その性によって、人間の生殖対象は限定されることとなる。

先天的性な男女という二種の性に対し、後天的性であるバース性は、「α」「β」「Ω」の三種。

ほとんどの人間はβと呼ばれる、いわゆる普通の人間である。βはβ同士、そして先天的性である男と女の組み合わせでのみ生殖を行なう。男が女を孕ませ、女が子どもを産む。

一方、αとΩは全人口の一割程度しか存在しない、希少な性だ。単に珍しいというだけではなく、「α」は遺伝的に特別優秀と言われ、そのわずかな人口にもかかわらず富裕層の多くを占めている。

αとΩの生殖は先天的性に左右されることはないが、α同士やΩ同士、またβとの生殖もできず、αとΩが番となって行なわれる。

人間は成長期になると、性別によってさまざまな身体的特徴があらわれるようになる。

生まれつき表出している男女の性器の違いに加えて、男であれば声が低くなり屈強に、女であれば乳房が出て華奢に。

そしてαかΩのバース性を持つ者は、先天的性徴とはまた別にバース性特有の生殖器官が発達していく。それにともない、男女の特徴に加えてバース性の特徴が見た目にもわかるくらいにあらわれるようになる。

αは背が高くがっしりとして精悍になり、Ωは比較的体が小さく、線が細くなる。男であってもΩであれば、乳房こそないものの女のように柔らかく、か弱い。

個人差はあるが、ただでさえサンプルの少ないαとΩのなかで、その特徴から大きく外れる者はほとんどいない。

バース性が判明するまでは自分が生殖可能な相手がわからないせいで恋愛もままならないうえに、判明したら判明したで、人生の途中で新たな性のかたちに強制的にカテゴライズされねばならないことを嘆く奴もいる。

けれど俺は、自身のバース性が判明するまでは、そのことに特別不満なんか抱いたことはなかった。高い身長に、周りから評価される容姿。運動神経も、勉強の成績も、物心ついた時からずっと優秀だと言われ続けていた。

俺は、自分が恵まれた人間であることを知っていたし、バース性が判明しても、当たり前にその幸運を享受できると思っていた。

「もうすぐ、バース判明するなあ」

「よっしゃ！　これで恋愛解禁！　早速可愛いΩ食って、童貞捨てるぞー。目指せ、百人斬り！」

「うわ、猛くん。その発言サイテー」

「うっせぇ、清二郎。お前は黙ってろ。俺は翔に言ってんだよ」

いつも笑っているように細められている目をさらに細めて、揶揄するように茶々を入れた清二郎を、黒目がちの大きな目で不機嫌さを露わに睨む猛。

すっかりお決まりとなったテンポのいいやり取りに、苦笑いが漏れる。

「……いや猛、お前、その発言に関して言わせてもらえば普通に最低だぞ。ヤリ捨てする気満々じゃねぇか。あと、検査までαかどうかなんてわからないだろ」

「清二郎はともかく、俺と翔がαじゃねぇわけねぇだろ。清二郎はともかく」

「なんで二回言ったし。……まあ、ちびな猛はともかく、翔は間違いなくαだろうな。見た目からしても、優秀さからしても。いつも自分はβじゃないかって、謙遜してるけどさ。知ってるか？ クラスでΩ判明した奴で、翔の検査が終わるの待ちわびてる奴多いんだぞ。鈴木なんて、お前がα判明したら速攻コクるって息巻いてるし。……気をつけろよ。あいつ、お前が好きすぎて、手段選ばず既成事実作ろうとしてくるかもしれないから」

「俺はちびじゃねぇ！　これから伸びるんだよ！　翔と同じくらいに！」

仲良く喧嘩をしながらも、それぞれ俺をαと信じて疑わない二人の言葉に、少しだけ居心地が悪い気持ちになった。

「……俺としては、自分がβな気がして仕方ないんだけどな。あと、好いてくれる気持ちはありがたいけど、俺は女のが好みだ」

「男女縛りがあるβならともかく、Ωなら男も女も変わんなくねぇ？　みんな骨細で、小さいし。特に鈴木なんか、もろ女みてぇな顔だしよ。むしろ男のΩのが、穴が狭くて気持ちいいって話だぜ？」

猛の生々しい言葉につい嫌な顔をしてしまいそうになる。男を抱くαの姿も、男に抱かれるΩの姿も、考えただけで気分が悪い。特に自分が誰かに抱かれることを少しでも想像すれば寒気がするくらいに。

それをフォローするかのように、清二郎が俺の肩を叩いた。

「いや、俺は翔の気持ちわかるね。いくら生殖に問題なくても、男におっぱいはない。あのふくらみは、男の浪漫だよな」

「……どっちが最低だよ、清二郎。このおっぱい魔人が」

噛みつく猛を適当にいなしながら、清二郎は猛に見えないようにそっとウィンクした。

――助かった。猛は清二郎には噛みつくだけだけど、俺があんまり自分の意見に反する反応ばっかしてると、拗ねまくって面倒くさいことになんだよな。そこがまあ、こいつの可愛いとこでもあんだけど。

幼稚園からの幼馴染の里見猛。

一般家庭から特待生として入学し、中一の時に同じクラスになってすっかり仲良くなった、気遣い屋で優しい本間清二郎。

全寮制の男子校ゆえの窮屈さは皆無というわけではないが、気の置けないダチである二人がいつもそばにいてくれたから、俺――畑仲翔にとって、学園生活はとても楽しいものだった。

「――おかえり、兄ちゃん！」

たまの休暇で家に帰ると、いつも優しい家族が温かく迎えてくれた。

「ただいま、慶」

飛びつこうとしてから恥ずかしくなったのか、中途半端に伸ばした手を引っこめた慶の頭を、がしがしと撫でてやる。

「もう俺も高学年なんだから、子ども扱いすんなよ」

抗議の声をあげながらも、長い睫毛を震わせてうれしそうに目を細める慶の姿に、俺までつられて笑みが零れた。

「あの、さ。兄ちゃん……もうすぐ、兄ちゃんのバース性の検査、だろ？」

「ああ、それがどうかしたか？」

「兄ちゃんがαって確定したら、正式に兄ちゃんがうちの会社の跡継ぎに決まるわけだけど……そうなったら、俺を兄ちゃんの右腕にしてくれる？　俺、いまより一生懸命勉強するからさ」

そう言って照れ笑いしながら頬をかく慶の姿は、我が弟ながらとても可愛い。

けれど猛や清二郎だけでなく、慶まで俺をαと信じて疑わないことに、ほんの少し胸が痛んだ。

「なんで、俺がαな前提なんだよ。俺がβで慶がαだったら、必然的にお前が跡継ぎになるのに」

「兄ちゃんがαじゃないわけないって！　……俺がαな自信もないし。とにかく、俺は将来右腕として跡継ぎの兄ちゃん支えるつもりだから、兄ちゃんもそのつもりでいてな！」

強く言いきった慶に何も言えないでいると、なかなか玄関から動かない俺たちにじれて、二人して迎えに来た両親が声をかけてきた。

「おかえり、翔。翔が帰ってくるっていうから、父さん必死に仕事を終わらせて、休みをもぎとったぞ」

「今日は翔の大好物たくさん用意したからね。バース性が判明したら、その時はまたお祝いに、たくさんごちそうを作らないと」

日本でも有数の医療機器メーカー「ハタナカ」の経営者として日々精力的に働きながらも、家族を第一に考えてくれるαの父さん。

いつだって俺と慶を、温かく優しいまなざしで見守り続けてくれるΩの母さん。

そして、少し生意気になってきているけど、それでも俺を慕ってくれる可愛い弟の慶。

国有数の大企業であるハタナカを、将来的に俺か弟の慶が継がなければいけないというプレッシャーはあるものの、それでも俺は確かに恵まれた、幸福な子どもだった。

男性に性欲を向けられない、という自らの性癖について多少思うところはあったけれど、それでもきっとそれはバース性さえ判明してしまえば、些細なことで。

これからもずっと、この変わらない幸福な日々が続いていくのだと、根拠もなく信じていた。

だけど、バース性が判明したあの日。幸せな俺の世界は、音を立てて崩れた。

◆

「畑仲さんのバース性が判明しました。畑仲さんはΩです」

「え……」

想像もしていなかった医師の宣告に、口の中が渇いた。

「冗談、でしょう？　俺の体格を見てください。身長だって一八〇超えてます。こんなΩなんて、いないでしょう？　Ωは普通もっと小さくて華奢で……」

「――おそらく、発達性バース適応障害ですね。生殖器の成長に伴って生成され、体型や性指向に影響をもたらすはずのバース因子が、なんらかの原因で脳に到達することがないまま、汗や、尿、精液などと共に体外へ排出されてしまうことで起こると言われています。全人口の一割しかいないΩの中でもかなり珍しい症例なので、あまり詳しいことはわかっていないのですが」

俺の動揺をよそに、医者は物珍しそうにこちらを見ながら、淡々と絶望的な言葉を告げた。

「でも俺は……その、女性愛者です。多分、きっと女性だけです。それって普通、β男性の特性でしょう？」

周りからαであることを期待されているのに、バース性にかかわらず女性しか性的な対象に見られないことがいままでの俺の悩みだった。

もし俺がαだったら、男性のΩを愛せないことは異常なことだから。

けれど、βだったら普通のことだ。だから、今日俺はβと診断されることを期待してここに来たのに。

——それなのに……俺がΩ？

悪い冗談にもほどがある。……頼むから冗談だと、言ってくれ。

「それもバース因子がうまく機能していないせいでしょう。いまの畑仲さんには、先天的性である男性的な特徴が強く出ているようですから、性指向も同様にβ男性のような女性愛者に近いものになっているのでしょうね。——まあでも、Ωとしての生殖器自体は、妊娠出産がまったく問題ないくらい成熟していますので、αとの性交渉に問題はありません。性交渉を重ねればバース因子の活動が活発化しますから、徐々にΩ性の指向へ戻れますよ。既に発達してしまった筋肉や身長はどうしようもないですが、αの好みもそれぞれですから安心してください。ああ、なんなら畑仲さんさえお望みであれば、知り合いのαを紹介しましょうか？」

震える声で告げた告白に返ってきた医師の無神経な言葉の数々は、俺にとっては死刑宣告も同然だった。

——俺に、抱かれろというのか。

抱かれ、孕(はら)まされる姿こそが、本来の姿だと。

そのために、一時の生理的嫌悪など我慢しろと。そして本来の姿に戻るべきだと、そういうのか。

そう——αとΩが生殖を行う場合、先天的な男女性は関係ない。

子を孕(はら)み生み出すのは、Ωの役割だ。相手のαが男であろうと、女であろうと、抱かれるのはΩ

のほうなのだ。

「……畑仲さん？　顔色が悪いですよ」

「……これで、診察は終わりですよね。……失礼します」

ふらつく足取りでその場を後にし、すぐにトイレに駆けこんで嘔吐した。胃酸でひりつく口内を、手洗い場の水で洗い流しながら、目の前の鏡を睨みつける。

鏡に映るのは、短い真っ黒な髪をした大柄の男。

切れ長な目で鼻筋もそれなりに通っているから、端整な顔立ちをしているとはよく言われるが、どこをとってもΩらしい女性的な愛らしさからはほど遠い。

映った姿を隠すように鏡に手を当てて、一人唇を噛みしめながら呻く。鼻の奥がつんとして、気を抜けばそのまま泣いてしまいそうだった。

自分をβだと信じて生きてきた。そうでなければ、きっと女性愛者のαだと。

Ωだけはありえない。そう思って生きてきたのに。

βにしろ、αにしろ、将来は可愛らしい小柄な女の子と結婚することを夢見ていた。

子どもは二人、上は男の子で、下は女の子。バース性はなんでもいい。健康で健やかに育ってくれれば。……そんなことをずっと思っていたのに。

それなのに、俺は抱かれることでしか子どもを作れないだなんて。

自分がαの性器に貫かれて喘ぐ姿を想像した瞬間、またも吐き気がこみ上げてきて、俺は再びトイレに駆けこんだ。

固形物が何もなくなった胃から、ただ胃酸だけがせり上がってきて、食道を焼く。

気持ち悪い。気持ち悪い。気持ち悪い。

自分自身の体がいやでいやで仕方ない。

こんな考えも、αに抱かれさえすれば、消えるというのか。

αの性器に貫かれ喜ぶことが、当然だと思うようになるのか。

そうなってしまえば——もはやそれは俺ではないのではないか。

風邪を引いた時のようにがくがくと震えがとまらなくなり、俺はその場に崩れ落ちた。トイレの床に膝をつくことを忌避(きひ)する余裕もなかった。

怖い。怖い。怖い。

俺は……俺で、いたいのに。俺のままで、いたいのに。


少し落ち着くのを待って、病院を後にした。

本当は実家に帰るつもりだったが、急遽用事ができて帰れなくなった旨を、震える手でスマートフォンに打ちこんでメッセージを送った。

いま帰宅したら、動揺のあまり両親を責め立ててしまいそうで。このぐちゃぐちゃの気持ちが整理できるまで、顔を合わせられる自信がなかった。

——早く。早く、学園に帰らなくては。他の人間が、俺の香りに気づく前に。

Ωは、香りでαを誘う。

Ωの身体から発せられるフェロモンには特有の香りがあり、αの人間を性的に興奮させるのだという。

といっても周期的に訪れる「ヒート」と呼ばれる発情期でなければ香りは薄く、そうそう周囲のαの性衝動を刺激することはない。それにΩ同様に希少なαとそう簡単に遭遇するとも思えない
それでも、やっぱり怖いものは怖い。αに見つかることも、周囲の人に俺がΩであることを知られて、好奇のまなざしを向けられることも。

かぶっていた帽子を目深(まぶか)にかぶり直し、周囲に顔が見えないようにして、学園へ向かって必死に足を進めた。学園の中なら、安全だ。

学園の中なら、ちゃんと対策が施されている。「セントラルディスタービングシステム」によって。

「セントラルディスタービングシステム」――それは俺が通う全寮制の学園、椿山(つばきやま)学園の売りであり、いまの俺にとって最大の救いである特殊な設備だ。

Ωの纏う香りはαの性衝動を誘発する。特にヒートの時に発せられる濃いフェロモンの香りは、αの理性の箍(たが)を簡単に外してしまうくらい強力な催淫効果を持っている。

そのため、学園の外ではヒートにあてられたαが望まぬΩを強姦したり、逆にΩがαを意図的に罠にはめたりという、悲劇的な事件が後を絶たない。

そんな事態を防止するべく学園が導入した画期的なシステムが、「セントラルディスタービング」だ。

仕組みは至って単純。空調から敷地内すべてに特殊な気体を拡散させ、その気体により、鼻腔内

にあるバースを感知する器官のみを限定的に麻痺させる。他の嗅覚は正常でありながら、バース性によるフェロモンの香りだけ感じなくさせるのだ。

人体にはまったくの無害で、ちまたに出回る抑制剤のように副作用があったり、効き目に個人差があったりもしない。気体の摂取をやめれば、すぐ正常にもどる夢の機能。

これにより、学園内での不幸な事件は、一気に減少した。

この最新システムはバース研究の先進国である西欧の国、ネトラントが特許をとっており、関税など諸々の都合ゆえに実用に伴う費用が高く、日本では巨額の設備投資が可能な施設にしか導入されていない。セントラルディスタービングシステムを導入している近隣の学校は、富裕層の子息ご用達の椿山を除けば、姉妹校で女子校の百合川学園くらいだ。

自分が女性愛者だと思っていただけに、初等部からのエスカレータ式で、男子校である椿山に通い続けるべきか迷っていた時期もあったけれど、あの時実家から通える公立校に進学する道を選ばなくて本当によかった。「お前が中等部に進学しないなら、俺も行かない！」と猛が拗ねて喚いた末に、最終的に猛の親父さんまで出てきて説得された時は正直呆れたけど、いまは猛と親父さんに感謝したいくらいだ。

知らず知らずのうちにこめかみを伝っていた冷たい汗を、手の甲で拭う。

学園ならば安心だ。学園ならば、誰も俺がΩだなんて気づかない。……だから、早く。早く、学園に。

「……あ」

——その時、鼻孔に飛びこんできた甘い香りと絶望を、俺はきっと一生忘れはしないだろう。

香りの主は、背が高くて体格のいい男だった。もしかしたら、一八〇ある俺よりも、なお男らしい体型かもしれない。

肉食獣と遭遇した小動物のように、俺を運命と呼び追いすがる男から、ただただ必死に逃げる。

違う。違う。違う。

俺じゃない。俺は、違う。

俺は……運命のΩだなんて、そんな存在じゃないんだ！

男からというよりも、突如振りかかった残酷な運命から逃れるように、俺は一心不乱に足を動かした。

「……よかった。撒けた……」

学園の中に飛びこみ、そのまま人影のない校舎に逃げこむのに成功した途端、俺はその場に崩れ落ちた。

先ほどまでの性衝動が嘘のように静まっていることに安堵しながら、荒い息を整える。

「……運命の番（つがい）なんて、本当に出会うことがあるんだな」

「運命の番（つがい）」――それは、αとΩにだけ存在する、ある関係の俗称。

αとΩには、遺伝子的に体の相性がいい相手、というものが存在する。

本来ならばヒート時の濃いフェロモンの香りを嗅いだ時にのみ生じる強い性衝動が、どんな時であろうとただお互いの香りを嗅いだだけで生じるという、世界に一人のそんな相手。それを人々は、面白おかしく運命などともてはやしているのだ。

思わず、口から乾いた笑いが漏れた。

「運命？　これが、俺の運命だっていうのか？」

運命の番(つがい)。お互いの匂いを嗅げばすぐにわかるという、まさに運命のカップル。世界で唯一のベターハーフ。

一生探しても見つからないことが多いとされるそんな相手を、バース性が判明したその日に見つけてしまうだなんて……俺はなんて「幸運」なんだろう。

「……その運命とやらは、どこまで俺をΩにしたいんだ？　……勘弁してくれ」

そんな自嘲の言葉を口にしたら、とうとう耐えきれなくなって。

俺はうずくまって、一人子どものように泣いた。

◆

「おはよう。翔」

「おはよっ！　翔。二日ぶりだなー」

休日明け。いままで普通に接していたダチが、まったく違う異質な人間に見えた。

「……おはよう」

「あれ、翔。なんか顔色悪くないか？」

「本当だ！　おい、大丈夫なのかよ」

俺のわずかな変化にすぐ気がついて声をかけてくれる清二郎と、我がことのように心配してくれる猛。

何も変わらない。休み前と、何も変わっていないはずなのに。

「……ちょっと、なかなか寝つけなくて」

「あー、わかった！　バース性が判明して、興奮してんだろ。わかる、わかる。俺も今日からのモテまくりヤリまくりの日々を想像したら、昨日はなかなか寝つけなかったし」

「翔を猛と一緒にするなよ……。まあ、でも改めてバース性が判明すると、やっぱりいろいろ考えちゃうよな。実は俺も寝不足」

「……お前らも、昨日が検査だったんだっけ」

俺の言葉に、猛が得意げに胸を張った。

「おう！　やっぱり、αだったぜ。まあ、当然だけどな！」

隣で清二郎が、少し照れくさそうに笑った。

「ちょっと意外だったけど、俺もαだったよ。うっかりβの子好きになったりしないように、気をつけないとな」

清二郎はひょろひょろしているけど俺と変わらないくらい身長もあるし、いつも目を細めていて少し地味な印象はあるが、それでも整った顔をしている。

猛は俺より十センチくらい背が低いけれど、成長期で最近どんどん伸びているし、意外と筋肉質な体つきをしている。顔も、いまはまだ幼い雰囲気が残っているけど、そのうち男らしくなっていくだろう。

Ωであることはないにしても、βの可能性はあると思っていたが……やっぱり、こいつらは捕食者側の人間なのか。食われる立場である、Ωの俺と違って。

当たり前のように自分のバース性を受け入れている二人が眩しくて、そして妬ましかった。

「それで、翔は？　やっぱりαだったよな」

当然のように俺をαと信じて疑わない猛に、本当のことなぞ言えるはずがなかった。

「……ああ。αだったよ」

授業がはじまっても、内容がまったく頭に入ってこなかった。ひたすらただ頭を占めるのは、バース性のことばかり。

バース性検査は同時期に実施されるから、俺たちのようにこの休日でバース性が判明した生徒は多く、何人かの生徒が自らのバース性を公言していた。

背が高くたくましい体格の生徒は、αか、もしくはβ。

華奢(きゃしゃ)で可愛らしい雰囲気の生徒は、Ωか、もしくはβ。

βだったことに驚く生徒こそいても、俺のようにαに近い見た目でΩであったと発覚した生徒はいない。

当たり前だ。本来なら中等部であるいまの時点でも、バース性はある程度身体的特徴に反映されている。俺のような例が、よほど特殊なだけだ。

成長期が遅く、現段階でΩに見えるαはごくわずかに存在するかもしれないが、その逆は普通ありえない。

——いや、公言してはいないだけで、本当は俺のような生徒もいるのだろうか。自分が異質な存在だと、周囲に知られたくないあまりに。

そうであってほしいと、祈るように思う。俺だけじゃないと、思いたかった。

数日前と同じ日常が続いているのに、自分がどうしようもなく異質で孤独な存在に思えて仕方なかった。


「畑仲くん。話があるんだけど」

クラスメイトの鈴木から呼び出しを受けたのは、その日の放課後だった。

上気したバラ色の頬に、何かを期待するような潤んだ瞳。事前に清二郎から話を聞いていたこともあり、昨日までの俺だったら、下手に期待を持たせないよう、その時点で呼び出し自体を断っていたかもしれない。

けれど、鈴木は多分Ω。……俺と同じバース性だ。

気持ちに応えることはできないが、これをきっかけに親しい友人になれれば、いまの状況も何か変わるかもしれない。そんな打算もあって、呼び出しを受けることにした。

「あのさ。……俺、昨日バース性の検査を受けてきたんだ。正式にΩであることが判明したよ」

「……そうか」

案の定だった。鈴木は小柄で、女と見違えるくらいに可愛らしい見た目だから、納得しかない。……俺と、違って。

鈴木は男にしては襟足の長い髪をかき上げて、その白いうなじを晒した。

「だから、畑仲くんにここを噛んでほしくて。……どうか、俺を畑仲くんの番にしてください」

「番」――それはαとΩにおいて、絶対的な性行為のパートナーのことだ。

αは、Ωを「番」にしたい時――否、ヒート期間のΩが自分に抱かれなければ満足できなくなるような、強制縛りプレイを望む時、性交中にΩのうなじを噛む。

うなじに存在するΩ特有の器官が、αの唾液に含まれる特殊な成分を受け取ることで生殖器官に特別な働きかけをし、唾液の主と同じ遺伝子を察知した時にしか「イけなく」させるのだ。

そのため、番ができたΩは番以外のαとはどれだけ性行為をしても満たされることがなくなる。

番の匂いがついて他のαへの牽制にはなるが、それでもΩにとってデメリットが多い行為だ。

αにとっては番のΩを縛りつけられるうえに、他のΩの匂いにあてられにくくなるという、メリットばかりの行為ではあるが。

そんな行為を自ら望む鈴木の気持ちが理解できなかった。

そもそも俺たちはまだバース性が判明したばかりの学生だ。仮に俺がαだったとしても、誰かを一生縛る契約を結ぶだなんて重すぎる。

「番契約だなんて、俺たちにはまだ早いだろ。もっと自分の体を大事にしろよ、鈴木。……悪いけど、俺は学園在学中、誰とも番になる気はねぇから」

さすがに現時点で特別親しいわけでもない鈴木に、自分がΩであったことを打ち明けるわけにはいかない。俺を好きだと言ってくれた鈴木を、できるだけ傷つけないように言葉を選んで、続ける。

「ただ……気持ちはうれしかった。よかったら、これからはダチとして……」

「っ友達なんていやだ！」

「っ!?」

次の瞬間。タックルをするように抱き着いてきた鈴木によって、俺は床に押し倒されていた。

本来だったら、小柄で華奢な鈴木にぶつかられたところで、簡単に跳ねのけられた自信がある。だけど俺は自分のバース性のことで思い悩むあまり寝不足だったし油断していた。

後頭部と背中をしたたかに打ちつけ、痛みに呻く俺の上に、鈴木は馬乗りになってきた。

「お前、何を考え……」

「友達なんかじゃ我慢できないっ！　好き、なんだ！　ずっと、畑仲くん……翔くんのことが好きだったんだ！」

泣きながら自分の上着を脱ぎはじめた鈴木を、俺は唖然として見上げた。

「他のΩに取られるくらいなら、いっそ無理やりでも子どもを作って……」

目に涙を溜めながらも、鈴木は蠱惑的に笑った。

見せつけるように、嫣然とその白い肌を晒していくその姿に、ぶわりと鳥肌が立つ。

——これが、Ωなのか。

こんな風にαを求めることが……抱かれ、孕まされるのが当然だと考えるのがΩの本質で、俺もそうならなければいけないのか。

鈴木と同じ行動を取る自分の姿が脳裏に浮かんだ瞬間、あまりのおぞましさに目の前が真っ白になった。

「……っやめろぉぉぉおおお！！！」

口から出た拒絶の言葉は、絶叫に近かった。鈴木本人ではなく、俺はただひたすらΩ性そのものに恐怖していた。

「――っおい、翔に何やってんだ！」

告白される俺の様子を興味本意に覗きにやってきた猛と、心配してそれについてきた清二郎がいなければ、俺はそのまま鈴木を突き飛ばして大怪我をさせていたかもしれない。

それくらいその時の俺は取り乱し、怯えていた。

◆

「……おい。本当に、なんのおとがめもなしでよかったのかよ」

ひどく不服そうにそう口にした猛に、俺は黙ってうなずいた。

「いいんだ。もう二度と近づかないって約束してくれたし……俺にした行為が広まることこそが、鈴木には一番堪えるだろうから」

俺の叫びを聞きつけてあの場に駆けつけたのは、猛と清二郎だけではなかった。好奇心で目を輝かせていた野次馬たちは、俺と鈴木の事件をあることないこと尾ひれをつけて広めるだろう。

清二郎のような奨学生でなければ、この学園に通う生徒の実家は大抵が裕福な富裕層ばかりだ。学園における生徒の評判は、下手をすれば親の事業にすら影響を与えかねない。

俺が学園に処分を求めずとも、きっと鈴木は親に自主退学させられるだろう。……そうでなくても、俺に拒絶されたことで鈴木はひどく憔悴して、あれ以来ずっと部屋に閉じこもっているようだし。これ以上の制裁は、どう考えても過剰だ。

「……お前がいいなら、いいんだけどよ」

ちっともいいと思っていない様子で、猛は忌々しげに舌打ちをした。

「バース性が判明した時は、これからは可愛いΩ食いまくりだって浮かれてたけど……今回のことで、認識改めたわ」

「………」

「Ωってのは、αに寄生するしか能がない、最低な奴らだよな。既成事実を作るためにこんな汚いことまで平気でしてくるんだからよ。子孫を残すためには仕方ないけど、番以外の相手とは極力関わらないで、α同士でつるんでよーぜ。な？」

猛の言葉は、憔悴する俺への思いやりから来ているものだとは、わかっていた。それでもその言葉は、まっすぐ俺に突き刺さった。

「猛……今回の件の加害者がΩだったというだけで、Ωを一緒くたに悪く言うなよ。何が悪いかは個人を見て判断するべき部分であって、バース性は関係ねぇだろ」

口から出た言葉は……猛に向けたものというよりもむしろ、俺自身に向けたものだったのかもしれない。

「つな、なんだよ！　実際あいつがΩじゃなかったら、翔は襲われてねぇだろ！」

俺からそんなことを言われるのを想定していなかったのか、動揺を露わにする猛に、内心の葛藤を押し殺して諭すような視線を向ける。

「それでも……バース性だけで人をけなすのは間違ってんだろ。お前の将来の嫁さんが同じ言葉聞いたら、きっと悲しむぞ」

綺麗事を口にしたが、胸に抱く本当の気持ちは、もっとどろどろした醜いものだった。

俺は、違う。同じΩであっても、俺は鈴木とは違うんだ。

あんな風に……抱かれて孕ま(はら)されるのが当然だなんて、思っている奴とは。

たとえ、Ω性に脳まで侵されたとしても——俺は絶対にあんな風にはならない……！

「——んだよっ……そんなにかばうくらいΩが好きなら、抱いてやりゃあよかっただろ！」

すっかり暗い思考に浸っていた俺は、猛が顔を真っ赤にして吼えたことで我に返った。

いまにも泣きそうな顔でこちらを睨む猛に、自分の言い方が悪かったことに気がつく。

「……いや、それとこれとは話が……」

「結局、お前がそうやって誰にでもいい顔してっから、勘違いしてつけ上がるんだろうが！　痛い目遭ってんだから、懲りろよ、馬鹿！」

目元をぐいと腕で拭いながら、猛は俺に背を向けた。

「馬鹿翔！　お前なんか、ヒート中のΩに無理やり咥えこまれて、責任取らされちまえばいいんだ！」

最後にそう吐き捨てると、猛はそのまま走って教室を出ていってしまった。

追いかけなければ、と思った。

直情型で意地っ張りな幼馴染は、俺が謝らなければ、いつだって自分から歩み寄ることができないことを知っている。いつだって俺たちの喧嘩は、俺が折れなければ終わらない。物心ついた時から、ずっと。

追いかけて、謝って。お前の気持ちはうれしかったよ。だけど、やっぱりΩを一くくりにするのは間違ってるとちゃんと伝えれば、猛はわかってくれる。なんだかんだで、根はいい奴だから。だから……

「……だけど、猛。俺は、Ωなんだよ」

踏みだしかけた足は、それ以上は動かないままで。俺はそのまま、その場に立ち尽くした。

在学中どれほどひた隠しにしたところで、卒業すれば、俺がΩであることはいずれみんなに知られることになるだろう。

たとえあいつ自身が気にしなかったとしても、全国に系列医院や施設を展開している里見グループの総本家、里見総合クリニックの跡取り息子のあいつには立場がある。どう考えても、いままで通りでいられるはずがない。

「いずれそうなるなら……いまでも一緒だよな」

むしろ、幼馴染離れをするなら、早いうちのほうがいいのかもしれない。

あと二か月もすればクラス替えがあるし、高等部に上がればさらに環境が変わって、新たな友人もできるだろうから。

『おとなになっても、おれたちはずっといっしょだよな』

幼い頃にした約束が脳裏に過ぎって胸が痛んだが、それ以上は深く考えないことにした。

◆

それから、俺が猛とつるむことはなくなった。

清二郎はあからさまに仲違いした俺たちのことを気にしていたが、俺が人を遠ざけたがっていることを察して敢えてよけいな口は挟まず、代わりに猛のほうを構ってくれた。

気遣い屋の清二郎らしい行動が、ありがたかった。……俺は、一人になりたかったから。

バース性を伝えたことがきっかけで、家族とも疎遠になった。

特に慶との関係は最悪で、かつて俺を慕ってくれた可愛い弟の面影は、もはやない。必然的に実家に帰ることもなくなり、俺が人と関わる機会は減っていった。

これでいい。……これが、いい。

人と関われば……自分がΩであることを、どうしたって思い知らされるから。だったら、一人でいるほうがずっといい。

翌年に猛と清二郎とクラスが別になったことで、俺の環境はますます一人になるのに都合がいいものになった。

高等部に進学してもこのまま一人で卒業までやりすごすつもりだったし、そうなるものだと信じて疑ってもいなかった。

――あの男に、再会するまでは。

◆

まだ慣れない高等部の教室。少しだけ顔ぶれが変わったクラスメイトの中には、猛と清二郎の姿もあった。

「よ。翔。……なんだか一年クラスが違っただけで、かなり久しぶりな気がするな」

遠巻きに俺を睨みつけている猛と違って、清二郎は以前通り気さくに話しかけてきたが、「ああ」とだけ返して黙りこくった俺に、すぐ苦笑いを浮かべた。

「来年成績維持できたら三年間一緒だし、まあ、そのなんだ？　……またよろしくな」

それだけ言うと、俺がよく知らない別のクラスメイトに呼ばれて、清二郎は行ってしまった。

高等部のクラスは中等部と違って成績順で、しかも二年から三年に進級する際のクラス替えはない。つまり順当にいけば三年間、猛と清二郎と同じクラスで顔を合わせ続けることになるのだ。その事実が、ひどく心苦しかった。

　俺を睨んでいた猛を昨年同じクラスだったのだろう生徒がからかい、キレた猛を清二郎があわてて宥める。けれど、からかった奴と猛は元々仲が悪くないのだろう。最終的に笑顔で肩を組まれ、猛は拗ねたように唇を尖らせていた。

　――一昨年までは、俺があそこにいたのに。俺がΩでさえなければ、たとえクラス替えで別れた期間があっても、いまもまたあそこにいられたかもしれないのに。

　未練がましい自分の思考に小さくため息を吐き、貼り出された座席表を見て自分の席へ向かう。

　隣の席の男は、栗色の髪をした背の高い大柄な男だった。

　座っていても大きいのだから、一九〇近くあるのではないだろうか。これだけ背が高いのなら目立つはずなのに、中等部で見た覚えはない。

　外部生だろうか？　珍しいな。

　――まあ、関わるつもりなんかさらさらねぇから、俺には関係ないけど。

　そのうち担任教師がやってきてお決まりの挨拶をしたあと、それぞれが自己紹介をする流れになった。自己紹介と言っても、ほとんどが中等部からの持ち上がり組だ。それこそ、外部生らしき隣の男くらいしか、目新しい奴はいないだろう。

「……畑仲翔だ」

　自分の番が回ってきた時は、ただそれだけ言って腰をおろし、あとはただぼんやりと時が過ぎるのを待った。

「――公立から進学してきた、宮本雄大です。町ですれ違った運命のΩを探しに、この学園に入学しました。もし心当たりがあるΩの方がいましたら、名乗りでてください。宮本の名にかけて、必ず幸せにします」

だから、隣の男がそう自己紹介した時、思わず椅子からずり落ちそうになった。

あわてて姿勢を正して、平静を装う。

口の中がどうしようもなく渇き、心臓がうるさいほどに脈打っていた。

いや、もしかしたら、偶然。偶然、お互いに同じような状況で運命の番と出会ったというだけで、こいつはあの時のαではないのかもしれない。そんな一縷の望みにかけて、隣の男を横目で観察する。

背は……やっぱり高い。がたいも、いい。顔は、くっきりと彫りが深くて、垂れ目の下に泣きぼくろがある。

評するなら、セクシーな男前ってところだ。少しカールがかった柔らかそうな栗色の髪が、危なげな雰囲気を和らげて親しみやすい印象にしている。

――こんな、顔だったろうか。そうだった気もするし、違ったような気もする。遠目で一度見ただけの相手だ。よく覚えていない。

仲良くなるつもりはなかったからろくに聞いていなかったが、ミヤモトの名がどうのこうの言っていた。ミヤモトと言えば、大手電子機器メーカーが有名だが、こいつはそのミヤモトだろうか。

ふと、隣の男の視線がこちらに向いて、どきりと心臓がはねた。

「翔君だっけ？　俺、わからないことばかりだから、いろいろ教えてくれるとうれしいな」

『――待って！　俺の運命！』

真正面から見た、その顔が。

改めて聞いた、その声が。

パズルのピースがはまるように、あの時の記憶と重なった。

「……ああ。よろしくな。宮本」

向けられた人懐っこい笑みに、声が裏返ることもなく、まっすぐ視線を返すことができたのは奇跡だった。

――落ちつけ。俺。挙動不審だと、かえって怪しまれるぞ。

心配せずとも、この学園のシステムは完璧だ。

現にこいつを前にしても俺の体はちっとも反応していない。こいつだってわからない……はずだ。

何故かじっと見つめてくる宮本の視線が痛くて、数秒のはずの時間がひたすら長く感じた。

「……翔君って、さあ」

――まさか、バレたか？　この一瞬で？　運命の番って、匂いなしで感知できるほど強烈なのか？

焦る俺とは裏腹に、宮本が口にしたのは意外な言葉だった。

「俺と同じαだよね？」

「……っ」

普段から言われ慣れている言葉ではあったが、まさか運命の番からまで言われるとは想定しておらず、思わず言葉に詰まった。

「……あ、ごめん。もしかして翔君、自分がαってこと秘密にしてた？　寄ってくるΩ対策に。だとしたら、俺、デリカシーがないこと言っちゃったね」

俺の動揺の理由を露とも察する様子もなく、決まりの悪そうな笑みを浮かべる宮本に、安堵で口元が緩んだ。

「……いや。別に公言もしてないけど、秘密にしているわけでもないから気にしなくてもいいぞ」

その時俺が宮本に向けた笑顔は、きっと心からのものだっただろう。

――なんだ。「運命」だなんて、大層な言い方をしても、しょせんはただ身体的相性がいいだけの関係。バースを感知できなくしてしまえば、この程度のものなのか。焦って馬鹿をみた。

「『同じαとして』、これからよろしくな。宮本」

ああ、やっぱり。「運命の番」なんて、くだらない。

◆

よろしくとは言ったが、当然ながら本当によろしくするつもりなんかなかった。

隣の席として話しかけられたら、適当に返事して、そのまま席替えまでやりすごすつもりだった。

そのつもりだったのに。

「ねえねえ、翔君。聞きたいことがあるんだけど」

「……お前さ。空気読めねぇってよく言われるだろ？」

「え？」

いつもそっけなく適当にあしらっているはずなのに、宮本は何故か俺に話しかけるのをやめない。

これも全て本能的に俺が運命の番だと察しているがゆえの行動だろうか？ ……いや、ねぇな。

まだ数日しか接してないが、もはや疑いの余地もない。

「？ 何、翔君。俺、なんか変なこと言った？」

むだに可愛いらしい、きょとんとした表情で首をかしげる宮本の姿に内心げんなりする。

こいつは、成績はいいかもしれないが相当のアホだ。そのうえおそらく、かなりのコミュ障だ。

俺があからさまに話しかけられたくない態度をとっているのに、さっぱり気づいていない。

「……なんでもねぇよ。それで、何が聞きたいんだ？」

苛立ちを露わに舌打ちしてみせても、宮本はまったく意に介する様子もなく、安心したように笑みを浮かべた。

「あのさ、セントラルディスタービングシステムの室外機ってどこにあるか知ってる？」

「……お前、それを知ってどうするつもりなんだよ」

「運命のΩ探しに役に立たないかなと思ってさ」

——絶対こいつにバレたくない俺からすれば、あまり協力したくない話だ。

こいつ、室外機を破壊して、セントラルディスタービングシステムを止める気じゃねぇだろうな。

高価なものだけにかなり厳重に管理されているから、絶対に無理だろうけど。

下手に隠して怪しまれても困るし、意図を探るために教えてやるのも手かもしれないが……

「……室外機があるのは、セントラルディスタービング効果が薄い屋外だ。お前とは同じαだから問題ないにしても、Ωの生徒が通りかかったら困るから案内はしない。勝手に一人で探せ」

宮本と初めて出くわした時、ヒートでない状態で、しかもあんなに距離があってなお、あれだけ効果があったんだ。どんなに薄かろうが、少しでも匂いがすれば絶対に俺が運命の番(つがい)だとバレる。それだけは絶対に避けたい。

取りつく島もない俺の言葉に、宮本は苦笑いを漏らした。

「……いや、翔君、ちょっと過剰反応しすぎじゃない？　ヒート中ならともかく、ただΩってだけじゃあ、そうそう反応しないって。そんなこと気にしてたら、学園の外じゃ生きていけないよ」

自意識過剰とでもいうようなその言い草に、心の底からイラついた。

「うっせえ。外部生のお前と違って、俺は慎重なんだよ。万が一だろうが億が一だろうが、不測の事態は避けたいんだ。他をあたれ」

「……ご、ごめん。翔君、怒った？」

「あのー、宮本君。よかったら、ぼくが代わりに案内するよ？　セントラルディスタービングシステムの室外機でしょ？」

焦る宮本に向かって、上目遣いで話しかけてきたのは、愛らしいと評判の小柄なクラスメイトだった。

「いや、俺は翔君に……」

「畑仲君は、ちょっと屋外出られない事情があるからさ。もうすぐ休憩終わるし、放課後はどう？ね？」

俺にとっては渡りに船の提案だった。

――まさか俺の事情を知っていて、かばってくれているのか？

心の中で感謝しかけてから、朝にその生徒と友人の会話を耳に挟んだことを思い出す。

『実はさー。ぼく、いまヒート中なんだよね』

『ええ!?　大丈夫なの、体きつくない!?　それともヒート抑制剤飲んでるの？』

『大丈夫、大丈夫。ぼくさあ、まだバース性が未発達とかで、抑制剤飲まなくても、ものすごくヒート軽いんだよね。ちょっと微熱っぽいくらい』

『ええ、いーなー。おれ、ヒート中とか立っているのもきついのに。抑制剤飲んでも副作用で気持ち悪くなるしさ』

『まあ、いまだけだろうけどね。……でもさあ、ヒートの症状が軽くても、匂いは十分なんだって』

『それって、最高じゃん！　じゃあ、もしかしなくても。今日来たのって……』

『そ。αの生徒システムの外に誘い出して、食べちゃおうかなって。在学中に優秀なα捕まえてくるように親からもきつく言われてるし、手段選んでられないんだよね。まずは既成事実作って、体から落としていくのが一番手っ取り早いから』

――なるほど。そこで白羽の矢が立ったのが宮本だったたというわけか。

感謝しかけたことを少しだけ後悔したが、逆にそのほうが変に恩を着せられなくてちょうどいいと思い直す。

名前も知らんΩのクラスメイトよ。そのまま宮本と番になって、こいつに運命の番云々の幻想を忘れさせてやってくれ。絶対に振り向くことがない俺を追いかけ続けるより、番になりたいと思ってくれるΩといたほうが、こいつにとっても幸せだ。きっかけは親に言われたからという不純なものかもしれんが、一緒にいるうちに芽生える情もあるだろ。

「……ありがとう。でも、ごめんね。やっぱり、俺は翔君に案内してもらいたいなーって」

――だから、頼むから、俺を巻きこまないでくれ。

何断ってんだよ。勝手によろしくしてろよ。

そんな気持ちを込めて、宮本を睨む。

「……なんでだよ。そいつに案内してもらえばいいだろうが」

「いや……だって、ほら。やっぱり、翔君はこの学園に入学して最初にできた友達だから。やっぱり俺、こういうのは友達に頼みたいなって」

――おい。いつ、俺とお前が友達になったんだ。たまたま隣の席で、少し話しただけだろうが。お前の友達のハードル低いな。

俺がそう吐き捨てるよりも、Ωのクラスメイトの反応のほうが早かった。

「じゃあ、ぼくとも友達になろうよ。それならいいでしょ。ね？」

「あ……その、えっと。やっぱり同じαだからこそわかり合えることもあるし……違うバース性だと、不純な気持ちが芽生えかねないというか……」

もごもごと宮本の口から発せられた拒絶の言葉に、内心舌打ちをする。

——失敗したな。同じαだからと近づいてくるなら、βを自称すればよかった。猛たちにαと言っちまった時点で周囲に広まってるから、いまさらにもほどがあるが。

「あー。宮本君、そうやってΩ差別するんだ。ひどい。ぼくは純粋に友達になりたいと思っているのに」

「ご、ごめん。……だけど、やっぱり運命の番に誤解されるようなことは避けたいというか……」

「ぼくが運命の番じゃないって保証はどこにあるの？　ねぇ。外で匂い嗅いで確かめてみてよ」

運命の番じゃないかって主張している時点で、純粋に友達になりたいって理論は崩れてる気がするんだが、まあいい。

涙目で頬をふくらませながら上目遣いに訴えるΩの生徒から顔を背けて、俺に助けを求めてくる宮本の視線を無視する。

——俺には関係ない。俺には関係ない。

そもそも、別に、こいつはダチじゃねぇし。幻滅して離れてくれたほうが、いろいろ都合がいいし。既成事実作って番になってくれれば、なお結構なわけだし。

——だから、そんな目で俺を見るな。宮本。俺にお前を救ってやる義理なんかないんだ。

「……翔君」

「っっっ……」

まるで捨てられた大型犬が訴えかけるような声に、とうとう耐えられなくなった。

突然立ち上がった俺に、Ωの生徒がぎょっとしたように目を見開く。

「……校舎の中からでいいなら、場所だけ教えてやる。あとは勝手に行け」

——馬鹿か。俺は
「……いやあ、翔君、本当ありがとうね！　助かったよ」

にこにこ笑いながら俺の背中をついてくる宮本の姿は、さながら散歩されている大型犬のようで、げんなりする。

ステイ。ゴーホーム。……そんな風に言えたら、どんなにいいだろうか。

このアホな大型犬が、今後も懐いてまとわりつくだろうきっかけを自ら与えてしまったことに後悔しながら、窓から室外機が見える場所を目指す。

——よくよく考えれば、俺も高等部に入りたてで、高等部の校舎はそこまで把握していない。それを理由に断ればよかったじゃねぇか。アホか、俺は。いや、正真正銘のアホの大馬鹿者だ。宮本のことを馬鹿にできない。

「……そういや、なんであいつが運命の番じゃないって思ったんだ？　匂いも嗅いでねぇのに」

せっかくだから少しでも情報収集をしておくかと問いかけた言葉に、宮本は得意げに口元を緩めた。

「いや見た目がさ。一度遠目で見ただけだけど、あそこまで身長低くなかったから、俺の運命の番。ぱっと見Ωだと思えないくらいの背の高さだったんだよね。顔見てないからたぶんだけど、おそらくβよりの見た目なんじゃないかな」

――さすがにあの距離でも体格はわかったか。明らかにΩには見えない身長だったとまではバレていないだけ、まだましだが。

「じゃあ、なんであんな曖昧な断り方したんだよ。運命の番じゃねぇってはっきりしてるなら、もっときつく嫌だって言えよ。外部生ならここ以上にΩのお誘い多かったんじゃねぇの？　いままではどうしてたんだよ」

もし、もっと宮本がはっきり拒絶できていれば、俺だって助けに入ったりせずに済んだだろうに。

八つ当たり交じりの俺の問いかけに、宮本は困ったように眉を八の字にした。

「うーん。……あの子は運命の番じゃないかもしれないけど、あの子の友達がそうかもしれないし。そうじゃなくても運命の番が俺を見てるかもしれないから、うっかり嫌われちゃうような言動したくなくてさ」

――その「運命の番」とやらが、すぐそばにいてもまったく気づくことがない、節穴の目をしているくせによく言うな。そうでなければ、俺が困るが。

「宮本。お前、どうしてそんなに運命の番に執着してんだ？　運命の番なんて、ようは最高のセックスドラッグみたいなもんだろ。ただ体の相性が最高にいいってだけの相手に、よくもまあそこまで執着するのか理解に苦しむわ」

「運命の番」なんてロマンチックな言い方はしているが、しょせんは動物的本能に囚われた、肉欲重視の関係じゃねぇか。プラトニックこそ至高だなんてお綺麗なことを言うつもりなぞさらさらないが、一生隣にいる相手を選ぶのならば、もっと他に重視すべきものがあるだろうと思う。一緒にいて楽しいとか。安らげるだとか、そういう。

そう思って吐き捨てた俺の言葉に、一瞬宮本の表情が消えた。

ひどく無機質で冷たい表情に思わずうろたえたが、まばたきをした瞬間、宮本はまたいつものように穏やかな笑みを浮かべていた。

「……かわいそうに。翔君は、まだ運命の番(つがい)に出会ったことがないから、わからないんだね」

「………」

「でもね。俺にはわかるよ。一瞬とはいえ、出会えたから。……運命の番(つがい)はね、本当に特別な存在なんだよ。俺はきっとあの子に出会うために、生まれたんだ」

同情めいた宮本の言葉に、心底むかついた。

——やっぱり、こいつはアホだ。本当にそんな特別な存在だったら、お前は匂いなしでも俺の正体に気がついているだろうし、俺はΩとしてお前の執着を受け入れているはずだ。バース適応障害だとか、関係なく。

何を変な幻想抱いてんのか知らねぇが、お前のアホな幻想に俺を巻きこむんじゃねぇ。

「……もう、そこの窓から見えるだろ。あれがセントラルディスタービングシステムの室外機だ」

「じゃあ、俺は教室に戻るから勝手にしろ」

湧き上がる苛立ちを抑えてそれだけ言うと、俺は宮本に背を向けた。

「あ……ありがとうね。翔君」

宮本の感謝の言葉を無視して、足早にその場を立ち去る。

——よくわからんが、どうやらさっき俺は、運命の番を否定したことで宮本の逆鱗に触れたらしい。うっかり流されてしまったが、これで結果オーライだ。これ以上、あいつは俺に近づいてこないだろう。

「——お前の幻想なんか、俺の知ったことか」

たまたま、あいつの運命の番に生まれたというだけで、俺があいつの期待に応えてやる義務なんぞない。

だって、そうだろう？　俺はただ本能だけに縛られている動物じゃなくて、理性も心もある人間なんだから。一生隣にいたいと思う相手を、自分で選ぶ権利くらいあるだろう？

一生幻想抱えたまま、見つからない運命の番を探してろ。ばーか。

◆

宮本に室外機の場所を案内してから少しあとに席替えがあり、宮本とは隣の席ではなくなった。これでようやく俺もお役御免だ……そう思っていたのだが。

「——か、翔君！　翔君って、いつもどこでお昼食べてるの？　その……よかったら、俺も一緒にいい？」

——それなのに、なんでこいつは、いまだに俺につきまとってんだ？　いや、残念ながら理由はわかってる。

「……宮本。お前、Ωの生徒にしつこくつきまとわれてるからって、俺を防波堤にするのやめろよ」

どうやら宮本の中で、運命の番（つがい）を否定されたことへの怒りよりも、防波堤としての俺の利便性が勝ったらしい。……つくづく助けを求められたら放っておけない、自分の意志の弱さが嫌になる。

呆れたようにため息を吐く俺に、宮本はあわてて首を横に振った。

「ち、ちが！　いや、それもないって言ったら、嘘になるけど、それだけじゃなくて！」

「お前さあ……わざわざ自分からα……しかも運命の番（つがい）を探してるフリーのαだって宣言したら、こうなるの目に見えてただろ。なんのためのセントラルディスタービングシステムだよ、馬鹿」

「う……それを言われると痛い……」

『運命のΩを探している』と堂々と宣言した宮本は、あれ以来、『自分こそが運命かも？』と主張するΩの生徒につきまとわれる日々を送っていた。そして一度助けてしまったせいで、Ωに言い寄られるたびに、こいつは何かと理由をつけて俺のそばに避難してくるようになったのだ。

――完全にこいつの自業自得なのに、なんで俺が尻拭いしてやんねぇといけないんだよ。いい加減にしろ。

「ごめん。翔君。……迷惑、だったよね」

「…………迷惑……では、ない」

正直言って、心底迷惑だ。だけど、落ちこむ大型犬のように謝られると、どうしてもその言葉が口から出てこない。

「ありがとう。でも、やっぱりお昼まで、俺につきまとわれるのは嫌だよね」

――くそ。折れた耳と垂れたしっぽが見える。「くぅん……」と切なげな鳴き声の幻聴までも。

喉の奥から深々とため息が漏れた。

「……植物園」

「え？」

ああ、本当、馬鹿だ。俺は。

そのまま背を向けて歩き出してから、宮本がついてこないのに気がついて、一度足を止めて振り返る。

「俺、昼は植物園のテラスで食ってるから……来たいなら、勝手に来いよ」

宮本の顔がぱあっと輝いた。

「……うん！　ありがとう。翔君」

――今度は、しっぽをぶんぶん振っている姿が見えるな。

なんで俺はこんなにも、大型犬に弱いんだろう。


「……どうした？　人の顔まじまじ見て。パン、食わねーの？」

――まさか、今度こそ俺が運命の番（つがい）だって気づいたわけじゃねぇだろうな。

極力平静を装って尋ねた俺の言葉に、宮本はあわてて首を横に振った。

「……い、いや。翔君のパン、おいしそーだなって思って」

――別に普通のコロッケパンなんだが。食ったことねぇのか？

少し考えてから食べかけのパンを半分に割って、口をつけていないほうを差し出した。

「ん」

「え？」

「そんなに食いたいなら俺の半分やるから、お前のそれ半分寄こせよ」

宮本は俺の言葉に、頬を紅潮させて、だらしなく口元を緩めた。

「……あー、もう。すげぇ好き……」

「何、宮本。そんなにこのパン好きなの？　食いかけでよければ、全部交換してやろうか？」

「っいや、半分で十分です！　てか、むしろ食べかけのほうでも！」

「……何言ってんだ。お前。引くわ」

「引かないで！　……ほら、食べかけ気にしないとか、めちゃくちゃ友達っぽいじゃん！」

顔の赤さを両手で隠しながら、宮本は必死に首を横に振った。

――パン半分分けてもらったくらいで、どんだけうれしそうにしてんだよ。調子が狂うだろうが。

「別に食いかけ気にしないとか、普通じゃね？　ダチ同士でペットボトルの回し飲みとかも。何、宮本やったことねぇの？」

猛なんか、買いに行くの面倒臭いとか言って、よく俺の飲みかけのペットボトル奪って飲んでたけどな。そして全部空っぽにしてから、結局足りねぇとか言って買いに行ったあげく、飲んだ分だって自分の飲みかけ渡してきたりして。だったら最初から買いに行けよって話なんだけど、二種類飲めて得したろって言われたら何も言い返せなくて、最終的に許してしまうまでがお決まりだった。

清二郎は料理がうまくて、よく俺と猛に弁当を分けてくれた。男の手作り弁当なんて、とか言いながら猛が一番食ってて。俺が箸つけたのまで好物だと横からかっさらっていくものだから、よく清二郎に呆れられていたっけ。

でも、一般家庭出身の清二郎はともかく、金持ちの息子なのにそういうことする俺や猛のほうが少数派か、と思い直す。

——ミヤモトの会社の規模考えたら、こいつ生粋のぼっちゃんだもんなあ。しつけとして、そういうのと無縁な環境で育っていても何もおかしなことじゃない。

けれど、返ってきた言葉は意外なものだった。

「ないない。……てか、俺、友達自体、翔君が人生で初めてだし」

「……はあ？」

思わずまじまじと宮本を見つめる。

「嘘だろ。ダチなんて、普通にしてれば勝手にできるもんじゃねぇの？」

「いまの言葉、全国の友達いない人に喧嘩売ったと思うよ。翔君」

——敢えて遠ざけようとしてんのに、こいつみたいに勝手に寄ってくる奴がいるものだから、つい。

責めるようにジト目で見つめてくる宮本の視線が居心地悪くて、明後日の方向を向いてコロッケパンをかじる。人間関係には、バース性が判明するまでずっと恵まれていた自覚があるだけに、言い訳もできない。

しかし……コミュ障っぽいとは思っていたが、まさかいままで友達が一人もできたことがなかったとは思わなかった。

「だからさ。俺、翔君と友達になれて、本当うれしいんだ。友達と過ごす学園生活って、こんなに楽しいんだねえ。俺、いままで知らなかったよ」

にこにこ笑いながらそんな風に言われて大型犬感満載で懐かれたら、ますます突き放しづらくなる。――いつから俺たち友達になったんだ、なんて言えねぇよな。いまさら友達になった覚えはないなんて言ったら、こいつ本気で泣きそうだし。

自嘲の笑みを零しながら、残りのパンも半分ずつ交換してやると、宮本の笑みがますます深くなった。

「……ねえ。翔君」

「なんだ？　宮本」

「俺、友達できたらあだ名で呼ぶのが夢だったんだけど……カケって呼んでもいい？」

「……………」

本来なら、断るべきだとはわかっていた。これ以上深入りするなと、何度目になるかわからない声が頭の中に鳴り響く。

「……嫌？」

それなのにどうしても、俺は宮本を拒絶することができない。

「嫌じゃないけど……それなら、俺も下の名前で呼ぶべきかと思って」

「え、呼んで！　呼ばれたい！」

「……お前、下の名なんだっけ？」

「え、嘘!?　俺、翔君に、名前認知されてなかったの!?　普通にショックなんだけど!?」

「冗談だよ、『雄大』。こんだけつきまとわれてれば、いやでも覚えるっつーの」

——ただ名前を呼んだだけで、こいつがあまりにも幸福そうな顔をするものだから。

◆

多分、俺はどうしようもなく、孤独だったのだろう。

自分で望んだはずの孤独なのに、家族が、そしてダチが、自分の周りからいなくなってしまったことが本当はたまらなくつらくて、悲しくて、苦しかった。

だから頭では本末転倒だと理解していながらも、一番危険人物であるはずの宮本が……雄大が近づいてくるのを拒絶しきれなかったんだと思う。


「カケ。また、お昼一緒していい？」

「カケ。次、移動教室一緒に行こう？」

「カケ。聞いてよ。さっき、すっごい面白い話聞こえてきてさ」

ありったけの親愛をこめて呼ばれるそのあだ名が、なんだかとてもくすぐったかった。

昔は当たり前だった、友人とのなんでもない時間が、温かかった。

雄大と話していると、自分がΩだと知る前に戻ったような気がした。バース性なんか気にすることなく、猛や清二郎とくだらないことで笑いあっていた、あの頃に。

それにあのままずっと一人でいたら、猛はともかく世話焼きで心配性な清二郎は、なんとかして関係を修復しようと俺に積極的に話しかけてきたかもしれない。

正直俺は、自分から距離を置いておきながら、清二郎から以前のような距離感で話しかけられたら、突っぱねられる自信がなかった。

清二郎を……そして猛のことも、決して嫌いになったわけじゃないから。もし俺がΩじゃなければ、いまも、そしてこれからもずっと、ダチでいたかった奴らだから。

だけど雄大がいれば、空気を読む清二郎は必要以上に話しかけてはこない。

防波堤として利用しているのは、雄大だけではなく、俺もまた同様だった。

雄大は、俺が運命の番（つがい）であることに気がつく様子はない。学園のセントラルディスタービングシステムは完璧だ。

なら……いいだろうか。卒業するまで、こいつとダチでいても、許されるんじゃないだろうか。

ここ最近は、雄大の運命の番（つがい）に対する異様なほどの執着も弱まった気がする。きっと学園に入っていろいろなΩと出会ったことで、視野が広がったんだろう。それか、いつまで経っても見つからない運命の番（つがい）を探すことに疲れたのかもしれない。

匂いでバレる可能性が高いから、卒業後は二度と会うことはできないだろう。

でも、せめて。せめて、いまだけは。……雄大の「ダチ」として、隣にいても構わないだろうか。

雄大だって、他のΩの防波堤兼、学園に関することの相談役として俺を必要としてるんだから。あいつにだって、決して悪いことじゃないはずだ。

猛と清二郎の時は、どうせ卒業後に離れるのだから、いま離れても一緒だと思っていたはずなのに、自分でも矛盾していると思う。

だけど、望まぬままに再び与えられた「誰かといる」ことのぬくもりが、あまりに心地よくて。

雄大が俺の正体に気づく素振りを見せないのをいいことに、俺はずるずると雄大との友人関係にはまっていった。

——その残酷さに、気づかないままに。

◆

「……カケだから、打ち明けるんだけどね」

雄大が、その事実を口にしたのは、その年の秋のことだった。

「三歳の頃、俺、母親に捨てられたんだ。運命の番(つがい)を見つけたんだ、って」

いつものように昼食を共にしていた植物園で世間話のように打ち明けられた雄大の過去は、あまりに悲惨なものだった。

「お母さん、お母さんって泣きながら追いかけた俺に、あの人が『ごめんね。運命だから仕方ないのよ』ってΩの顔で笑いかけながら、見せつけるみたいに隣のαの男にしなだれかかったことだけは、いまでもはっきり思い出せるよ。どんな顔立ちだったかなんかもう全然思い出せないのに、どんな表情をしてたかは、不思議と覚えているものなんだね」

運命の番に溺れ、ためらいもなく幼い雄大を捨てた母親。

雄大は、そんな女の子どもなのだと、事あるごとにを父親と後妻に責め立てられたのだという。それなのに、「αなら宮本にとって利用価値がある」という思惑だけで、愛情を注がれることなく育てられ、孤独な幼少期を過ごしたのだと。

「腹違いの弟と俺の年齢差からしても、父さんは父さんで母さんが出ていく前から浮気して子どもまで作ってたのは明らかだから、俺としてはどっちもどっちだと思うんだけど。逆らうとさらっと暴力ふるってくるから、何も言えなかったんだよね。俺、子どもだったし。俺が何されても、屋敷の使用人たちは父さんが怖くて当然みーんな見て見ぬふりね。それどころか父さんに対するストレス解消の捌け口として、ちょこちょこ虐められもしたかな。一応俺、雇い主の子どもなのにさ。成長期を迎えて、αであることが判明したら父さんの態度は多少軟化したけど……そのあとβだってわかった弟とお義母さんからはますます嫌われちゃってさ。食事に異物入れられたりとか、それこそシンデレラかってくらい嫌がらせされたよ」

中学までは公立の学校に通っていたのも、αでなかった場合投資がむだになるからという、冷たい理由だった。

学校では、金持ちのαであることで、よくも悪くも孤高の存在として遠巻きにされていたようだ。

「俺自身、父さんから出される課題や、中学からネットを介してはじめた個人事業に忙しくて、周囲に構っている余裕はなかったし。それに、俺がαだってわかった途端、いままで遠巻きにしてた奴らが近づいてくるのが、なんだかすごく気持ち悪かったんだよね。……なんか、俺の価値って本当αであることしかないのかなーって感じでさ。まあ、いつ父さんから家追い出されてもいいように収入源確立することに必死で、それまでずっと人間関係おろそかにしてた俺が悪いんだけど」

なんでもない思い出話を語るかのように告げられる雄大の過去を、俺はただ茫然と聞いていた。

食べかけのパンが、いつの間にか袋ごと手から落ちていたが、拾う気にもなれなかった。

そんな環境で蓄積した孤独が——雄大の、運命の番（つがい）への異常とも言える執着を生んだのだと、その時ようやく理解した。

運命の番（つがい）なら、この孤独を癒してくれる。

そう盲信することが、唯一の希望だったのだろう。雄大にとっては運命のΩを得ることだけが、生きるための救いだったのだ。

「これが、いままで内緒にしてた俺の秘密。カケだから、教えるんだからね。他の人には内緒だよ」

重すぎる話題にもかかわらず、雄大は笑っていた。唇にそっと立てた指を押し当てながら、ささやかな内緒話を打ち明けた子どものように。

その笑みがただ、苦しくて仕方なかった。

「……雄大」

雄大の笑みをやめさせたくて。気がつけば、その頬を両手で挟みこんでいた。

「笑ってんじゃねぇよ……頼むから、そんな悲しい話を打ち明けながら、無理に笑わないでくれ」

「俺は別に、無理なんか……」

「なあ、雄大」

雄大の顔を、まっすぐに見つめながら、言葉を吐く。

「俺は、お前が安心してそばで泣けるくらいの『ダチ』にはなれたつもりだったんだが……お前は違うのか？」

雄大の目が大きく見開かれた。

「何一つ隠しごとをするなとは言わねぇけど。……言えねぇけど。だけどそんなこと打ち明けるからには、感情も隠すなよ。全部晒せよ。……俺はお前を、一人で泣かせたくない」

——そんなことを言う資格は、本当に俺にあるのだろうか。

そんな疑問が一瞬脳裏を過ぎったが、敢えて無視することにした。

泣けばいい。それほど凄惨な過去を背負っていて、傷ついていないはずがないのだから。……泣けば、きっと雄大の抱えているものが少しは軽くなるはずだ。きっと、少しでも気持ちは楽になる。

ずっとそばにいることはできないけど……それでもいまは。お前の隣にいるいまは、俺はお前の悲しみを一緒に背負ってやることができるから。

だから……どうか泣いてくれ、雄大。俺がお前の涙を拭ってやれる場所でだけは。

そんな風に笑って、感情を殺さないでくれ。

「……カケ」

「っ」

次の瞬間、俺は雄大に抱き締められていた。

本能的な恐怖から思わず突き飛ばしそうになったが、頬の上にしたたり落ちてきた温かいものが、俺の動きを止める。

「ありがとう……カケ、ありがとう」

俺は笑うなと、そう言ったのに。

雄大はそう言って笑いながら、両目からぼろぼろと涙を零していた。

「……そんな風に誰かから言われたの……俺、初めてだ……」

震える声で、独り言のようにそうつぶやく雄大に、俺は何も言うことができなかった。

その声があまりに……あまりにも、幸福そうだったから。

過去の苦しみを吐き出すとばかり思っていた雄大が、まるで欲しくて欲しくてたまらなかった宝物をようやく手に入れたように、泣きながら笑うものだから。

しばらくそのまま俺の体を抱き締めていた雄大は、俺の肩に手を置いてそっと体を離すと、袖で涙を拭いながら俺に微笑みかけた。

「……ねえ、カケ。これからもずっと、俺の友達でいてね」

「あ、ああ……」

「俺さ……カケがずっと友達でいてくれるなら、もうそれでいいや。それだけで、もう十分だ。——

運命の番が、このまま見つからなかったとしても」

──自分がひどく残酷なことをしているのだと、馬鹿な俺はその時になってようやく気がついた。

自分から殻にこもって人を遠ざけた俺なんかより、雄大はずっと孤独に苦しんでいたのに。

運命の番であることを打ち明ける気もなく。かといって隠し通したまま、共に居続ける度胸もなく。ただ束の間の孤独を埋めるために利用して、中途半端に友達面して、卒業したらそれっきりのつもりで隣にいた俺は、どこまで身勝手でひどい奴なのだろうか。

微笑む雄大の顔を直視できなくて、意味もなく床に視線を落とす。頬に残った雄大の涙が、まるで俺の涙のように伝い落ちるのがわかった。

孤独を埋めるため。清二郎に近づかせないため。

そんな不純すぎる目的で、雄大が隣にいることを許していたつもりだった。ただお互い利用しあうような、そんなビジネスライクな関係でいるつもりだったのに。

たった半年ともに過ごすうちに、雄大はいつの間にか俺の中で、大切な「ダチ」にカテゴライズされてしまっていたのだと、その時初めて気がついた。猛や清二郎と同じくらい、もしくはそれ以上に大切な友達に。

「……こんなはずじゃ、こんなつもりじゃなかったのに……」

夜。自室の机で、一人ただ頭を抱えた。

軌道修正しなければ、と思った。少しでも、雄大の傷が浅く済むうちに。雄大をできるだけ傷つけない方法で、遠ざからなければ。

でも今頃焦っても、完全に後のまつりで。どう考えても、雄大が傷つかない未来が思い浮かばない。猛や清二郎と違って、雄大には俺以外の友達がいない。俺が離れれば、あいつはまた一人になってしまう。あんな風に泣いた雄大を、再び孤独の闇の中に一人突き落とすことは、どうしてもできなくて。

結局俺が思いついたのは、友情のタイムリミットがあることを、事前に雄大に告げることだけだった。

◆

「もう十二月かあ。早いなあ。……あと四カ月もすれば二年生だね。そろそろ進路とかも考えないと。カケは大学ってどうするつもり？」

明らかに自分と同じ大学に進学することを期待するような雄大の質問に、俺は静かに唾を呑みこんだ。

いまから俺が雄大に告げる言葉こそが、最適解だと信じて。

「ああ。俺……卒業したら、バース研究に詳しいネトラントの大学行くつもりなんだ。日本の医療機器は対βを想定としたものが主流で、Ωやα向けのものはまだまだ少ないからな」

西欧のバース先進国、ネトラント。国内のほとんどの設備にセントラルディスタービングシステムが導入され、あらゆる性のかたちが許される、俺にとっての夢の国。αとα、ΩとΩ、それにβと他のバース性や、β同士の男と男、女と女といったあらゆる性の組み合わせでの婚姻全てが認められる、男女性にもバース性にも縛られない恋愛の自由を謳った世界初の国だ。

俺はそこで、俺と同じようにαを愛せないΩの女の子か、俺がΩでも構わないと思ってくれるβの女の子を探すつもりだった。子どもができずとも、俺のそばにいるだけでいいと言ってくれる、そんな子を。

俺にとっても、雄大にとっても、それが一番いい未来だと思った。いくら雄大が俺に執着しているからと言って、さすがに外国まで追ってはこないだろう。

しかもネトラントはバース研究が進んでいて、将来、医療機器メーカーハタナカで働こうとしている俺が学ぶには利がある国だが、ミヤモトの分野である電子機器全般で見ればそこまでもない。雄大につらく当たっている雄大の父親が、ミヤモトに利が少ない留学を許可するとは思えない。

海外留学ならば、卒業後疎遠になったとしても仕方ないと、雄大も割り切ってくれるだろう。いや、要は匂いを嗅がれなければいいのだから、完全に縁を切る必要はない。いまならインターネットを使って、遠く離れた地にいても交流は続けられる。……そういう友情の続け方も悪くはないのではないだろうか。

心の中でそんな言い訳をしながら、雄大の反応を覗き見る。

「っ」

初めて雄大に会った時からずっと浮かべられていた笑みが、否、一切の表情がその顔から消え去っていた。

いつか垣間見た無機質で冷たい表情よりもなお、一層無機質で空っぽな顔。

あの時はまだ、わずかな怒りが伝わってきたけど、いまはそれすら感じない。

雄大の心の空白をそのまま映し出したかのようなその表情に、俺はただ息を呑むことしかできなかった。

「……あ、そうなんだ。へ、へー……ネトラント、ね……」

錆びたブリキのおもちゃのように動き出した雄大は、きっと笑みを浮かべたつもりだったのだろう。

でも、ほんのわずかに口元が動いただけで、少しも笑みになんかなってなかった。

「……俺、ネトラント語なんてさっぱりだ……ははは……カケは、頭がいいね……」

「……公用語はネトラント語らしいけど、ほとんどの国民が英語を話せるらしいからな。なんとかなるだろ」

「へー……そうなんだ。知らなかった。……もう、そこまで調べているんだね。……へー」

上擦った声でそんなことを口にしながら雄大が乾いた笑みを漏らすと同時に、昼休みの終了のチャイムがなった。

「……あ。そろそろ教室戻らないと」

「……そうだな」

手元の荷物をまとめて、雄大は俺に背を向けた。

その背中が明らかに震えていたのを、俺は見ないふりをした。

これでよかったんだ。これが正解だったんだ。


その日を境に、また雄大の運命の番探しが再開した。

再び狂気じみていく雄大の姿に胸が痛んだが、それでも俺は真実を告げることはできなかった。

雄大がこれほど運命の番に執着するのは、この学園の中に運命の番がいると思っているからこそだ。きっと卒業さえすれば、諦めもつくだろう。……そう、信じたかった。

◆

「……なあ、雄大。お前さ、俺以外にダチ作る気ねぇの？」

執着の矛先をずらしたくて、そんな風に聞いたこともある。けれど、雄大はいつだって笑顔で首を横に振った。

「ううん。俺、友達はカケだけいればいいかな。……カケがいれば、それで十分」

卒業して俺がネトラント行ったらどうすんだよ――そんな言葉が喉元まで出かかったが、結局口にすることはできなかった。

いつか来る別れの日を、雄大が敢えて考えないようにしているのは明らかで。それがあまりに痛々しくて、それ以上何も言えなかった。

敢えてその事実を蒸し返すことで、雄大を追いつめてしまうのが、怖かったのかもしれない。追いつめられた雄大がどんな行動に出るか、わからなかったから。

雄大は自身の運命の番をずっと探し続けていて。俺はそれから、ただ逃げ続けていて。

雄大のダチは俺一人で、いまの俺のダチもまた雄大ただ一人。

そんな変わらない平行線の関係のまま時は過ぎ、俺たちは高等部の二年生になった。

第二部

「……あー。セントラルディスタービングシステム、破壊したい」

教室の机に突っ伏しながらため息を吐く雄大に、冷たい視線を送った。

「あれさえなければ、俺はとっくに運命の番を捕まえてるのに……やっぱりあれ、コンピュータでクラッキングしようかな。弁償なんて俺個人の財産でも余裕だし」

一年前ならいざ知らず、いまはすっかりこんなやり取りにも慣れた。動揺を少しも表に出さず、ただ呆れかえったようにため息を吐いてみせる。

「……で。運命のαであるお前の残り香で発情した相手が、たまたま近くにいたαに襲われて処女失うわけだな。運命の相手にそんな苦難を味わわせたいだなんて、雄大、お前最低だわ。見つからなすぎて、とうとう愛が憎悪に変わったか」

「まさか！　そんなこと、俺がさせないよ！」

「させなくても、なるんだよ。運命の番の残り香って相当なんだろ？　なんせお前自身が、逃げたΩの残り香だけを頼りにこの学園見つけたくらいだもんな。こんだけ校内中ちょろちょろ探し回ってるお前の残り香なんて、それこそ至るところにあんだろ。運命のΩが、たまたま雄大の近くにいればいいけどなー」

俺の言葉に雄大はでかい体をしゅんと丸めてうなだれた。栗色の髪の上に、垂れた犬の耳が見えるようだ。

「……うう。やっぱり、あの時、なんとしてでも捕まえておくんだった……まさかあんなに足が速いなんて。俺が初めて嗅いだ運命の香りに腰砕けにさえなってなければ……」

「だから足が速いなら、きっと陸上部じゃね？　って何度も言ってるだろ。せっかくだからお前も入部して、走ってその粘着質な性欲発散してこいよ。じめじめうっとうしい」

「だから、陸上部ならとっくに探したって、俺も何度も返したじゃん！　……うう、カケが冷たいよお」

「……って言いながら、泣きつく相手も俺なのかよ」

「だって俺、カケ以外友達いないし」

「威張るな」

抱き着いてきた雄大を引き剥がしながら、俺は再び深々とため息を吐く。

……まったく。この大型駄犬めが。頼むから俺以外にも懐いてくれよ。そうしたら俺も安心して手を離せるのに。

「お前αなんだから、ダチなんか作ろうと思えばいくらでも作れるだろ。いい加減俺以外の奴ともつるめよ」

「だって必要ないし。俺はカケと運命のΩがいれば、それでいいから」

何度同じ提案をしても、雄大の答えはいつだって変わらない。

まっすぐ俺の目を見つめながら甘く微笑む雄大に、呆れた笑みを返してやりながらも、内心ではひどく重い気持ちになる。

二年になってすでに半年が過ぎた。俺が雄大とつるめる時間も、折り返し地点だ。

……そのことをちゃんと、こいつは理解しているんだろうか。そろそろ現実逃避ばかりしてはいられないことを。

「……あー。俺の運命。一体どこにいるんだ。まさか一年半探しても見つからないなんて」

「……だから。お前、それだけ探しても見つからないってことは、運命のΩにめちゃくちゃ拒絶されてんじゃねえの。いい加減諦めろよ」

「うわあん、それ、言わないでよ！　運命に嫌われてるとか、心折れそうになるじゃん！」

「……よーしよしよしよし。カワイソーに」

「気持ちがこもってない！」

再びうなだれはじめた雄大を、雑に慰める。

「というかお前。前から思ってたんだけど、このセントラルディスタービングシステムの状況下で、どうやって目をつけた奴が運命かどうか判断してんの。まさか、片っ端から食ってるわけじゃ……」

「まさか！　俺は俺の運命に童貞捧げる予定だし！　ほら、寮の自室ではセントラルディスタービングをつけてると落ち着かないからってオフにしてる生徒も多いでしょ？　だから偶然を装おってターゲットが寮の部屋から出るところに居合わせたら、部屋から出てくる空気で大抵はわかるの。俺、鼻いいからさ。部屋の前まで鼻つまんでさえいけば、まあ余裕」

「なるほど……変態だな」

「なんで⁉」

童貞だとかいうまったく役に立たない情報と、それなりに役に立つ自衛情報ありがとう。

俺は絶対に、自室でもセントラルディスタービングは切らないようにしよう。万が一でも、自室のそばで雄大に遭遇しないように。

「しかし……運命の番なんて、ただ体の相性が最高ってだけなのに、なんでお前がそこまで必死で探してるのか理解に苦しむな、相変わらず。匂い以外何も知らないんだろう？　性格最悪の不細工Ωだったらどうするんだよ」

雄大の運命の番に対する執着を少しでも削りたくて、もしくは俺に幻滅してほしくて、敢えて茶化すように雄大が嫌がるだろう台詞を口にする。

「童貞のくせに世界最強の快感を味わいたいとか、生意気だぞ、雄大。ビギナーには分不相応だ。まずは童貞卒業してからにしろよ」

「違っ……ってかなんで、そんな下世話な話になるの、カケ⁉　運命だよ、運命！　出会うべくして出会った、ベターハーフ！　もっとロマンチックなイメージ持ってるのが普通でしょ！」

「俺、運命とか非科学的なもの嫌いなんだよ。ロマンチックだろうがなんだろうが、最終的にやることは一緒だし」

実際「運命」なんてものが本当にあるなら、雄大の運命の番が俺のような中途半端なΩであるわけがない。こいつと同じようにロマンチックな運命を信じる、可愛らしいΩであるべきだ。

どうやっても俺は、こいつの執着を受け入れることはできないのだから。

「……カケはね、出会ってないからわからないだけだよ。運命の番というのはね、もっと神聖で特別な、唯一な存在なんだ。匂いを嗅いだだけで、俺はすぐわかったよ」

「………」

言っていること自体は以前と変わらない。けれど雄大の様子は、明らかに以前とは違っていた。

「そんな特別な存在に出会えた俺は、すごくすごく幸運なんだ。……そして、母さんも。だからこそ、俺も母さんも、全てを投げうってでも、その幸運を捕まえなければいけないんだよ。……いけなかったんだ。何を、捨ててでも。仕方ないことだから」

——ああ、しまった。失敗した。

澱み暗くなった雄大の瞳に、俺は自身の失言を悔いた。

「運命のΩだったら、ずっと俺のそばにいてくれる。運命のΩは、決して俺を裏切らない。——運命のΩなら、いまはそうでなくても、きっといつか俺を愛してくれるんだ」

自分に言い聞かせるようにそう口にした雄大は、いまにも壊れてしまいそうなくらい危うくて。

この一年半積み重ねてきた、俺の罪の深さを改めて思い知らされたようだった。

「だから俺は……」

「……もういい。わかった」

これ以上雄大の言葉を聞いていられず、俺は言葉を遮って、雄大のふわふわとした栗色の猫っ毛をくしゃりと撫でた。

「悪かったよ、運命の番を馬鹿にするようなことを言って。お前を傷つけるつもりはなかったんだ」

「カケ……」

「でも、雄大。お前の気持ちもわかったけど、運命の番にあまり期待しすぎないほうがいいぞ。期待して、同じだけの気持ちが返されなかった時、傷つくのはお前なんだからな。言っておくが、お前が運命の番を探し回っているのは学園中の生徒が知ってることだ。それでも名乗りでないんだから……きっとろくな奴じゃねぇ」

そうだ。ろくな奴じゃない。それは俺自身が誰よりよく知っている。

さっさと諦めて気が合うΩを探したほうが雄大のためだ。

雄大は先ほどまでの澱みが消えた瞳で、いまだに頭を撫で続ける俺をしばらく見つめてから、にこりと微笑んだ。

「……やっぱりカケは優しいなあ。俺のこと、心配してくれてるんだね。ありがとう」

「……そんなんじゃない」

「照れなくてもいいのに～」

まっすぐな言葉が痛くて、とっさに視線を逸らす。

俺はちっとも優しくなんかない。自分のことばかりの、ひどい男だ。

本当に優しい奴なら、もうとっくに自分が運命の番だと打ち明けている。雄大を孤独から救うために。

だけど俺にはできない。……どうしてもできないんだよ、雄大。

雄大が悪いわけじゃない。こいつは運命の番に対しては多少ねじが飛んでいるが、いい奴だし、客観的に見ても優秀なαだ。つらい環境で育ったにもかかわらず、変に捻くれたところがないまっすぐな性格で、友人としてとても好感が持てる。

人としてなら、俺ははっきり言って雄大のことがかなり好きだ。叶うことなら、このまま一生ダチでいたいと思う。

——だけど、どうしても俺は、雄大を性の対象として見られないのだ。

「本当……カケが俺の友達でよかったよ。じゃなきゃ、今頃ぽっきり心が折れてたかもしれないし」

噛みしめるようにしみじみとそうつぶやく雄大の姿に、罪悪感で胸が軋んだ。

少しだけ……少しだけ、時が全てを解決してくれるのではないかと期待していた自分もいた。時が経てば、徐々に俺の中のバース因子がいい感じに体内に混ざって、自然と自分がΩであることを受け入れられるようになるんじゃないかと、そんな期待をすることも皆無じゃなかった。

だけど、変わらない。変われない。……変わりたく、ない。

バース性が判明して数年が経過したいまでも、俺は自分がΩであることを受け入れられないままでいる。

「……本当、ままならんもんだな」

「ねえ？　いまだに、番にならないかって言ってくれるΩの子がいるのに……どうして本命は振り向いてくれないのかな」

どうして雄大の運命の番が俺で、俺の運命の番は雄大なのだろう。

俺のように運命を体の相性としか思わないαも、バース性に引きずられるまま相手を選ぶことに嫌悪感を覚えるαもいる。それなのに、どうしてこんなにも運命の番に焦がれる雄大の番が、よりによってαを受け入れられない俺なのだろう。

お互いにとって、ひどく不幸な事実だ。

「あのさ、カケ。……俺さ、やっぱりカケがこの先もずっと友達でいてくれるなら、運命のΩ諦められるかも」

視線をさまよわせながら、もじもじとためらいがちに告げられた言葉に、息が詰まりそうになった。

「だから……卒業したらネトラントに留学するなんて言わないで、これからも俺といてよ」

こんな風に、雄大が直接俺を引きとめる言葉を口にするのは初めてだった。

あと一年半になったタイムリミットを、そろそろ雄大も無視できなくなっていることを思い知る。

あくまで明るい調子で告げられたお願い。けれど視線を落とすと、握りしめられた雄大の手が小さく震えていたのが見えた。

それでも俺は雄大の恐怖に気づかないふりをして、首を横に振る。

「それは無理だ、雄大。……俺は医療機器メーカーハタナカの息子として、ネトラントの最先端のバース技術を学ばなければならない。より安価に、セントラルディスタービングシステムのような技術を日本でも提供できるようにするために」

雄大を納得させるため体裁よく整えられた言い訳は、舌に馴染んでいたかのように、すんなりと口から紡ぎだされた。

「……うん。わかってる。わかってるけど……やだなあ。やっぱり。俺、カケと離れたくないよ」

「大丈夫だって。大学に行けば俺なんかより、お前にふさわしいダチがたくさんできるから。……それにネトラントに行ったからってダチをやめるわけじゃない。メールもするし、帰国したらまた遊んでくれよ」

「……うん」

果たすつもりがない約束を口にする俺は、どこまで残酷で卑怯なのか。メールはともかく、帰国して雄大に会う気なんか、さらさらないくせに。

それでも俺は、いつの間にか大切な友人となってしまった雄大を、拒絶しきることもできないのだ。

——早く目を醒ませ、雄大。

俺が……最低の運命のΩがいない日本で、可愛らしいΩと恋に落ち、隠しごとなんてしない優しい友人に囲まれて、幸せになってくれ。過去が不幸だった分、お前は幸せになるべきなんだ。

俺はそれをネトラントから祝福するから。お前が幸せになるまで、どこにいたってずっとお前の幸福を祈り続けるから。

神様どうか……どうか、こいつを幸せにしてください。俺じゃない、優しいΩと一緒に。

「……ほら。昼休み終わるぞ。次は化学だから、教室違うな」

「じゃあそろそろ移動しようか。カケ課題やってきた？」

「ああ、だけど問二が微妙」

「あれはさー、化学式が引っかけぽくてさあ……」

他力本願な想いを胸に抱いたまま、俺は正体を隠して、友人としてこいつの隣にいる。

一年半後。進路が分かれる、その時までは。


寮の自室に戻って、張っていた神経を休ませたあと。

ふとスマホに目をやると、サイレントに設定したそれに着信が来ていたことに気がついた。

電話番号は、中三の時に「うっかり」スマホを落として変えたから、清二郎や猛から連絡が来ることはありえない。どうせ雄大か実家だろうと思って操作すると、案の定実家の父親からだった。

少し迷ってからかけ直したら、すぐに電話はつながった。

「……親父。久しぶり」

『久しぶりだな。しかし、よかった。ちゃんとかけ直してくれて。翔のことだから、無視するかと思ってたぞ』

「いや、そんなことはさすがに……」

『するだろ、お前。断言してもいいが、着信気づいた時かけ直すか迷っただろ』

相変わらず信用がない。しかし、迷ったのは事実なので、これ以上否定もできない。

「……そっちはみんな、元気か？」

『話を逸らしたな。自分に都合が悪くなるとすぐそうする。昔からの、お前の悪い癖だぞ。……みんな元気だよ。俺も母さんも、慶も。翔はどうだ？　無理してないか？　学園はつらくないか？』

「俺も元気だよ。学園は相変わらず快適だ」

『ヒートの調子はどうだ？　セントラルディスタービングシステムは、Ωのヒートに悪影響を及ぼすという学説もあるが……』

「その学説って、トンデモ論文で有名なアメリカのシュタール博士のだろ？　さすが過激なバース自然主義で頭でっかちαの論文。俺個人の感想からすれば、大外れもいいところだな。ピルでヒート日を土日に合わせてるけど、まったく問題はないし、ヒートも軽い。多分、αのフェロモンに晒されずに済んでいるのがいい影響を及ぼしているんだと思う」

『なるほどな……ちょっと待て。いま、メモするから』

「しなくていい。あとでまたレポート送る」

『悪いな、いつも。翔の言葉は、貴重なΩのサンプルとして参考になるから助かるよ』

「といっても個人差はあるからな。特に俺みたいな特殊事例の場合は」

『それはわかってる。だが、やはり一事例とはいえ、忌憚（きたん）ない意見を知っているのと知らないのとでは大違いだからな。セントラルディスタービングシステムのように、日本で導入数が少ない新技術ならなおさら。お前の感想は、やっぱりありがたいよ』

医療機器メーカーであるハタナカの役に立つかもしれないからと、椿山学園でのセントラルディスタービングシステムの体験レポートを親父に送るようになったのは、俺の提案からだった。

これが社長である親父にとっては想像以上に有用な情報だったらしく、レポートを送るたびとても喜ばれ感謝される。

……俺ができる、せめてもの、親孝行。Ωであってよかったと思える数少ない場面だ。

「で、電話の用件はなんだ？　まさか、俺が元気か確かめたかっただけじゃないだろ」

『愛息子の様子を確かめたいだけで電話して何が悪い。……本当はもっとお前の声を聞きたいんだ。俺も母さんも』

「親父はともかく、母さんは遠慮しておくよ。……母さんが泣く声を聞くのはつらい」

『……母さんも、ちゃんとお前のことを愛してるんだからな』

「知ってるよ。だからつらいんだ。……Ωである母さんに、自分のバース性を否定させたくないし、自分がΩだってことを否定する俺の言葉も聞かせたくない」

「αに産んであげられなくて、ごめんね」——母さんは、俺と電話をするたび、いつもそうやって泣く。俺が自分のΩ性を受け入れられないことが、Ωである母さんを苦しめている。

母さんは、俺がΩ性でも変わらず愛を注いでくれる優しい人なのに。俺は嘘でも「Ωでよかった」とは言ってあげられない。

「……で、用件はそれだけじゃないんだろ。本題は？」

これ以上母さんのことに触れてほしくなくて、話を切り替える。親父はそんな俺の心中などお見通しなのか、苦笑いしたあと、本題を口にした。

『……こないだ、慶のバース検査の結果が出た。αだった』

……そうか。俺がΩと判明した時はまだ小さかった慶も、もうそんな年齢か。

寮生活を嫌がった慶は初等部卒業を機に椿山を出て、実家から通える別の私立中学に進学した。……もしかしたら、椿山に通うことで俺と出くわす可能性を減らしたかったのかもしれない。

だから俺は、今の慶のことは家族の話でしか知らないのだ。改めてその事実を思い知らされた気がする。

「俺の時は年明けの検査が一般的だったのに、いまはずいぶん早いんだな」

『進路指導をするうえで、バース性が判明する時期はできるだけ早いほうがいいというのが、いまの政府の方針なんだと。椿山でエスカレータ式に進学するお前たちみたいに、みんながみんな最初から進路が決まってるわけじゃないからな』

「数か月くらいじゃ、たいして変わんねぇ気もすっけど。……じゃあ、ハタナカの跡継ぎは慶で決まりだな。よかった。慶までΩだったらどうしようかと思ってた」

　俺の心からの安堵の言葉に、親父は深々とため息を吐いた。

『……別に俺は、お前が後継(こうけい)でも構わないんだぞ。お前が望むのなら、αの女性との見合いだってセッティングする』

「親父がよくても、会社の上層部が許すはずねぇだろ……。古い世代のα至上主義思考は、なかなか変わらない。それに俺は、多分、相手が女でもαは無理だ」

　女性なら、αでもあるいはと思っていた時期もあった。だけど、理屈なく惹かれる存在だとされていた運命の番(つがい)に出会ったいまの俺には……雄大を好ましいと思ういまの俺には、わかる。

　きっと俺は相手の男女性に関係なく、抱かれ孕(はら)まされること自体が、耐えられない。Ωの性を受け入れること自体に、拒絶反応があるのだ。

ハタナカの後継に慶が選ばれることに不満はない。せめて俺は、兄として役に立てるよう、ネトラントで医療機器開発に関わる学習と研究に務めよう。

きっとそれがハタナカにとっても、一番いいことだと思うから。

「だから親父。慶には申し訳ないけど、子どものことも会社のこともあいつに任せるよ」

『――勝手なこと言ってんじゃねぇぞ、糞Ω。相変わらずお高くとまりやがって』

声があまりにも似ていたので、一瞬親父が豹変したのかと思った。

だが、「勝手に俺のスマホを奪うな！」と騒ぐ親父の声がかすかに聞こえてきたので、ようやくいま電話口の向こうにいるのが誰か気づく。

「――久しぶりだな、慶。声変わりしてたから、すぐわからなかった。ずいぶん親父と声が似てきたな」

俺がΩと判明してひと悶着あって以来、ろくに口を利いていない三歳下の弟は、電話越しに不愉快そうな舌打ちをした。

『親父の横で話を聞いてたら、勝手なことばかり言いやがって……誰が、会社を継ぎたいと言った。ガキのことも。全部俺任せかよ、ふざけんな』

「……悪いとは思ってる。だけど、俺は子どもなんて……」

『ああ？　α捕まえて股開けばいいだけだろ。何がバース適応障害だ。甘えんな。長男なら、長男らしくちゃんと役割果たせよ』

「……っ」

あんまりすぎる慶の発言に絶句する。

続いて聞こえてきた明らかな嘲笑に、湧き上がる怒りで唇が震えた。

「……αであるお前には、俺の気持ちなんかわかんねぇよ」

『ああ、わかんねぇよ、お前みたいな弱虫野郎の気持ちは。自分のバース性を認められないあまり、無責任に役割放棄して、ネトラントまで逃げるような奴の気持ちなんてわかりたくもねぇ』

「つじゃあ、お前は同じαにケツ掘られても平気だって言うのかよ！」

『必要なら、俺はそれくらい耐えられる。……うじうじうじうじ、いい加減うっとうしいんだよ、お前。悲劇のヒロインのつもりか。気持ち悪ぃ』

「――じゃあ、掘られてこいよっ、いますぐ！　そしたら俺も、αに犯られてやるよ！」

わからない。わからない。

ちゃんとαとして診断されたこいつに、俺の気持ちなんて、俺の恐怖なんてわかってたまるか。

たとえケツを掘られたとしても、αであるこいつは妊娠しない。性指向が、望まぬかたちに変わったりはしない。

どんな目に遭おうと、αであるこいつは、こいつのまま、居続けることができるんだ。俺と違って。

『ふん――ネトラントでも、どこでも行っちまえ！　その代わり、その気持ち悪いツラ二度と俺の前に晒すなよ、糞Ω！』

激昂のあまり、慶のその言葉を最後に俺は電話を切った。

怒りで荒い息のままスマホをベッドに投げ捨て、自分もそのかたわらに身を投げ、枕に顔を埋める。

「……やっぱり、俺が悪いのか……」

怒りによる熱が引くと、代わりにこみあげてきたのは、弟にさえ気持ちを理解されないことへの悲しみと、激しい自己嫌悪だった。

……俺はΩとしては、家族に恵まれていると思う。

富裕層の家庭では、α以外の子どもは価値がないと切り捨てるケースも少なくない。Ωの子どもを政略結婚の道具のように扱い、望まぬ性技を身につけさせる親すらいるという。

俺の両親は、αだと思っていた俺がΩだったことに驚きはしても、失望はしなかった。診断前と変わらない愛情を注いでくれた。慶も慶で、俺がΩだと知った時はショックを受けていたようだったが、決してΩ性を否定する言葉は口にしなかった。

――家族の中で、ただ俺だけが、自分のΩ性を受け入れられないでいる。

視界の片隅で、スマホがメッセージの着信を知らせるランプを点滅させるのが見えた。

親父からのメッセージだ。そこには、こんなことが書かれていた。

【さっきは、慶が悪いことをした。好きでΩになったわけじゃない翔に対して思いやりがなさすぎると、俺が代わりに叱っておいた。

だけど、翔。あんなこと言われてと思うかもしれないが、慶のことをあまり嫌いにならないでやってほしい。慶は、小さい頃から翔を尊敬していて、いつかお前が社長になったらかたわらで支えたいと夢見ていたんだ。

それなのに自分が跡継ぎに選ばれたことに混乱しているし、お前がΩ性を受け入れられないでいる姿に、理想を裏切られたと思っている。そして、お前がネトラントへ行くと決めたことを、見捨てられたと感じているんだ。

直接聞いたわけじゃないが、本当はお前に日本に残って、自分を支えてほしいと思っているんだ、慶は。昔からあいつは、お前にだけは甘えたがりだから。

慶の期待に応えろとは言わない。だが、そのことだけは頭に留めておいてほしい。

そして、俺と母さんは、どんなお前だろうと愛していることも忘れないでくれ】

『――兄ちゃんは、格好いいなあ』

俺がΩであると知る前は、慶は口癖のようにそう言ってくれた。

『俺も、兄ちゃんみたいになれるように、頑張るね』

その関係を壊したのは……俺のΩ性ではなく、俺自身の態度だ。

つと、生ぬるい涙が零れ落ち、頬を伝う。

俺は俺でいたい、だけなのに。

――俺が俺でいることは、それだけで人を傷つける。

◆

「……カーケ」

「――――っ!!」

つと、人差し指の腹でうなじを撫でられ、思わず喉から甲高い嬌声があがりそうになるのを、必死に耐えた。

「……雄大、てめぇ、殺すぞ。俺がΩなら、一発で逮捕もののセクハラじゃねぇか」

Ωにとってうなじは急所であり、性感帯。……噛まれたら、噛んだαとのセックスでしかイけなくなるとか、改めて考えても、αにしか得がない不公平すぎる体質だよな。噛んだαは、番のΩ以外の相手にも腰振れんのに。Ωは、αを満足させるためのセックスドールじゃねぇんだぞ、糞が。

殺気だった目で睨む俺に、雄大は特に悪いことをしたそぶりを見せることなく、へらりと笑う。

「カケ、αだから関係ないじゃん。怒らないでよ〜」

……それを言われると何も言い返せないのがつらい。万が一にもΩと疑われないよう、通常のΩが髪で隠すうなじを露わにしていたのが裏目に出たか。

「でも、カケのうなじ、白くて綺麗だよね。歯型つけたらどうなるか気になるから、噛んでいい？」

「いいわけないだろ、ボケ。マジで殺すぞ」

「冗談だって〜」

……こいつ、本当に気づいてないんだよな？

思わず胡乱げな視線を送るも、雄大はいつもと変わらず読めない笑みで、へらへら笑っているだけだった。

「それより、聞いてよー、カケ。俺さ、いま在学中の二年と三年の寮部屋の匂いコンプリートしたんだけど、それでも運命のΩ見つかんなかったよ。やっぱり俺の運命のΩは、自室でもディスタービングシステム使ってるみたい。悔しい……！」

こいつ……うちの学園は二、三年だけで三百人近くいるのに、全ての生徒の部屋を出るタイミング狙ったのか……

並々ならない執念に口元が引き攣ると同時に、はてと疑問が残る。

「なんで二年と三年だけなんだ？　お前の入学前から椿山にいたΩなら、もう卒業した去年の三年だとか、中等部の生徒だったとかいう可能性もあるだろ。あと、教師って可能性も」

話を聞く限り、出会った時の雄大が匂いで俺の後を追えたのは、校門の前までだ。

そして椿山学園の敷地内は、全面セントラルディスタービングシステム完備。外の場合、少々システムの効きは悪くなったりはするが、それにしてもいまの二、三年だけに絞りこめるのはおかしい。

「ふふふ、よくぞ聞いてくれましたー」

俺の指摘に雄大は、得意げに鼻をふくらませた。

「カケは知らないかもしれないけど、この学園のセントラルディスタービングシステムって、エコ機能が搭載されてるんだよね。バース感知能力を阻害する気体を放出しながら、室内の空気を循環させているわけだけど、施設内の空気を外に排出する時は、阻害気体だけ機械に残るようフィルターで濾しとっているわけデス」

「……つまり？」

「室外機のところに鼻つまんでいけば、施設内全ての人間の匂いが総集された空気なら嗅げるわけ！　セントラルディスタービングシステムによる阻害のない状態でね。で、去年の三年が受験で学園にいない時に確認したら、高等部の寮の室外機から俺の運命の匂いがしたので、俺の運命は間違いなく今の二、三年の誰かということデス」

……つまり、こいつは何百人もの生徒の匂いと施設内の匂いが詰まった室外機から、たった一人の運命の匂いを察知できる、と。

「……お前、本当変態だな」

「なんで！　一途って言ってよ」

ぞわりと鳥肌がたった腕を、制服越しに擦る。……マジで動物並の嗅覚だな、こいつ。怖すぎる。そして、そんなこいつの嗅覚すら邪魔する、セントラルディスタービングシステム、マジ優秀。心から感謝せねば。

「カケも室外機の匂い嗅いでみたらわかるよ。もしかしたらカケの運命がいるかもしれないし、いまから一緒に行ってみる？」

「絶対ごめんだ。……万が一本当に俺の運命がいたらどうしてくれんだよ。下手したら勃つかもしれないだろ」

「うーん……しょうがない。その時は俺が、責任もって抜いて……」

「黙れ、童貞。いい加減本気で殴るぞ」

「……カケ、こないだから俺のこと童貞童貞うるさいけど、本当はカケ自身だって童貞なくせによく言うよね」

「…………」

「あ、やっぱり図星？　絶対そうだと思ったんだー。カケ、変に潔癖だから」

「……黙れ」

一般的に、バース性が判明する以前に性交渉を行うのは、生殖器が未成熟ゆえに難しいと言われている。そして俺が判明したバース性は、Ω。……童貞が、卒業できるはずがない。

だが、αでありながら童貞に甘んじているこいつにだけは言われたくなかった。

「……で、どれくらいいいたんだ。セントラルディスタービングシステムを日常使いする生徒は」

「えーとねー……」

都合の悪い話題から話を逸らすと、雄大はしばらく指折り数えたあと、微笑みながら俺を指差した。

「――カケを入れて、二十七人」

心臓が、どきりと跳ねた。

「……念のため言っておくけど、俺はΩ対策だからな」

「知ってるよー。前、襲われかけたことあるんでしょ。カケ、イケメンだから仕方ないね」

さらりと返され、ひとまず胸を撫でおろす。

……鈴木から襲われかけたのは嘘じゃないし、そのことは学園の生徒のほとんどが知っていることだ。いまとなっては、俺が大げさな反応をしたことで騒ぎになったうえに、最終的に転校するはめになった鈴木には悪いことをしたとも思わなくもない。だが、事実は事実だし、すでに本人もいないのだからと人除けの言い訳として利用させてもらっている。

「そのせいでカケ、俺とでさえあまり外に出てくれないんだよね～。俺はお昼のお弁当、外で一緒に食べたりしたいのに」

「外はセントラルディスタービングの効果が薄くなるからな。ヒート中のΩのフェロモンにあてられる可能性がある以上、仕方ないだろ。俺は強姦魔にはなりたくない」

この学園では同じ理由から、体育の授業も室内でやってくれるから助かる。

俺が外に出るのは、基本的に雄大と出会う可能性が低いと判断できる時だけにしているし、その際は必ず市販のヒート抑制剤を服用するように徹底している。

こうすれば、万が一外で雄大に出会ったとしても、ヒート中でもなければ気づかれる可能性はまずない。

——体質的に、抑制剤は気分が悪くなるので極力飲みたくはないから、よほどのことがない限り外に出たりはしないが。

校舎と寮の行き来も、密閉された渡り廊下でつながっているので外に出る必要がなく、とてもありがたい。

「じゃあさあ……今度の休日、外出届出して二人で出かけようよ。俺がミヤモトの運転手に頼んで、車出してもらうからさ。Ωが絶対いない場所なら、構わないでしょう？　俺個人のマンションもあるし。……まあ、外に出るのがどうしても嫌なら、俺の寮部屋でゲームしてもいいけど」

定期的に持ちかけられる遊びの誘いに、眉間に皺が寄る。何度も何度も断っているのに、こいつもへこたれないというか、しつこいというか……

「だから、休日は自室でハタナカの手伝いするのに忙しいんだって言ってるだろ。留学のためにネトラント語の勉強もしてるし。お前と遊んでる暇なんかねーの」

「うう……わかってるけど、少しくらい、さあ。家の手伝いはともかく、ネトラントでは英語も通じるって言ってたし、たまには勉強をサボってもいいじゃない」

「自国語の細かいニュアンスじゃないと伝えられない講義だって、あるかもしれないだろ。俺は万全の準備をしたうえで、留学したいんだよ。それにお前だって、個人事業とミヤモトの手伝いで忙しいんじゃないのか？　俺なんかに構ってないで働けよ」

「だけどさあ……」

——いつもはこれくらい言えば引き下がるのに、今日はずいぶんしつこいな。これは、やっぱり疑われているのか、それとも……

「雄大」

「……」

「お前、家のことで、なんか嫌なことあったか？」

「……カケには、全部お見通しなんだね」

雄大は再びへらりと笑ったが、その笑顔はどう見ても失敗していた。

「父さんがさ……俺が学園で運命のΩ探していること、どっからか聞いたらしくてさ。『お前まで愚かな母親と一緒になる気か』って叱られちゃった」

「…………」

「『そんなことのために椿山に入ることを許可したわけじゃない』とか、よく言うよね。……学費も入学金も寮の費用も、全部俺が自分で稼いだお金で払ってて、一銭も負担してないくせにさ」

「……まさか、学園を辞めさせられたり、しないよな」

「まさか。見栄の塊みたいなあの人が、αの俺に名門椿山を中退なんてさせないよ。俺を中学時代公立に通わせたことだって『庶民感覚を学ばせるため』とか、もっともらしく言っちゃってんのよ？　本当はαになるかわからない息子に投資するのをケチっただけなのにさ。……まあ、弟は、お義母さんのごり押しで名門私立通ってるけどね。βでも」

「……そうか」

相変わらず、ひどい父親だ。雄大の話を聞くたび、自分がいかに恵まれているか、痛感する。……そして、自分の親不孝ぶりも。

「とりあえず、お前が学園にいてくれるなら、よかったよ」

「ありがとう。カケがそう言ってくれると、俺もうれしい……だけどさ、その交換条件としてお見合いさせられそうなんだよね」

「お前が金払ってるのに、交換条件とかおかしくねぇ？」

「そんな理屈が通じる人ならよかったんだけどね……子どもは親の所有物だと、本気で思っているような人だから」

雄大は苦笑いを浮かべながら、ため息を吐く。

その目は、運命の番に対する執着を打ち明けた時と同じように、暗く澱んでいた。

「……ねえカケ。弱音、言ってもいい？」

そう言って雄大は、俺の前の空いている椅子に腰をおろし、俺と向かい合うように座った。

「ああ。……なんでも言え」

俺の返事に雄大は、小さく笑って、そっと目を伏せた。

「カケ……俺さ、怖いんだ」

額を合わせるようにして小さく吐き出された言葉は、いまにも泣き出しそうなくらい掠れていた。

「運命の番がすぐそばにいるのにお見合いなんてしても、俺はその相手を愛せる自信がない。たとえ、付き合っているうちに好きになれたとしても、もしまた運命の番と再会したら、きっとそんな想いは簡単に吹き飛んじゃうんだ。……母さんが、そうだったように」

「…………」

「もしそれが結婚して、子どもができたあとだったとしても……俺はきっと妻子を捨てて、番を追いかけるんだよ」

「お前は、そんなことしないよ」

「するよ。する。絶対にする。……だって俺は、母さんの息子だから。誰かを不幸にするとわかっていてなお、運命を求めずにはいられない」

歪んだ顔を隠すように、雄大は机に突っ伏す。その姿が、ひどく痛々しかった。

与えられなかった愛を求め、永遠を信じて、運命にすがっているのだとばかり思っていた。

……だけど、それだけじゃなかったのだ。

「雄大……お前は自分と同じ想いを妻子にさせないために、運命の番を探していたんだな」

自分が、いつか誰かを裏切らないようにするために。捨てられ、苦しむ妻子を作らないために。

――本当に、悲しいまでに優しい奴だと、思う。そんな心配なんて、しなくてもいいのに。

雄大の手に自分の手を重ねて、耳元に口を寄せて囁く。

「――大丈夫だよ。雄大。お前は優しい奴だから、何があったって妻子を裏切って不幸になんかしない。俺が保証する。それにお前の運命だって……ここまで徹底して逃げるような奴なんだから、卒業してからだったら、なおのことだろ。絶対にお前の前には現れないから、安心していい。……お前が怖がることなんて、何もないんだ」

――そう、お前がそんな心配する必要はない。俺は卒業したらネトランドに行って、二度と雄大の前には現れない。

お前の運命の番が、お前の人生を邪魔することはない。だから、安心して、お前は目の前の妻子を愛せばいい。

それが……お前にとって一番幸福なのだから。

「ありがとう。カケ。…………でも俺はわがままだから、それはそれで嫌なんだよ……」

顔をあげた雄大が自嘲の笑みを口元に浮かべて、ゆっくり首を横に振る。

「これから先、二度と運命の番の気配を感じることがなかったとしても……俺は結局、妻子を捨てて運命の番を探しに行ってしまう気がするんだ」

「……顔も名前も、知らないのに？」

「……顔も名前も、知らなくても」

そう言って黙りこむ雄大に、それ以上何が言えただろう。

Ωであることを受け入れられない俺の気持ちを周囲が理解できないように、「運命の番（つがい）」に人生を振り回される雄大の気持ちもまた、俺は理解できない。

いくら大丈夫だと言い聞かせたところで、それは当事者の雄大にとっては絵空事でしかなく、何も響きはしないだろう。

——だけど。

だけど、こんな風に傷ついている雄大を、このままにしておいて、いいのか？

俺は雄大の「運命のΩ」にはなってやれない。

——だけど、その前に俺は。

俺は、雄大のダチじゃないのか。

「……雄大」

葛藤は、一瞬。

俺は重ねていた手で、雄大の手を握った。

「今日なら……俺の部屋に泊まっていってもいいぞ」

Ωがαに言ったら、普通は性交渉の誘いにしかならない台詞。

だけど俺は、雄大にとってはαだから。きっと、友達としておかしくない言葉だ。

「食堂でいつもみたいに夕飯食べたあと、部屋でシャワーだけ浴びたら、明日の課題のノートと二人でできるゲーム持って、俺の部屋来いよ。管理棟から来客用布団借りといてやるから。一緒に課題やって、満足するまでゲームで遊んで、布団で寝転がりながら、くだらない話をしてさ。……二人きりじゃなきゃ話せないようなことも、弱音でもなんでも聞いてやる。だから……二人で同じ朝日を見ようぜ。……なあんてな」

セントラルディスタービングシステムのスイッチは部屋主の指紋認証だから、俺が解除しさえしなければ作動し続ける。だから俺の部屋に雄大が来る分には問題はないはずだ。

……本音を言えば、自分でもすごく馬鹿なことを言っていると思う。

「運命のΩ」を探し求めるαを自分の部屋に泊まらせるなんて、飢えた肉食獣を招き寄せるのと一緒だ。

万が一、雄大が俺の正体に気づいたら……間違いなく食われる。その状況を想像しただけで、湧き上がる嫌悪感で吐きそうだ。

無理やり襲われたら俺は、きっと力では雄大には敵わない。αのフェロモンが作用しなくても、逃げられないだろう。

だけど俺は、そんな現実になるかわからない可能性のために、傷ついている雄大を放っておきたくなかった。雄大が傷ついている原因に、少なからず自分の正体が関わっているのだから、なおさら。

「……いいの？　カケ」

雄大は、俺の手をためらいがちに握り返しながら、おずおずと俺を見た。

「俺、泣いちゃうかもしれないよ？」

「泣け泣け。二人きりなら、いくらでも泣かせてやるから」

「え……それちょっとエロい」

「本気で殴るぞ、お前」

「冗談、冗談だって！　だから左手で拳作るのやめて！　……じゃあ、お願いしようかな」

本当にこれでよかったのかという迷いは、ある。

「……ありがとう。カケ」

だけど雄大の目から、あの暗さと澱(よど)みが消えていたから、きっとこれでよかったんだろう。


オートロック式の扉をカードキーで解除して部屋に入り、抑制剤などの見られたら困るものをダイヤル式金庫の中に隠す。

シャワーを浴び終え、まだ時間があったので掃除機をかけていた時、玄関のチャイムが鳴った。

インターフォンで雄大であることを確認し、ロックを解除して中に招く。

「お邪魔しまーす。……あ、カケ、濡れ髪エロい」

「……閉め出されたいのか、お前」

「冗談デス。冗談。……わー、カケの部屋初めて。全然部屋に入れてくれないんだもん」

「こないだ入れてやっただろ、お前がごねるから、仕方なく」

「そうそう、カケの持ってる本を借りにね。ただし入れてくれたのは手だけだったけど」

「……飲み物、コーヒーとジュースどっちがいい？」

「オレンジジュース。……カケって本当、都合悪い話題になると話逸らすよね」

雄大のジト目を敢えて無視して、グラスに注いだオレンジジュースをテーブルに運ぶ。

「で、ちゃんと持ってきたか？　ゲームと課題のノート」

「うん。ゲームは、二人プレイできるポータブルの奴にしたよ。いやあ、こんなこともあろうかと、二つ部屋に置いててよかったな」

「……え、お前同じゲーム機二つ買ってんの。ちょっと引くわ」

「引かないで。これミヤモトの製品だから無料でもらっただけだし。……普段しみったれてるんだから、これくらいは役得あっても罰当たらないよねー。製品開発には、俺も関わってんだから」

そういえば、ミヤモトはゲーム機器も手がけてたっけ。主力製品のパソコンやタブレットのイメージが強いから、すっかり忘れてた。

「俺、ゲームあんまりやらないからわかんないけど、それ売れてんの？」

「まあまあかな。技術力では劣らない自信があるけど、やっぱり大手ゲームメーカーには知名度で負けてるから。もっとネットとか使って宣伝するべきって提案してるんだけど、父さんを筆頭にお偉方αは保守的で頭固いんだよね」

「重役世代のαは、どこも変わらないな。昔の栄光にすがって、リスク回避ばかりが達者で。……そういえばお前がやっている個人事業も、ゲーム開発じゃないいっけ」

「ゲームというか、アプリ全般の開発ね。ハード作る必要なくて、自宅のコンピュータだけでもプログラミングできたから。……ほら俺、資本金を父さんに出してもらえなかったから、設備投資に金かけられなくて。で、こっちの事業は、頭の固い重役を説得せずとも俺の気持ち一つで宣伝の仕方変えられるから、ミヤモトのゲーム事業なんかよりよっぽど知名度あるってゆーね。宣伝費ほとんどかけてないのにさ」

「雄大、プログラミングとか、ネットマーケティングとか、異常に詳しいもんな。……やっぱり、すげーよお前。俺、医療機器以外の機械系はさっぱりだわ」

幼い頃から父親に教育されていたので、自社商品や医療機器業界に関する知識はそれなりにあるが、それですら経営者の立場で考えれば、まだまだ足りない。

中学から既に個人事業をはじめ、いまでは企業顔負けの利益を出している雄大の話を聞くと、いくらαのようだと言われていても、自分はやっぱりただの平凡なΩにすぎないのだと改めて思い知らされる。

俺の感嘆の言葉に、雄大は苦笑いした。

「……まあ、でも俺の場合は、生きるために仕方なくというか。俺、下手したら、バース判明すると同時に宮本の家追い出されてたかもしれなかったから。そうなっても一人で生きていけるように、必死にできること探した結果が、プログラミングだっただけで」

「あ……その、なんか悪い」

「気にしないで。カケから褒めてもらえるのはうれしいから。ただ、カケが俺と自分を比べて落ちこんでるみたいに見えたから、一応ね。カケは、αの中でも十分優秀なαだから、自信持って。就職まで時間はまだまだあるんだから、カケはカケのペースでいいんだよ」

……実家のことで落ちこむ雄大を慰めるために部屋に招いたのに、嫌な過去のことを思い出させたあげく、逆に慰められてしまった。

自己嫌悪でうなだれる俺に、雄大は生ぬるい目を向けながら、ゲーム機をかたわらに置いた。

「まあ、ゲームはあとにするとして、先に明日の分の課題済ませちゃおっか。……て、俺本当にノートしか持ってきてないけど、大丈夫？」

「あー、それは問題ない。え、と。明日課題がある教科は、と……」

明日の時間割を確認しながら、課題に必要な教科書と参考書をより分けていく。

「じゃあ……俺は数学と漢文、お前は英語と物理でいいか？」

「え？」

「ほら、半分」

英語と物理の教科書と参考書を差し出すと、雄大は一瞬きょとんと目を丸くしてから、すぐににやりと笑った。

「……つまり半分こで、写しっこ？」

「ゲームの時間作んなきゃだからな。たまにはいーだろ。普段は真面目にやってるし。……でも俺の分、間違ってても恨むなよ」

「いやいやいや、カケだったら大丈夫だって。俺のほうこそ、やらかしたらごめんねー」

「お前が間違える場所なら、多分俺も間違えるから大丈夫だ」

「うーん……カケのまっすぐな信頼が痛い。絶対間違えらんないじゃん」

二人で分担したら、いつもはそれなりに時間がかかる課題も早く終わった。

互いのノートを交換して、担当しなかった分を写し終わると、残りの時間は雄大が持ってきた対戦型格闘ゲームで遊んだ。

「ちょ、ちょ、なんだ、この糞プログラミング！　さっきからコマンド打ってるのにさっぱり出ねぇぞ！」

「……カケ、だってさっきから、ボタン微妙に打ち間違ってるし。もしかしなくても、カケってブラインドタッチとか、できないタイプ？」

「慣れてないんだから、仕方ないだろ！　——ああ、もう、いい！　適当に打っちまえ……て、なんかすごいの出たぁ⁉」

「それ、隠しコマンドの超必殺技ぁあ‼　……って、俺負けてんじゃん！　嘘ぉ⁉」

「ふ……どうだ。これが俺の実力だ」

「いや、偶然でしょ」

雄大と遊ぶのは、最初の懸念に反し、とても楽しいものだった。

笑って、騒いで、馬鹿みたいなことを言い合って。

αでもΩでもなく、この時の俺たちはただの「友達」だった。

そうこうしているうちにいつの間にかすっかり遅い時間になっていたので、あわててゲームを終わらせた。

寝る支度を済ませ、俺はベッドに、雄大は床に敷いた布団に、それぞれ潜りこんで電気を消す。

「……ねえ。カケ。眠る前に、少しだけ話してもいい？」

下からそんな声が聞こえてきたので、俺は寝返りを打って雄大のほうに顔を向けた。

「……ああ。いいぞ」

「ふふ……なんか、いいな。こういうの。すごく楽しい。カケと旅行にでも来たみたい」

暗い室内に、雄大のくすくす笑う声が響く。

「ねぇ、カケ。――カケは、どんなΩの子と結婚したいと思う？」

まるで修学旅行の定番のような問いかけに、思わず俺の口からも笑みが漏れた。

「俺か？　そうだな。……やっぱり、守ってあげたいような可愛い女のΩがいいな。それで、些細なことで一緒に笑いあえるような、価値観が合う子」

「男のΩじゃだめなの？」

「だめというか……女のΩのほうが好みかな」

これは、嘘だ。俺はどれほど小柄で可愛らしかろうが、男というだけで無理だ。……だけどそんなことを口にすれば、αでも性的マイノリティ扱いされてしまう。そういう風に見られると何かと面倒だから、俺は敢えて本当のことを言わなかった。

――しかし。

「……そっか。俺、カケって男全般がだめなのかと思ってた」

思いがけなく図星を突かれ、どきりと心臓が跳ねた。

「……雄大は、どうなんだ？　どんなΩが好みだ？」

いつものように、とっさに話を逸らす俺に、雄大が小さく笑ったのがわかった。

だけど雄大は、それ以上深く俺の性指向について触れようとはしなかった。

「そうだな……俺は優しい人がいいな。俺のことを、いつも気にかけてくれて、押しつけがましくなく気遣ってくれる優しい人」

「そうか。雄大には、お似合いのΩ──」

「……で、課題を半分こして写しっこしたり、一緒にゲームをしたり、布団に入って二人で話したり……そんな些細なことが、幸せだと思える人」

「…………っ」

あまりに意味深な台詞に、とっさに何も言葉が出なかった。

同時に、意識の奥に押しやったはずの危機感が湧き上がり、口の中がどうしようもなく渇く。

……落ち着け、俺。

これは雄大の、いつもの冗談だ。

ここで俺が動揺したら、変な雰囲気になるだろうが。

「……なんだ、雄大。後半、今日の俺じゃねぇか。何、お前、俺のことが好きなの？」

口にした言葉は、震えていなかっただろうか。

ちゃんと、からかい返したように、聞こえただろうか。

──もし、俺の態度の不自然さに気がついたとしても、できるなら「何、カケ。本気にしたの？」

と全て冗談にして誤魔化してほしい。

雄大がそうしてくれさえすれば、俺はいつも通り振る舞えるから。

さっきの雄大の言葉を、なんでもないと思うことができるから。

「違うよ」

即座に否定され、安堵の息を吐く。

しかし、続いた言葉は、俺をさらなる絶望に突き落とした。

「後半だけじゃないよ。……全部だよ。優しいのも、気にかけてくれるのも、さりげなく気を遣ってくれるのも、全部カケだ。……俺の理想は、全部カケなんだよ」

唇が震えた。

体が、自然に雄大から距離を取る。

暗闇の中で、ぎらりと光る雄大の視線を感じた気がして。それは闇に潜む肉食獣のように、俺を脅えさせた。

怖い。怖い。怖い。

先ほどまでは、確かにただのダチだったはずなのに。

傷ついたその心を、慰めたいと思ってたはずなのに。

――いまはただ、雄大が怖くて仕方ない。

「……俺は、優しくなんかねぇよ」

喉から引き剥がすように、ようやく吐き出した言葉だった。

「俺は自分のことばっかりの、利己的な奴だよ。……お前は優しくされてると思ってるかもしれないけど、そんな行動も結局は全部俺自身のためなんだ。俺自身の罪悪感を減らしたい……そればかりなんだ」

雄大……俺はお前の理想の相手なんかじゃない。お前の理想からはほど遠い奴だ。

俺は、どうしようもなく身勝手で汚いΩなんだ。

お前を受け入れることもできないくせに、お前を完全に突き放すこともできない。

傷つけたくない。泣かせたくない。――自分が悪者になりたくないから。

俺は単にお前の苦しみを、俺の見えない場所にやってしまいたいだけなんだ。それは優しさなんかじゃない。

こんな俺に、幻滅していい。雄大。

「――うん。カケが言うなら、そうかもしれないね」

頼むから……どうか、幻滅してくれ。

「……でも、やっぱり。どんな思惑であれ、俺はカケから優しくされるとうれしいから、やっぱり俺の理想はカケなんだよ」

襲われるかもしれないという恐怖から、震えた歯がかちかちと音を立てた。

風邪をひいたみたいに、ひどい悪寒がする。

ひくりと喉が鳴りそうになるのを堪（こら）えながら、俺はせめてもの抵抗のように全身に布団を巻きつけた。

「……何？　雄大。俺、もしかしなくても、貞操の危機なの？　やめろよ。そういう趣味悪い冗談。俺、ケツ掘られるのは嫌だぞ」

あくまでからかうように発したはずの声は、裏返って掠(かす)れてた。

……きっと俺の脅えは、雄大にもバレバレなんだろう。

永遠にも思える沈黙の後、雄大は小さく笑った。

「……まさか。俺はαのカケに、無理強いする気はないよ」

その一言を聞いた瞬間、がちがちに緊張しきった体が一気に弛緩(しかん)して、力が抜けた。

「脅えないでよ。カケ。傷つくじゃん。……俺はあくまで理想のΩについて、話しただけだよ。カケがΩだったら、理想ど真ん中だったたって話」

「……だ、だよな！　悪いな。自意識過剰で。つい……」

「つい、襲われるかと思った？」

「っ…………ごめん」

「いいよ。勘違いさせるようなことを言った、俺が悪い」

実際俺はΩかつ、雄大の運命の番(つがい)なので、問題は何も解決したわけじゃない。

だけど、いまの雄大は確かに「ダチ」の雄大だったから。

俺は、ひとまず目前の危機が去ったことに、ほっと胸を撫で下ろした。

安堵のあまり、口からは乾いた笑いが漏れる。

「もし、カケがΩだったらさ。……それで俺のこと好きになってくれたら、たとえカケが運命の番(つがい)

でなかったとしても、俺はきっといまみたいに運命の番が現れるかもしれない未来に脅えることはなかったんじゃないかなって。……そう、思ったんだ。今日、こうやってカケと過ごしてたら」

ぽつりと続けられた言葉は、漏れた笑いが引っこむくらいに、真面目で切なげなものだった。

「俺はΩのカケのことを、きっとすごくすごく愛して……カケに運命の番が現れるのを脅えることはあったとしても、自分の気持ちを疑うことなんて、なかったんじゃないかなって」

「………」

「大事に大事に……他のαに取られないように、大事にカケを閉じこめて……それでも愛の言葉を返してもらうことができたなら、それだけできっと俺は世界一幸せだろうから。たとえ運命のΩに出会ったとしても、カケに対する想い以上に強い気持ちを抱けるはずないって、確信できる気がするんだ。そうなったら俺はカケみたいに、運命なんてただの体の相性だ、信じるだけ馬鹿馬鹿しいって、心から言えるだろうなって……そんな、もしもの話を想像しちゃったんだ。今日が、すごく楽しかったから」

それはあくまで仮定の話だった。

ただの仮定の話のはずなのに……下手な告白よりも、雄大の俺に対する気持ちがストレートに伝わってきて、俺は唇を噛んだ。

……こんな風に真摯に気持ちを伝えられたら、茶化して冗談にすることもできない。

だからこそ、俺も雄大に、本当の気持ちを伝えることにした。

「……俺もだよ。雄大」

俺の気持ちは、お前の気持ちとは、同じではないけど。それでも。

「俺もお前がΩの女だったら……きっと運命なんてどうでもいいくらい、すごく愛したと思う」

それでも——俺は確かに、お前が好きだよ。もしかしたら……他の誰よりも。

雄大が、Ωの女だったら。もしくは、俺が普通のΩだったら。

きっと俺は、他の誰でもなく、雄大に恋をしたはずだ。

だけど俺は、Ωのなり損ないで。雄大は、女じゃなくて。

「……そっか。じゃあ、両想いだね」

「ああ……両想いだな」

「もしもの、世界ならね」

「……もしもの世界ならな」

仮定の話は、あくまで仮定。俺が俺でいるかぎり、決してそれが現実になることはない。

雄大が寝返りを打って、向こうを向いたのがわかった。

「——おやすみ。カケ」

「ああ……おやすみ。雄大」

俺もまた、雄大から背を向けるようにして、目をつぶる。

背後から聞こえてきた寝息は、本物だったのだろうか。それとも寝ているふりをしていただけだったのだろうか。

わからないまま俺は、ただただ睡魔が訪れるのを待っていた。

——甘い、甘い香りがした。

脳を蕩(とろ)けさせるような、この香りを。内側から湧き上がる熱を俺は知っていた。

『カケ』

耳元で、慣れ親しんだ声が愛おしそうに囁く。

『好きだよ……好きだ。カケだけを愛してる』

優しい手が、唇が、体中を這う。

触れられるたび、下肢が熱く昂ぶっていくのがわかった。

『綺麗なうなじ……噛むよ』

うなじに歯を突き立てられた瞬間、俺は甘い声をあげて、限界まで張りつめた性器から精液を吐き出した。


「————っ!!」

声にならない声をあげて、飛び起きた。

覚醒した瞬間、自分のうなじに手をやる。

「……歯型が、ない?」

あわてて隣に視線をやると、カーテンの隙間から入りこむ薄明かりの中で、気持ちよさそうに眠っている雄大の姿が目に入った。

「ただの……夢か？」

ハッと、自分のズボンの中を覗きこんで、絶望した。

俺は、雄大にうなじを噛まれる夢を見て――夢精していた。

――その、脳まで蕩かすような甘い香りの夢を見たのは、今回が初めてではない。

初めて雄大と出会ったあの日からしばらくは、取り憑かれたように、その香りに包まれる淫夢ばかりを見ていた。

理性がどろどろに溶かされ、ただ本能のままに「Ωらしく」愛される夢。精通を迎えてそう時間が経過してなかった俺は、夢がもたらす強烈な快感に溺れそうになった。

霞がかった記憶の中のおぼろげな「誰か」だったそれは、学園で雄大に再会してから、より現実味を帯びたリアルな姿で再生され、俺を苛んだ。

……だけど、しょせんはただ一度嗅いだだけの、香り。

セントラルディスタービングシステムにより、バース因子の含まれたフェロモンを感知できない環境での生活が、俺にかつて囚われた香りを忘れさせてくれた。

時たま夢に現れても、それはただただ「甘かった」というイメージから再構築された、記憶の残滓にすぎないもので。内側から蘇る快感は徐々になりを潜め、「いい香りだった」という記憶が残るだけだった。

そうして雄大が「友達」になるにつれて、あの香りの記憶もまた徐々にリアリティを失っていたのだ。

それなのに……今日見た夢に出てきた、「運命の番」の香りは。

夢の中で体感した、蕩けそうなまでのあの快楽は。

「……カケ……」

隣から聞こえてきた、雄大の声で我に返った。

ただの寝言だったのか、雄大はむにゃむにゃと口を動かしたあと、逆側にこてんと寝返りを打って再び寝息をたてはじめる。

――そうだ。この声だ。この声が全て、悪いんだ。

こんなにもお前が……幸福、そうに。愛おしそうに、俺を呼ぶから。

俺は寝ている雄大を起こさないように、静かにベッドを抜け出し、新しい下着を片手に風呂場へ駆けこんだ。

吐き出された白い粘液が糸を引くように纏わりついた下着を、極力視界に入れないように洗濯機へ押しこんで、冷たいままのシャワーを頭から浴びる。

鳥肌が立ちそうなほどの水の冷たさは、夢の残滓で火照った体を冷ましてくれた。

「……あの声が、悪いんだ。雄大があんな風に呼ぶから……思い出したくもない記憶が、夢に出てきちまったんだ……」

きっと雄大は、俺が起きる前から、ああやって俺の名前を寝言で呼んでいたんだろう。

寝ている間に耳に入ったそれが、俺の夢とシンクロしたことで、あのおぞましい淫夢をよりリアルなものにしてしまったに違いない。

そうだ。……それだけのことなんだ。

『――好きだよ……好きだ。カケだけを愛してる』

不意に、夢の中の雄大の言葉が、鮮明に脳裏に蘇った。

途端、ずくりと下半身が疼く。

まさかと思って下を見ると、寝ている間に精を吐き出したはずの性器が軽く勃ち上がっていて、目の前が真っ暗になりそうだった。

「嘘だ……いまは、別に香りを思い出してないのに……」

嘘だ。ありえない。何かの間違いだ。

ただ、朝だから勃ちやすかっただけ。あの淫夢の残滓が体内に残っていて、夢の中の雄大の声を思い出したことで、無意識の内に、香りの記憶と結びつけてしまっただけに決まっている。

俺が……αの香りと関係なく、雄大自身に反応したわけじゃない。

俺は勃起したそれを鎮めるため下半身に水のシャワーをかけ、夢精した跡を完全に消し去るべく念入りにそこを洗った。

昂ぶりはすぐに収まり、夢精の痕跡もすっかり綺麗になくなったが、嫌な予感はべっとりと胸の奥に張りついて、シャワーから出たあともずっと残っていた。

「おはよう。カケ。……あれ、また髪濡れてるけど、昨日シャワー浴びてなかったっけ」

シャワーから出ると、既に雄大は目を覚ましていて、自分が寝ていた客用布団を丁寧に畳んでいた。

「……寝癖があまりにひどかったから、水をかけて直した」

「えー、直さなくてよかったのに。俺、カケの芸術的な髪型見てみたかった。なんで起こしてくれなかったの？」

「誰が好き好んで、んなみっともない姿見せるか。アホ」

——雄大が目を覚ます前に起きられてよかった。

もし、そうじゃなければ、鼻のいい雄大に夢精の事実を嗅ぎつけられたかもしれない。

そうなった場合、果たして雄大は、どんな反応を示したか……それがどんなものだったとしても、俺にとっては愉快なものではなかったことだけは確かだ。

「しかし……昨日は楽しかったね。本当」

昨日の、あの寝る前のことをどういう風に処理して返すべきか俺が迷っていると、雄大が先に、なんでもないことのように話を切り出してきた。

「お泊まり会って素敵だね。俺、ちっちゃい頃こういうことしなかったから、なんか新鮮だった。またやろうよ、カケ。ね？」

どうやら、雄大は昨日の夜の話については触れる気はないらしい。

「ダチ」の顔で笑う雄大に、それならばと、俺もまた同じ笑みで返した。

「ああ、じゃあ……半年後にな」

「ちょ、それ、先すぎ!!　カケの寮部屋、予約待ちの高級レストラン並みじゃん！」

「だから、俺は忙しいんだよ。嫌なら他の奴に泊めてもらうんだな」

「うう……共に一夜を過ごして、一緒に朝日を見ようと約束していた俺に対して、なんという仕打ち。ひどいわ、カケ。私のことは遊びだったのネ!!」

「ああ。遊びだな。……一緒に、格闘ゲームしたし」

「そういう遊びじゃない～」

いつものようにくだらないかけ合いをしながら、二人で顔を合わせて笑う。

……そうだ。これでいい。

これがいい。

俺と、雄大の関係には、「バース性」も「運命」も関わらなくていい。

俺たちはただの仲が良い「ダチ」。……それ以上でも以下でもないんだ。


朝飯を終え、じゃあまた教室でと、一度解散する。

制服に着替えて時間割を確かめると、一人校舎へ向かった。

そしてまた、いつもと同じ一日がはじまる……はずだった。

◆

「……どうしたの？　カケ。今日、調子悪いの？」

うるさい。黙れ。話しかけるな。

「……ああ、ちょっと……具合が悪いみたいだ」

「大丈夫？　俺、肩貸すから、保健室一緒に行こう？　ね？」

やめろ……っ……俺に触るな……！

「いや……今日はやっぱり早退させてもらうことにするわ。ありがとな。雄大。悪いけど、次の教科の先生に説明しといてくれ」

「うん、わかった。……本当に大丈夫なの？」

「ああ、大丈夫……っ」

「危ないっ！」

立ち上がった瞬間ふらついた体を、雄大が支えてくれた。

次の瞬間、体内の熱がカッと高くなり、気がつけば俺は雄大の手を振り払っていた。

「……カケ？」

「……その……悪い……ちょっとマジいま、気持ち悪くて……なんか変だ。ごめん」

「あ……いや、大丈夫だよ。気にしないで」

「悪い……」

それだけ言い残すと、俺は複雑そうな顔をした雄大に背を向けて、教室を出た。

背中を追う雄大の視線が扉で隔(へだ)てられた瞬間、先ほどまでの熱っぽさが嘘のように消え去った。

「……なんだ、これは」

――雄大に関わった時だけ……ヒートのような症状が現れる。

ピルで調整しているヒート予定日は、まだ先のはずなのに。

『αとΩ、それぞれのバース性に誘発される性的興奮作用は、バース因子による嗅覚への刺激のみによってもたらされる』

この事実は、昨今のバース研究においては常識となっている。

精神的、もしくはなんらかの外的要因により嗅覚を失った被験者は、それがαであってもΩであっても、対になるバース性の相手に対し……それが慣れ親しんだ番を相手にしたなどの、心理的要因を除外すれば……性的興奮が起きなくなるという事例は世界で多数報告されている。

鼻詰まりの時、αは中折れするから性交渉を避けろなどという俗説が流れているが、それもあながち間違いではないということだ。

αがαというだけで……そしてΩがΩというだけで、お互いに惹かれ合い性的興奮を感じるというのは、あくまでフィクション……αとΩの絆を特別視するメディアが生んだ、幻想にすぎない。

だからこそ、セントラルディスタービングシステムは、従来のバース性による身体的拘束からの解放をもたらす、画期的なシステムとして話題を呼んでいるのだ。

――それなのに、どうして俺は。セントラルディスタービングシステム下で、雄大にヒート反応を示してしまうのか。

答えの出ない問いに眉をひそめながら、俺は対Ω用に学園が設けた欠席連絡ツールで、バース問題の総括担当者である保健医宛に「ヒート状況が不安定になっているため、本日の残りの授業は欠席する」旨の連絡を入れる。

セントラルディスタービングシステムが導入されていることもあり、椿山では生徒のバース性が露見しにくい配慮がされている。その一方で、学園内でバース性による問題が生じた時のために、生徒は医師によるバース診断書を提出することも義務づけられている。

特にΩは、ピルで調整をしていても、なんらかの要因で突発的にヒート状態に陥り、その場に混乱を招く可能性があるため、少しでも異常があれば学園に報告しなければならない。この連絡ツールも、そんなΩの暴走対策の一つだ。

セントラルディスタービングシステムを売りにしている椿山学園が、「教職員の知らないところでヒートを起こしたΩの生徒が、そのフェロモンに当てられたαによって望まぬ妊娠をさせられました」などと保護者に報告するわけにはいかないのだ。学園は、Ωの生徒のヒート動向を把握する必要がある。

保健医からは即座に返信があり、欠席する科目の教師には連絡を入れておくということと、抑制剤を用いてもなお異常を感じる場合は、休日でも構わず保健室へ足を運ぶようにということが書かれていた。

原因不明のヒートなだけに、いまからでも保健室へ向かうべきか迷ったが、結局そのまま寮の自室へ向かうことにした。

βである保健医の先生は、穏やかで生徒に親身になってくれるいい先生であることは確かだ。……だけど彼はあくまでβ。知識上でしか、αとΩのことを知らない。

そんな彼がΩ——しかも、発達性バース適応障害である俺のことを持て余しているのは、普段の対応からして明白だった。

常勤している医師は彼一人だが、αやΩの生徒は望めば、同じバース性の医師を学園外から特別に派遣してもらうこともできる。しかし、一見風邪のようにも見える軽い症状で、わざわざ専門医を派遣してもらうのは申し訳ない。特に、雄大と接してないいまは、通常の状態と変わらないのだからなおさらだ。

そのまままっすぐ寮に帰った俺は、部屋に入ってすぐ備えつけのパソコンに向かい、謎のヒートの原因を調べることにした。

【Ω　反応　匂い　以外　論文】
【ヒート　特殊　事例　論文】
【運命の番(つがい)　匂い　以外　論文】
【原因　謎　微熱　ヒート　論文】

思いつくだけの検索ワードを片っ端から入力し、出てくる記事にひたすら目を通していく。

フィクションが引っかからないよう、敢えて「論文」というワードを入れたのにもかかわらず、真っ先に出てくるのは恐らくβが書いたと思われるαとΩの性的な物語作品ばかりで、辟易(へきえき)した。

そして、しばらく流し読みを繰り返し……ついに、その記事を見つけた。

【バース性条件反射〔バースせいじょうけんはんしゃ〕……

犬に対して食事を与える際、同時にメトロノームの音を聞かせることを習慣づけると、その後犬はメトロノームの音を聞いただけで唾液を分泌するようになる。これは、習慣によって脳が食事とメトロノームの音を結びつけて記憶したことに起因する。

同様に、αとΩが、バース因子を察知する嗅覚に頼らず、条件反射的に互いに性的興奮を抱くようになることを、バース性条件反射という。

パートナーの姿、声、触感、フェロモンから発せられる香り以外の体臭など、性的接触を彷彿（ほうふつ）させるような特定要因を、脳がフェロモンの香りの記憶と結びつける。それによって実際に香りを嗅いでいなくとも単独で性的興奮が起きるよう変化する。その際、受け手が得られる性的興奮は、香りを嗅いだ場合と比較すると、軽度なものとなることが多い。

αがΩのうなじを噛み、「番（つがい）」となってから長時間経過したカップルや、「運命の番（つがい）」といわれる遺伝子的に特別好相性なカップルに、特に多くみられる現象である】

「……嘘だろ」

医療用サイトにまとめられていたその文を読んだ時、俺はショックのあまりパソコンデスクに拳を叩きつけ、キーボードに額を当てるようにしてその場に突っ伏した。

「なんで……『お前』が……『お前』までが、俺を裏切るんだ……」

胸に湧き上がる憤りに、唇が震えた。

――発達性バース適応障害は、生殖器で生成されたバース因子が、なんらかの理由で脳に届けられずに、汗や尿、精液などと共に外に排出される症状。

……それ、なのに。

「……なんで、いまの俺を俺たらしめているのは『脳（おまえ）』なのに、いまさら俺を裏切るんだよ……っ！」

脳が俺に、Ω性を受け入れられなくさせたのに。

同じ脳が、香りの記憶と雄大を結びつけ、いまさら俺を「Ωであることを受け入れろ」と追いつめはじめているのか。

怖い。怖い。怖い。

変容していく自分が。

忍び寄る得体の知れない「何か」に侵食される現状が、怖くて仕方ない。

震える体を縮め、椅子の上で体育座りをするように膝を抱えて丸まった。

毎日少しずつ、少しずつ歯車が狂っていくかのような……何かにつま先から少しずつ食われていくような恐怖が、俺を追いつめていく。

――誰かに、すがりたかった。

怖い怖いと子どもみたいに大声で喚(わめ)いて、恥も外聞もなく泣きついて。

そして「大丈夫だよ」と、優しく言ってほしかった。

「怖くないよ」

「怖いなら、一緒にいるよ」

なんの根拠もない安っぽい言葉でいいから、そう言って慰めてほしかった。

内側から湧き上がる、凍りつくような恐怖を温めてくれる、誰かの体温が恋しかった。

震える手が、かたわらに投げ出したままのスマートフォンを掴む。

家族には、かけられない。

ただでさえ、発達性バース適応障害の息子を持て余している彼らに、これ以上負担をかけることはできるはずがない。

だけど家族以外に、俺がすがれる相手なんて……一人しかいない。

ひどく馬鹿なことをしていると思いながら、数少ない見慣れた番号を選んで、電話をかける。

電話は、すぐにつながった。

『……珍しいね。カケから電話してくれるなんて。体調はもう大丈夫？』

その声を聞いた瞬間、胸に安堵の感情が湧き上がってきたと同時に、下半身が疼いた。

ああ……本当に、俺は馬鹿だ。

「……ああ。もう、大分よくなった。ありがとう――雄大」

こうして電話越しに声を聞いただけで、一層自分がΩに近づくのを感じているのに、それでも雄大に救いを求めずにいられないのだから。

「今日……支えてくれたのに手を振り払ったこと、ちゃんと謝りたくて……ごめんな。本当。具合が悪くて、なんか気ぃ立ってたみたいだ」

『そんなの全然気にしなくていいのに～。大丈夫だよ、カケ。俺、カケのことめちゃくちゃ大好きだから、そのくらいじゃカケのこと、嫌いになったりしないよ』

「……んなこと、心配してねぇよ。馬鹿」

いつも通りな雄大の態度に、ほっと体から力が抜けるのがわかった。

体が内側から温められていく気がするのは、発情のせいなのか。求めていた番の声が聞けたからか。

――それが雄大だったからか。

俺には、わからない。

湧き上がる安堵の感情が、心地いいのか、不快なのかすら。

『……カケ？』

「……うん？」

『あの、さ……勘違いかもしれないけど……もしかしてカケ、いま泣いてたりする？』

雄大の指摘で、初めて自分の頬に涙が伝っていることに気がついた。

これは一体、なんの涙なんだろう。自分でも、よくわからない。

理性も本能も、Ω性も。全てが入り混じって、感情がぐちゃぐちゃだ。

「……なあ、雄大」

『うん』

「……馬鹿なこと、言ってもいいか？」

『いいよ。なんでも言って』

零れ落ちる涙を手の甲で拭いながら、俺は雄大にとっては残酷すぎる願いを口にした。

「俺さ……これからも、ずっと、お前とダチでいたい」

『…………』

「……課題半分ずつ分担して写しあったり、一緒にゲームしたり、夜に二人で枕並べて話したり……そんなちょっとしたことが、楽しくて仕方ないいまの俺たちの関係が、じいさんになるまで続けばいいのにな……って思うんだ」

互いに家庭を持って、家族ぐるみで旅行をしたり。

結婚相手に対する愚痴を酒の肴(さかな)にして、二人で呑んだり。

お互いの子どものバース相性がちょうどよくて、子ども同士も満更でなさそうだったら……将来結婚させるかなんて親父同士で勝手に画策したり。

そんな風に「ダチ」として、雄大の隣にいる未来が、隣で笑っていられる未来が、どうしようもなく欲しかった。

雄大から甘受(かんじゅ)しているこの温かさを、性的な代償なしに、手に入れたくて仕方なかった。

それがどれだけ身勝手で、運命を求める雄大にとって残酷なことなのか理解していてもなお……

俺はそんな「ありふれた」幸福な未来を求めずにはいられなかった。

『……俺はさ』

少しの沈黙の後。

ためらいがちに告げる雄大の声は、かすかに掠(かす)れ、震えていた。

「…………うん」

『俺は……カケが俺の隣にいる限り、ずっとカケの友達でいるよ』

無理やり絞り出したかのような、言葉だった。

「……隣に、いなくなったら?」

『……わかんない』

いまにも泣き出しそうな声で雄大は答えた。

当然と言えば、当然の答えだ。

離れていてもずっと友達だなんて、あくまで綺麗事。

優先順位は、いつだって身近な人物のほうが上になるのが普通だ。

「……悪い。変なこと言ったな。忘れてくれ」

『カケ……俺はさ』

「――また明日な」

何かを言いかけた雄大の言葉を遮り、そのまま電話を切った。

スマートフォンを枕元に置き、ため息を吐く。

「……これで傷つくとか、どんだけ勝手なんだよ。俺は」

運命は、受け入れられない。

雄大が望むであろう姿にも、なってあげられない。

それなのに、矛盾するように雄大を求めてしまうのは……Ω性の本能がさせることなのか。それとも俺自身の意思なのか。

また新たに見つかった自分の醜さに自己嫌悪を抱きながら、俺はベッドに寝転がり目を閉じた。

けれど、先ほどまで自分を苛んでいたはずの激しい恐怖は、いつの間にかすっかり消え去っていた。

◆

翌日。規定量のヒート抑制剤を服用してから、学園に登校した。

「カケ、おはよう。……休まなくて大丈夫？　なんか昨日よりさらに顔色悪く見えるけど……」

「おはよう。もう大分体調は戻ったから大丈夫だ。……まあ、週末にぶっ倒れる可能性は高いけどな」

「そんな状態なら、無理せず休もうよ……！　俺、ちゃんとカケが休んだ時の分のノートまとめてるから。カケがいつでもノート写せるように」

朝一で雄大に出会っても、昨日のような反応は起きなかった。

抑制剤の副作用による気持ち悪さと、軽い頭痛はあるが、なんとか明日まで乗り切れそうだ。

本来のヒートは一週間後に起こる予定だったが、この調子だとピルを服用していてなおズレが生じる可能性があったので、今夜の内にヒート促進剤を服用して、明日の土曜日にヒート症状が出るよう調整するつもりだ。

前倒しでヒートを終わらせてさえしまえば、きっといまの不安定な状態も少しは改善されるだろう。

それでなお改善されなかったら……その時はその時だ。

「本当に大丈夫なの？　熱とかはない？」

俺の額に手を伸ばしてきた雄大に、一瞬体が跳ねる。

しかし、額を雄大に触れられてなお、昨日のような変化は表れなかった。

日本のヒート抑制剤は、俺が思っている以上に優秀なようだ。

「熱は……ないみたいだね」

「多分明日一日部屋で寝れば治るから……」

「ならいいんだけど……」

体育は念のため見学にさせてもらったが、授業自体は特に問題はなく半日が経過した。

雄大は時折、何か言いたげな様子を見せていたが、敢えて無視を貫いた。

昼休みになると、いつものように購買でパンを購入して、雄大を伴い、学園に併設されている植物園へ向かった。

ガラス張りの温室の片隅に、いくつかの簡易テラスが設けられたそこは、他の生徒があまり利用しない穴場だ。セントラルディスタービングシステムの効果が薄れることを恐れ、滅多に外に出ない俺にとって、そこは外の世界を疑似体験できる貴重な場所でもある。

「……ねえ。カケ。昨日の電話のことだけどさ」

生い茂る植物を眺めながら焼きそばパンをかじっていると、とうとう雄大がそれを切り出した。

「……悪い。雄大。俺、昨日は体調が悪くて精神も不安定になってて……」

「俺、あれから一晩考えたんだよね。カケから言われたこと。カケが卒業後、ネトラントに行ってしまっても……いや、その前だな。カケがネトラントに行こうとした時に、俺はカケといまと同じように友達でいられるのかって」

とっさに口に出た言い訳は、あっさりと無視された。

雄大は、大きく息を吐き出して、何かに堪えるかのように目を伏せた。

「やっぱりさ……俺、無理だよ。俺は、いままで通り、友達でなんていられない」

「……………」

「多分俺はそうなったら……カケとの関係を『壊す』」

関係が「壊れる」のではなく、「壊す」のだと、雄大は言った。

俺が、ネトラントに行ってからではなく、行く前に、「壊す」のだと。

それは一体……どういう意味なのだろうか。

口の中が緊張で、どうしようもないくらい乾いた。

「だから、カケ。……俺も卒業したら、ネトラントに行くよ。カケと一緒に、行く。そうしたら俺はきっと、カケの友達のままでいられるから」

「……雄大？」

ネトラントへ行く一番の目的は、雄大と離れるためなのに。ついてこられたらなんの意味もなくなる。

唖然とする俺に、雄大は引き攣った笑みを向けた。

「ほ、ほら。俺の家族って大概クソじゃん？　俺、身体的な被害はなかったけど、精神的にはめっちゃ虐待受けてたわけで。優しくされた記憶なんか、母さんが出ていってからは全然ないし。だからさ……卒業したら、もういい加減、捨てちゃっていいんじゃないかなあって、こんな家族。椿山在学中の期間だけでもミヤモトのために働いたら、育ててもらった分くらいの恩は返せるし。てか元々大した恩じゃないし、まあ普通にそれくらいしても許されるよね。うん」

「……」

「でも、α至上主義の父さんは、βである弟にミヤモト継がせたくないみたいでさ。多分、俺がミヤモト離れるとか許さないと思うんだよね。絶対執念深く、俺につきまとってきそうでさ。だから、逃げるにしても、父さんが追ってこられないような遠くのほうがいいかなあって。だったらやっぱり海外……ネトラントとかぴったりじゃん、ねえ？」

「……でも」

「ほら、俺、ネトラント留学分くらいのお金、十分稼いでるし！　なんなら、カケ一人だったら、余裕で養えるし！　……そうだ、ルームシェア！　二人でルームシェアとか、絶対楽しいよね。滞在費だって安く済むし。日にちごとに当番決めて家事分担したりとかしてさ。ネトラント料理ってどんなかなあ。一緒に作ってみようね。いろいろ」

俺に口を挟む隙すら与えることなく、雄大は貼りつけたような笑みを浮かべたまま、必死にまくし立てる。

「それにネトラントって、バース性に対していろいろ大らかでいいよね〜。どんな組み合わせのカップルだって、結婚できるし。……αとαだって、ネトラントなら結婚できるんだよね」

「……雄大、俺は」

「あ、違うよ！　違う、俺、そういうつもりで言ったわけじゃないから！　俺、ちゃんとわかってる、カケがそういうの無理だってちゃんとわかってるから！　……そうじゃなくて、いつかさ。ほら、俺って運命のΩに嫌われてるから？　この先結婚できそうにないし、もしカケも独身でいることになったら、そういうのもありなんじゃない？　みたいな？　あ、もちろんエッチなこととかはなしで！　友達の延長線で、そういう風なのもありかなー、なあんて」

「――雄大。いい加減、俺の話を聞け」

まっすぐに目を見据えながら肩を掴むと、雄大はびくりと体を跳ねさせ、泣きそうな顔で押し黙った。

俺は大きく息を吐いて気持ちを落ち着かせると、ゆっくり雄大の肩から手を離した。

「……悪い。雄大。俺が昨日おかしなことを言ったからだな。お前に、変なことを言わせちまった。ごめんな」

「…………」

「だけど、俺、大丈夫だから。いまの言葉だけで、その気持ちだけで、十分だから、心配すんな。俺は一人でもネトラントで……」

「――違うよ。カケ」

ゆっくり首を横に振りながら、雄大は、両手で包みこむように俺の右手を握った。

壊れ物に触れるかのような、まったく力を感じさせない優しい手つきだった。

「『俺が』……俺が、そばにいたいんだよ。カケ。どんなかたちでもいいから、これからもずっとカケの隣にいたいんだ」

「雄大……」

「俺は……カケが、好きなんだよ。Ωだったら、なんて仮定の話じゃない。バース性とか関係なく、俺はカケが大好きで、誰よりも一番大切なんだ。カケが隣にいてくれるなら、俺はもう他には何もいらない。……運命のΩだって、必要ないんだ」

くしゃりと歪んだ雄大の頬に、涙が一筋、静かに伝った。

「……『友達』で、いいよ。カケ。カケは、俺のことを『友達』と思ってくれて構わない。俺と同じだけの気持ちを返せだなんて、わがままは言わないよ」

すがるように。祈るように。

雄大は両手で握りしめた俺の手を、うつむいた自身の額に寄せた。

したたり落ちた雄大の涙が、俺の手を濡らす。

「『友達』でいいから……そばにいさせて。俺を置いて、一人で外国になんかいかないで。……ただ、一緒にいてくれるだけでいいから。それだけで俺は、幸せだから」

突然目の前に突きつけられた、まっすぐすぎる雄大の好意に、上手く言葉が出てこなかった。

家族も。αとしてのあり方も。

あれほど執着していた運命のΩですら、俺の隣にいるためなら必要ないと雄大は言った。

ただただ、俺の隣で、俺が望む「友達」のまま居続けるためだけに。

αである雄大にとって、それは一体どれほど苦渋の決断だっただろうか。

本来の雄大の想いや願いを、どれほど噛みつぶして考え出した答えだったのだろうか。

想像するだけで、雄大が俺にどれほど深い愛情を向けてくれているかが伝わってきて、息が苦しくなった。

――もう、いいんじゃないか。

心のどこかから、そんな声が聞こえてきた気がした。

——これだけ雄大から想いを寄せてもらっているんだ。……いい加減、覚悟を決めて受け入れるべきなんじゃないか。

雄大は俺のために、運命のΩを求めるαの性を、曲げようとしてくれている。

それならば、俺も……雄大のために、自分自身のあり方を曲げて然るべきなんじゃないか。

簡単なことだ。いますぐにでも、雄大に自分が運命の番(つがい)であることを告げ、「抱いてほしい」と、ただ一言言ってしまえばいい。

雄大はきっと、俺が彼の運命のΩであることを黙っていたと知っても、怒りはしないだろう。……喜んで、俺を抱いてくれるはずだ。

俺を発達性バース適応障害と診断した医師は、αに抱かれれば、Ωであることを受け入れられないこの意識から解放されると言っていた。俺が雄大に抱かれて、Ω性を受け入れれば、全ては丸く収まる。……誰もが幸せになるんだ。

雄大はもう、運命のΩを探さなくて済む。全てを捨ててネトラントへ行く必要はないし、俺のことも諦めなくてよくなる。

母さんは、もう、俺をαに産めなかったことを、謝らなくてもいい。

親父も、家族のぎすぎすした関係に悩まされることがなくなる。

慶だって……俺が潔くΩ性を受け入れれば、きっとまた昔のように俺を「兄ちゃん」と呼んでくれるだろう。

俺自身だって……そうなれば、性自認と肉体のギャップに苦しむこともなくなるだろう。ただ俺らしくいようとするだけで周囲の人間を傷つけてしまうことに、自己嫌悪を抱くこともなくなる。

……いいこと尽くめじゃないか。誰にとっても、最善な結末だ。

ただ少し。ほんの少しの間、胸の奥に燻る嫌悪感を我慢するだけ。ちょっとだけ我慢して、雄大にケツを貸せばいい。ただそれだけだ。

みんなを笑顔にするためだと思えば、安すぎる代償だろう？

自分が何を選ぶべきかなんて、わかりきってる。

「……雄大」

それ、なのに。

「お前の気持ちは、すごくうれしいよ。……だけど、雄大。お前のその気持ちは、多分勘違いだ。お前を捨てた母親の代わりに、お前は運命のΩを求めて……それが手に入らないから、今度は手近な俺に執着しているだけなんだよ、きっと。……そんな一時の気持ちで、未来を棒に振っちゃだめだ」

——頭ではそれが一番いいとわかっていてなお、感情がそれを拒絶する。

「……何、それ……」

血の気が引いた青い顔で、わなわなと唇を震わす雄大の姿を見ていられなくて、雄大の手から右手を引き抜いて背を向けた。

「……雄大。やっぱり俺、体調悪いから、午後は早退するわ」

「……カケ。本当に、そう思ってるの？　俺のカケへの想いが、母さんを求めることの、ただの代償行動の結果だって本気で言ってるの？　一緒に過ごした記憶どころか、顔すらろくに覚えていないのに？」

「……ごめん……俺、行くな」

「待ってよ……カケ！」

駆け足でその場を去る俺の背中に、雄大の悲痛な叫びが突き刺さる。

「友達としてすら……そばにいさせてくれないの？」

俺はその問いに答えることなく、植物園を後にした。

『……うじうじうじうじ、いい加減うっとうしいんだよ、お前。悲劇のヒロインのつもりか。気持ち悪ぃ』

慶に言われた言葉が、ふと脳裏に甦る。

――悲劇。何が、悲劇だ。

ただ、どうしようもなく弱虫で憶病で、前に進めないだけなのに。

こんな状況も全て、全部自分が作りだしてるじゃねぇか。

かわいそうなのは……そんな俺に振り回されている、周りのほうだ。

「……卒業後じゃ、だめだ。もっと早く、ネトラントへ行かないと」

……明日からのヒートが終わったら、学園在学中に留学が可能か親父に相談しよう。一刻も早く、ここから離れる方法を探さなくては。

そうしないときっと、俺はもっとたくさん周囲を傷つけることになる。

その前に早くみんなから……雄大から離れなければ。

そんなことを考えながら、俺は再びΩ専用連絡ツールで早退の旨を入力して、寮の自室へ向かった。

「――おい、猛。どこ行くんだよ。午後の講義どうする気だ？」

「だりぃから寮で、サボる。清二郎、代返頼むわ」

「んなの、速攻バレるに決まってんだろ。真面目に授業受けろよ。そんなんだからクラス落ちすんだよ」

「そっちこそ。前日徹夜で勉強したせいで、寝落ちして答案埋められずクラス落ちした馬鹿に言われたくねぇよ。……どうせ、三年に上がる時はクラス替えしねぇんだ。受験までせいぜい適当にやるわ」

寮へ向かう途中、耳に入ってきた懐かしい声に、思わず足を止めた。

「……ん？　翔？」

俺に気がついた清二郎のほうが、穏やかな笑みを浮かべて声をかけてきた。

「久しぶりだなー。クラス離れてからちっとも会わないんだもの。もうすぐ講義はじまるけど、こんなところでどうした？　まさかお前までサボりとか言わないよな」

「……いや、ちょっと具合悪くて早退」

「ああ。言われてみれば、確かに顔色悪そうだな。ちょうどよかった。猛。お前サボって寮行くなら、翔を連れていって……っておい」

清二郎が言い終わる前に、猛は舌打ち一つだけ残して、さっさとどこかへ行ってしまった。

「……まったく。あいつ、まだ拗ねてるのか。相変わらずガキだな」

呆れたように清二郎が言った瞬間、昼休み終了のチャイムが鳴った。

「しまった。もうこんな時間か。……翔、寮まで一人で大丈夫か？　なんなら授業遅刻してでも送っていくけど」

「大丈夫。一人で帰れる」

「そっか。……なら、いいけど」

清二郎は少しだけ言い淀んだあと、言葉を続けた。

「なあ、翔。クラスも替わったし、なかなかこうして話す機会もなくなったけど、俺はお前のこといまでもダチだと思ってるから。……何かあった時は、気兼ねなく頼ってくれよ？」

「……っ」

仲が良かった時と同じように、当然のように与えられる清二郎の優しさに、思わず言葉に詰まる。

「……ああ。ありがとうな、清二郎」

「じゃあ、またな。お大事に」

ひらひらと手を振って去っていく清二郎の背中を、しばらく黙って見つめていた。

「……相変わらず、お前は気遣い屋で優しい奴だな。清二郎」

直接言えなかった言葉が、零れるように口から漏れた。

「……俺だって、お前たちをまだ、ダチだと思っているよ。ずっと、変わらずにダチのままでいたかったよ」

自分から離れたくせに。Ωであることを告白する勇気もないくせに。

そんな勝手なことを思ってしまう。

二年次のクラス替えで、そろって試験に失敗した二人が別のクラスになり、。正直俺はホッとした。変わらない二人を、視界の片隅で見続けるのはつらかったから。

変わらない二人が、俺じゃない別の誰かと仲良くしている姿が視界に入るたび、自分がそこにいたかもしれない未来をどうしても想像してしまうから。

大切だったダチから自ら遠ざかり。家族の期待を裏切り。

「友達でいいからそばにいさせて」とけなげにすがる雄大すら切り捨てた俺は、どこまで自分勝手で空っぽな存在なんだろう。

「……それなのに、どうしても希望が捨てられないんだ」

きっとネトラントに行けば、全てが解決するのだと。こんな歪（いびつ）な俺でも、居場所を見つけて、俺のまま幸福になれるのだと、信じずにはいられない。

俺にとっての、ただ一つの希望。俺が俺のまま、存在できる唯一の道。……大切な人たちを傷つけてなお、どうしても諦められない。

気がつけばあふれ出ていた涙を袖で拭って、寮へ駆け出す。

大切なものを全て捨ててでも、俺は一人ネトラントへ行く。その地が、俺に真の安息をもたらしてくれるのだと、ただひたすら信じて。

――それが、俺にとって都合のいい幻想にすぎないと、本当はわかっていても。

◆

翌日、激しい腹痛と共に目が醒めた。

……昨夜飲んだ促進剤が効いて、無事ヒートが開始した証拠だ。

俺は毎月襲われるその痛みに脂汗を流して耐えながら、トイレに駆けこむ。

あまり麗しくない話なので一般的には知られていないのだが、男性Ωのヒートは、性的興奮を伴わない激しい下痢からはじまる。

男性Ωの直腸というのは、大腸と子宮——厳密に言えば、女性のそれとはまったく異なる学名を持つ別の臓器なのだが、便宜上同一の呼称が使われている——とに、二股に分かれてつながっている。通常子宮口は固く閉じられており、大腸のみが活動しているのだが、周期的に訪れるヒート期に入るとその状況が逆転する。

ヒートが訪れると、Ωの体内では直腸から大腸につながる管の弁が閉じ、αの精液を受け入れるべく普段は閉ざされている子宮口が開く。だが、その際に衛生的な問題として、αの性器を受け入れる前に直腸内を洗浄する必要が出てくる。また、ヒート期間中は大便の排出ができなくなるため、前倒しで大腸内の便を出しきる必要も出てくるのだ。

それが男性Ωのヒートの第一段階……【腸内洗浄期】である。

体が大腸内の全ての便を排出しようと働きかけてくる上、最後には浄化作用がある男性Ω特有の体液が出っぱなしになるので、これがなかなかつらい。最低でも一時間はトイレの住人になる必要がある。……これが、多くのαが知らない、男性Ωの悲しい現実である。

「……番の男性Ωがヒート期入ったって、朝からエロ妄想で浮かれるα野郎全員に下剤を盛ってやりてぇ……」

きっちり一時間トイレに引きこもって出すものを全て出しきった俺は、一人毒づきながらふらつく足でトイレを出た。

このままベッドに倒れこんでしまいたいのは山々だが、本格的な発情がはじまる「第二段階」に入る前に、いろいろ済ましておかなければならない。

二日間寝こむことを想定して念入りにシャワーを浴びたあと、ベッドの周辺に水や食料、ティッシュ箱にタオル、着替えなどを固めて配置した。万が一粗相をした時のために、ベッドの上には防水シートを敷いておく。

Ωのヒートというのは、性交渉の相手さえいなければ高熱で寝こむのと大して変わらない。苦しいほどの体の火照りや疼きを抱えたまま、ベッドに転がってひたすら寝てすごす。ヒート中は体の自由が利かず、トイレに行くのすら一苦労になる。だからこそ、ベッドに寝たまま欲しいものを手に取れるような準備が必要なのだ。

全てを準備し終え、あとは第二段階の訪れを待つばかり……となった時初めて、俺は部屋の異変に気がついた。

「……セントラルディスタービングシステムが、作動していない？」

聞き慣れた空調の音が、そういえば聞こえない。季節柄、あまり室温調整が必要ではなかったために、いままで気がつかなかった。

あわてて指紋認証のスイッチを確認するも、いくら操作しても反応はなかった。

『——ああ、すみません。寮の空調とセントラルディスタービングシステムに、なんらかの異常が発生して一時的に止まってしまったみたいで。いま、原因を探っているところです』

寮の管理人に電話すると、困ったような声が返ってきた。

『どうやら止まっているのは一部の生徒の部屋だけのようで、寮の廊下や他の施設は問題がないみたいですから、ご不便でしたらしばらく部屋を出ていてください。必要ならスイッチの状態を確認するためにあとで部屋に伺わせてもらいますので、その時は電話しますね』

「いや……その、実は俺、いまヒート中でして」

『あ、そうか。畑仲さんはΩでしたね。他に被害があった生徒はβだけだったので油断していました。……弱ったなあ。私はβだから、ヒートにあてられはしませんが、Ωの方はヒート中を見られるのは、やっぱりお嫌ですよね』

「まあ……状態次第ですかね。ベッドでうなっててまともに対応できないかもしれませんが、勝手に鍵を開けてスイッチをチェックしていただけるのでしたら別に構いません。セントラルディスタービングシステムのスイッチは、玄関のところにありますしね」

寮の管理人は、人の好い初老のβだ。多少ヒートの気配を感じられたとしても危機感は抱かない。

スイッチの場所とベッドの場所は扉一枚で隔てられているし、機械の確認のために少し滞在されるくらいは問題がない気もする。それよりは、このまま機械が直らないほうがよほど問題だ。

『本当ですか？　……じゃあ、その時はインターフォン越しに確認してから入らせてもらいますね。万が一、番の方の訪問とかぶっても困りますし』

「……俺に番はいませんよ」

『ならよかった。……でも、ヒートの状態もあるでしょうから、一応インターフォンでは確認します』

あからさまにほっとした様子の管理人の声に、苦笑いが漏れる。

——訪問したら、俺がおっぱじめてるとでも思ってたのか。世にあふれるエロ漫画の影響か、βの人間は、Ωのヒートに対していろいろ過剰に反応しすぎだと思う。

ベッドにいたまま対応できるように、モニター付きのインターフォンの子機もかたわらに置いて、ベッドに寝転ぶ。

インターフォンが鳴ったのは、それからすぐだった。

「……はい。畑仲です」

——第二段階が来るより早かったな。これなら、一度対面しても問題なさそうだ。

そう思って子機を片手にベッドから立ち上がり、玄関に向かいながら、モニターを確認する前にインターフォンに出た。

——しかし。

『……あ、カケ？　突然ごめんね。体調悪くて寝こんでるんじゃないかって、心配でお見舞いに来たんだ』

その、声を、聞いた瞬間。

その、モニター越しの姿を、垣間見た瞬間。

「……っあああ!!」

『カケ!?』

一瞬にして全身を駆け巡った「第二段階」に、俺は声をあげてその場に倒れこんだ。

手から子機が離れて、転がり落ちる。

転がった子機から、『カケ！　カケ！　カケ！　大丈夫!?　お願いだから、返事をして!!』

すぐに子機を手に取り、切羽詰まったような雄大の声が、聞こえる。

声にすら反応し、なんでもないから帰れと言ってやりたかった。だが、体は雄大のそんな声にすら反応し、油断すればおかしな声を発しそうになる喉は、まともな言葉を発しなかった。

——何故、来た、雄大。

よりにもよって、この最悪なタイミングで、何故事前に連絡もせずに俺のもとにやってきたんだ……！

一瞬で痛いほど勃ち上がった男性器を、無意識に床に擦りつけている自分に気がつき、絶望した。

ただ、声をインターフォン越しに聞いただけ。

わずかにモニターに映った姿を見ただけ。

それだけで、俺の体は、どうしようもなく雄大を求めている。

『待って！　いま、鍵を開けるから！』

――開けるな。見るな。こんな浅ましい俺の姿を、頼むから見ないでくれ……！

……いや、鍵を開けるとはどういうことだ？　もしかして雄大は、俺を訪ねてきた管理人と遭遇したのだろうか。……それはない。管理人は俺の状況を知っている。見るからにαである雄大のために、鍵を開けることはない。

……大丈夫だ。大丈夫。雄大は、ここまでは来ない。だから、心配する必要はないんだ。

――ピッ。

するはずのない電子音が、玄関から聞こえてきた。扉が開く音と共に、どたどたと足音が近づいてくる。

どうして。なんで。

「――カケ！」

「あああああっ!!」

再び扉が開く音がした途端、室内中に広がった、記憶のそれよりなお甘いその香りに、俺は絶頂に達した。

射精の余韻に体がひくひく震える。

生理反応か、感情からか、ぶわりとあふれ出た涙の向こうに、タブレットと見舞いの品を抱えて立ち尽くす雄大の姿が滲んで見えた。

……終わった。そう思った。

射精してなお性器は勃ち上がったままで、声をかけるべく開いた口からはだらだらと唾液が零れ落ちたが、一度射精したからか頭の中は静かだった。

「雄大……電子ロックを……ハッキングで解除するのは……犯罪だぞ……」

昔ながらのアナログキーならば、雄大ではどうにもならなかっただろうに。

口の中から、乾いた笑いが漏れた。

学園のセキュリティが最新だからこそ、破ることができただなんて、なんて皮肉な話だろう。……その技術を持っているのは、日本中探しても雄大を含めて数人くらいなものだろうということも含めて。

「……カケが、心配だったんだよ……」

この一瞬で全てを察したらしい雄大は、いまにも泣き出しそうな顔で笑った。

「でも本当は……心のどこかで、こうなるのを望んでいた気がする」

そんなことを言うくせに、雄大はなんだかひどく苦しそうで。ただただ胸が痛かった。

……きっと、そうじゃない。お前は優しい奴だから、本当にただ、俺を心配しただけだよ。

そう、言ってやれたら、どんなによかっただろう。

「……セントラルディスタービングシステム不良も……お前、か……？」

いままで一度も異常が出なかったセントラルディスタービングシステムが、いきなりおかしくなったというのも、俺を除いて被害があった生徒が全てβと言うのも、このタイミングのよさを考えれば、あまりにも都合がいい話だ。

言ってたじゃないか。雄大は。……「セントラルディスタービングシステムを、クラッキングしたい」と。

「カケの、匂いを確かめたかったんだ……そうすれば、諦められると思ったから……」

荷物を置いた雄大が近づくにつれて、甘い香りが強くなる。

脳まで蕩かすようなその香りにあてられて、逃げることも叶わない。

「……セントラルディスタービングシステムと空調に、半日だけ機能を止める作用を持つ自然消滅型の弱いコンピュータウイルスを流して、カモフラージュ用にβの生徒何人かと、カケの部屋だけ作動しなくさせた。……そうやってカケのお見舞いに行って、カケのαの匂いを嗅いだら、本能がカケを諦めてくれるかもって思ったから……」

頬に雄大の手が触れた瞬間、体が一層熱くなった。遺伝子が求めるαがやってきたことに、体は喜んでいる。

次々に流れ落ちる涙を、雄大の親指が拭った。

「……ごめんな……雄大」

雄大の目が、大きく見開かれる。

「お前を……そこまで追いつめたのは……俺、だな……ごめん、雄大……ごめん、な……」

追いつめて、ごめん。苦しめて、ごめん。

俺がちゃんと……もっとちゃんと雄大に向き合っていれば、雄大にこんなことをさせなくて済んだのに。

お前を、こんなかたちで、一層傷つけなくて済んだのに。

「……なんで、カケが謝るの……」

とうとう雄大は、顔をくしゃくしゃにして泣き出した。

「俺は、違法なクラッキングをした犯罪者で……これからもっとひどい罪を犯すのに。カケはただの被害者なのに……どうして……！」

フィクションの世界では、ヒート中の運命の番（つがい）に遭遇したαは、理性の欠片も残らなくなり、獣のようにΩに襲いかかるという描写をされることが多い。Ωもまた、すっかり理性をなくした状態で、本能のままαに与えられる快楽を貪（むさぼ）る姿で描かれる。

……そうなれたら、お互い、どんなに楽だったろうか。

理性はどろどろに溶けて、体は動物的に互いを求めている。

それなのに俺たちは……人間だった。悲しいくらい、人間のままだった。

「……カケ」

それでも——もう引き返せないことは、お互いわかっていた。

床に横たわる俺の顎をとって、息がかかる距離に顔を近づけたのは、雄大だった。

だけど、先にその唇を貪（むさぼ）ったのは、俺だったのかも知れない。

「はっ……ん……ふ……」

互いに初めての口づけで、息継ぎのタイミングもわからないのに、ただ必死に互いの舌の感触と唾液を求めていた。

生ぬるいそれが自分の舌と絡まった瞬間、ぞくぞくとした官能が全身を襲った。

あふれ出た唾液が喉に流れ落ちると、求めていた遺伝子を体内に取りこめたことに体が歓喜した。

無我夢中だった。

舌先を吸って、絡め、歯列をなぞり、互いの口の中を必死に蹂躙し合う。

「……ふっ……」

どれだけ長い間キスを続けていただろうか。

ようやく唇を離した時には、唾液の糸が互いの口をつなげていた。

「カケ……」

ふわりと膝を持ち上げられ、そのまま体を抱えあげられた。

俺も大概でかいほうだが、雄大のほうがもっとでかい。だからおかしくないと言えばない構図なのだが、こっ恥ずかしい。

いわゆる「お姫様だっこ」で、ふらつきもせずに俺を運ぶ雄大に、どこにそんな力があったんだと、ぼんやり思った。

インドアでパソコンばかりしているくせに……これも全てαゆえの資質なのだろうか。

そのままベッドに寝転ばされると、上半身に着ていた衣服を脱いだ雄大が覆いかぶさってきた。

やはり、俺と遜色ないくらいには……否、俺以上に筋肉がついている。

俺は定期的に筋トレをしていてなお、うっすらしか筋肉がつかないのにずるいと、いまの状況にそぐわない嫉妬心が湧いた。

「……脱がすよ。カケ」

寝巻きとして着ていたTシャツは、玉ねぎの皮でも剥くように、あっという間に剥かれた。

露わになった自身の胸を見下ろし、俺が絶句するのと、雄大が唾を呑みこむのは同時だった。

「すごい……カケの乳首、ぽってり赤く腫れて……めちゃくちゃエロい」

羞恥で脳が焼き切れそうになった。

違う。普段はこんなんじゃない。ヒート中だから。あくまでヒート中だからこんな風になっているだけだ。

「……あああ!! ん……んっ……ふ……」

言い訳の代わりに口から漏れたのは、嬌声だった。

俺が何かを言う前に、雄大は左の乳首を口に食んで舌で転がし、右の乳首を親指と人差し指で挟んでくりくりこねくり回していた。

「……声、我慢しないで、カケ」

「無理だ……ひゃっ! ……うん……」

息継ぎの合間に囁かれ、必死に首を横に振る。

知らない。こんな種類の気持ちよさは、知らない。

ヒート中の自分の乳首なんて見ようとすら思ったことがない。

じわじわと、蝕むように湧き上がる快楽に、下半身がびくびく動いた。

先ほど精を放った下着の中は、痛いほど勃ち上がった男性器からの先走りと、尻の穴から漏れる男性Ω特有の粘液も合わさり、すっかりぐちゃぐちゃになってしまっている。

雄大が口と手を反対にして、それぞれの乳首をまた同様に丁寧に愛撫し終えた頃には、俺は既にもう、ぐずぐずに蕩けきって荒い息を吐いていた。

そのまま下着ごとズボンが引き抜かれ、濡れたそこが露わになる。

「すごい……カケのパンツ、びちゃびちゃだ」

「……言う……な」

「ここも……」

「あああああっ!!」

興奮したような荒い息で耳元に囁かれながら、男性器を触られただけで、俺は二回目の絶頂を迎えた。

精を吐き出してなお、萎えることなく勃ち上がったままぴくぴく痙攣しているそこを、雄大は視線を逸らすことなくじっと見つめていた。

見られている羞恥に、尻の穴がきゅんと締まるのがわかり、俺はあわてて足を伸ばして腰を落とすことで、そこを隠した。

「カケのせーえき……もったいない」

「え……うんんん……っ!!」

イッたばかりのそこを口に含まれ、両手で口元を押さえて漏れ出る喘ぎ声を堪えた。

敏感な裏筋をなぞるように舐められ、カリ首を指で弄られながら、残った精液を吸い出すように先端を吸われ、そのまま舌で嬲られる。押し寄せる快感の強さに、目の前がチカチカした。

「……雄大ぃ……」

鳥肌が立つような、甘ったるい声が口から漏れる。

いつの間にか立ち上がっていた膝が、足の間にある雄大の頭を逃がさないよう、勝手に挟みこんでいた。

気持ちいい。気持ちいい。気持ちいい。

——おかしく、なってしまう。

必死に声を噛み殺しながら、ふうふうと荒い息を吐く俺の膝裏を掴み、雄大はそのまま押し上げた。

「……雄大！　そこは……そこは嫌だ！」

ぱくぱくと収縮を繰り返す尻の穴に舌が当てられた瞬間、快楽に呑まれかけていた俺は、ようやく我に返った。

俺の制止の言葉に、雄大は捨てられた犬のような表情を浮かべ、上目遣いでこちらを見上げた。

「なんで？　……カケもΩなら、ここ弄られると気持ちいいって、知ってるでしょ」

「知ら、ないっ……怖いっ……」

快感より、恐怖が上回った。

いやいやと首を横に振る俺に、雄大は膝裏から手を離して、上体を起こした。

「……もしかして、カケ。自分で抜く時も、お尻の穴……弄ったことないの？」

弄ったことなど、あるわけがない。そこで快楽を得るということは、自分のΩ性を認めることと同義なのだから。

必死にうなずく俺の姿に、雄大は尻穴に触れることを諦めてくれたのか、そのままそっと俺のこめかみの辺りに口づけた。雄大の舌の熱がなくなったことで尻の穴が寂しげにひくついていたが、気づかないふりをする。

「……大丈夫だよ。カケ。大丈夫」

啄むように顔のあちこちに口づけられ、ほっと力が抜けた。

口づけはやがて唇へと落とされ、再び深い口づけがはじまる。

自分の精液の味と、尻の穴から分泌された体液の酸味が入り混じった最悪の味がしたが、その裏側から滲み出る雄大の唾液の味を求めるように、俺は必死で雄大の舌を貪った。

「大丈夫だよ、カケ。……怖くないよ」

口づけの合間に、言い聞かせるように囁かれながら、背中をそっと撫でられる。

口内の快感に夢中になっている内に、雄大の手はゆっくりと下に滑り落ちていった。

「気持ちいいことは、怖くないから……大丈夫だよ。優しくする」

「――――っ!!」

口から零れそうになる叫びは、雄大の口で封じられた。

雄大の太い人差し指が、濡れた穴に押し当てられ、ゆっくりと中に沈みこんでいく。

待ち望んでいた刺激に、尻の穴がきゅうきゅうと収縮して雄大の指を締めつけるのがわかった。

雄大は、決して性急に中を刺激しようとはしなかった。指のかたちを覚えこませるように、ゆっくりゆっくり直腸がほぐされていくと共に、いままで味わったことのない種類の快感が湧き上がり、体ががくがく震えた。

「……だい……うだい……」

口づけの合間に名前を呼びながら、背中に手を回してその胸にすがりつく。芯を持って硬くなった乳首が、雄大の胸に擦れてまた別の快感に襲われたが、それでもすがらずにはいられなかった。

怖い。

未知の快感が。

作り変えられていく、自分の体が怖い。

——でも。

「あぁぁっ!!」

二本目の指が入った時、雄大の唇は間に合わなかった。

「雄大っ……雄大っ……怖いっ……気持ちよすぎて、怖いっ……」

二本の指が別々の動きをし、直腸の壁を刺激しながら横に広げていく。

知らなかった自分の気持ちいい場所を、次々に見つけられては指で刺激され、頭がおかしくなりそうだ。

怖くて仕方ないのに。こんな風に、どろどろになっている自分を気持ち悪いと思うのに。

それなのに。

それなのに、……ああ、どうして。

「……怖がらないで、カケ。……くそっ……」

指が引き抜かれた途端、喪失感で尻の穴がひくついた。

雄大は、先ほどまで慎重に俺の中を開いていたとは思えないほどの荒々しさで、自分のジーパンと下着を靴下ごとまとめて脱いでいた。

露わになった雄大の男性器に、俺は思わず息を呑む。

自分の男性器を小さいと思ったことはなかったが……Ωのヒートにあてられたαの性器は、ここまで大きく、猛々しく反り返っているものなのか。

期待するかのように口の中に湧き上がった唾を、こくりと喉を鳴らして、自然と呑みこんでいた。

「ねえ……カケ。俺、カケの中にこれ、挿れたい」

耳元で甘えるように懇願しながら、雄大は先走りで濡れた先端を、俺の尻の穴に擦りつけた。

「挿れていい？　カケ。……俺、カケと一つになりたい。カケの中に入りたい。……だめ？」

「待て」をさせられている犬のようだと思った。

「だめ」だと言ったら、いまさらやめられるのだろうか。……いや、多分やめるのだろう。雄大なら。これほどΩのヒートにあてられてなお、決して乱暴なことは何一つしてこない優しい奴だから。

でも……いい加減、俺のほうが限界だった。

「挿れて、くれ……雄大……欲しいっ……！」

怖いのに。気持ち悪いのに。

——それなのに、どうしようもなく雄大が欲しくて、仕方ない。

どれほど思考の一部が拒絶しようと、俺はどうしようもなく……Ωだった。

運命の番であるαを、必死に俺を求める雄大を、求め返さずにはいられなかった。

「カケ……」

再び膝裏を掴まれて、腰を高くあげられ、角度を調整しながら雄大の性器が尻穴に当てられる。

挿入の段階になっても、雄大の慎重さは変わらなかった。

太いカリ首が、ぬぷりと尻穴を割って、もどかしいほどゆっくり中に押し入ってくる。

直腸が、それを奥へ奥へと招くように、収縮を繰り返すのがわかった。

「……全部、入った……」

尻たぶに雄大の陰毛が触れるのを感じた途端、ああ、もう元には戻れないのだと、改めて思った。

「あ、あ、あ、あ……」

「カケの中すごい……あったかい……すげぇ、気持ちいい……」

「んんっ……あっ……ん……あああああぁぁっ!!」

ここまでは必死に理性を保ってきた雄大も、いい加減限界だったらしい。

ゆっくりと腰を動かせたのは最初だけで、すぐに理性をなくした獣のように荒々しく腰を振りはじめた。

パンパンと肉がぶつかる音と、結合部から発せられるぐちゅぐちゅという水音。それに合わさって甲高い俺の嬌声が、室内に響き渡る。

気持ちいい。気持ちいい。気持ちいい。

これが、欲しかった。
やっと、手に入れた。
――だけど……だけどまだ、足りない。
「カケ……カケ……かける……翔っ……」
マーキングするように名前を呼ばれ、歓喜で肌が粟立った。
名前の響きも存在も、全て雄大のものにしてほしいと思った。
ただただ、いまは雄大に、征服されたくて仕方ない。
胸の奥に、いまだに消えない嫌悪や、恐怖すら、全て支配して呑みこんでほしい。
そのために必要なのは……
「……カケ……うなじ、噛んじゃ、だめ？……」
体位を変えられ、四つん這いの状態で後ろから犯されながら、うなじを舐められた。
渇望していた刺激に、体の中が一層熱くなるのがわかった。
「いいって言って……カケ。お願い。……お願い、翔」
歯を立てることなく、唇だけでうなじを食みながら、雄大は懇願する。
――こんなことまで俺に委ねるだなんて、優しすぎて残酷だ。
性交中に、αがΩのうなじを噛めば、二人は番になる。
番になれば……ヒート期間中は、その体を求めずにいられなくなってしまう。
Ωにとってはメリットが少ない、αがΩを縛るためだけに行なわれる行為。

その許可を……俺に口にさせるのか。雄大。

「カケ」

『カケ』

先日の夢の記憶が、雄大の声が重なった。

『好きだよ……好きだ。カケだけを愛している』

「好きだよ……カケだけが、好きなんだ……離したくない」

雄大の言葉は、夢で聞いたそれより必死で余裕がなくて……そして、残酷で、泣きたいくらい優しかった。

『綺麗なうなじ……噛むよ』

「だから、お願い。カケ……うなじ、噛ませて。……カケを俺の番(つがい)にさせて。……カケを、俺に縛らせて」

こんな風に必死に求められ……誰がお前を拒絶できると言うのか。

「……噛んでくれっ……雄大……俺を、お前のものにしてっ……ああああああ‼」

ぶちりと何かが切れた音がしたと同時に、夢で味わったそれを遥かに上回る想像を絶する快感が押し寄せた。

甘い甘いあの香りが、雄大が歯を立てたところから体内に入り、内側から広がっていく。

「んっ……！」

うなじからもたらされる快感だけで射精した瞬間、直腸が雄大の性器を締めつけてしまい、その刺激で雄大も射精したのがわかった。

温かい雄大の精液が胎内に広がり、その感覚がたまらなく心地よかった。


それからは、ただただ交わってすごした。

半日すれば直ると言う雄大の言葉通り、セントラルディスタービングシステムは復帰したが、雄大に促されるわけでもなく、気がつけば俺が自分でスイッチをオフにしていた。

インターフォンが鳴ったかどうかは、わからなかった。雄大のこと以外、意識が向かなかったから仕方ない。

喉が渇けば用意していた水を飲み、腹が減ったら、やっぱり用意していた簡単な食事を口に入れ、すぐにまた目の前の体を貪（むさぼ）った。

途中、何度か失神するように眠りについたが、起きて目が合った瞬間、体が自然に互いの肉を求めた。

脳も体も、全てがでろでろのぐずぐずに溶けて、このまま雄大と混じり合って一つになるんじゃないかと、半ば本気で思った、日曜日の夕方。

——ようやくヒート期間が、終わった。


「……水、飲む？　カケ」

「……うん」

ヒートから解放された俺たちに訪れたのは、互いに理性を取り戻したあとの、気まずい空気だった。

「……他に何かいる？　取ってくるよ。俺」

体の負担が大きくてベッドで動けないでいる俺のために、ズボンを穿いて簡単に身支度を整えた雄大が、甲斐甲斐しく世話を買って出てくれる。

「……そこの、棚の中に……」

「うん」

「緊急用アフターピルが入ってるから……持ってきてくれ」

親父が、万が一のためにと病院からもらっておいてくれたものだが、まさか本当に使う時がくるとは思わなかった。行為後の避妊なんて、俺には縁がない話だと思っていたのに。

「…………うん」

少しの沈黙の後、雄大は水のペットボトルと、ピルを持ってきてくれた。

「ありがとう……」

「……………」

黙りこむ雄大を横目に、ペットボトルの水でピルを流しこむ。

……本当なら雄大は、なし崩しに俺に子どもを産んでほしかったのかもしれないな、とふと思う。

まだ俺たちは学生だし、さすがに妊娠の覚悟はできてない。

雄大には申し訳ないが、無視して避妊させてもらうことにする。

「あと……悪いけど、体がべたべたで気持ち悪いから、濡れタオル持ってきてくれないか」

「……うん」

濡れタオルと言っただけなのに、雄大は洗面器にお湯を溜めて、タオルと共に持ってきてくれた。

「……俺が拭くよ。カケ」

「ああ……ありがとう」

水気を絞った温かいタオルで体を拭かれ、ほおっと心地よいため息が漏れた。

雄大が優しい手つきで体を隅々まで拭いてくれるのを、疲労からか半ば眠りかけながらうとうと眺めていたら、不意に雄大の目から大粒の涙が零れ落ちたのが見え、ぎょっとして目が覚めた。

「雄大……？　お前、なんで……」

「……カケ、言いたくないなら、言わなくてもいいんだけど……」

零れ落ちる涙を拭う雄大の口から出た言葉は、俺からすれば完全に予想外のものだった。

「カケ……昔、さっきのアフターピル使うような目に遭ったりしたの？　そのせいで、男がだめになってたんなら……俺……俺……」

……なるほど。さっきのあの沈黙は、そういう意味だったのか、と納得する。

雄大は、俺が昔レイプされたことがあり、そのトラウマで男がだめになったと勘違いしたのだろう。道理で様子が変なはずだ。

罪悪感でしゃくりあげて泣く雄大に苦笑を漏らしながら、寝たまま手を伸ばして、慰めるようにその頭を撫でた。

「……違うよ、馬鹿。あれは万が一のために親父が持たせてくれたやつ。俺は、正真正銘、お前が初めてだよ」

「じゃあ……なんで」

「俺のは、ただの発達性バース適応障害。脳にΩのバース因子が届かなくて、自分をΩと認められなかっただけ。……お前に抱かれて、大分治ったみたいだけどな」

そう、大したことじゃないんだ。そんな、悲劇的な理由じゃない。

ただ、俺が……どうしようもなく臆病で、だめな人間だっただけで。

だけど、そう説明した瞬間、雄大はますますぼろぼろと泣きだした。

「……じゃあ、カケは、自分がΩと受け入れられないまま、俺に抱かれてくれたの?」

「……ああ。つまらない理由で、お前を傷つけて、本当に悪いことを……」

「──つまらない理由なんかじゃないよ!」

俺の謝罪を遮り、雄大は寝ている俺の腹に泣きながらすがりついた。

「ごめん……ごめんね。カケ。……つらかったでしょう。自分の性を認められないで苦しんでいたのに、俺が執拗に運命のΩを探したせいで、カケをますます苦しませていたんだね。……それなのに、俺はヒート中のカケのところに押しかけて、こんな目に遭わせて……」

「……話を聞いてたか、雄大。俺の障害は、お前に抱かれれば治る程度のものなんだぞ。いまはまだ完治はしてないけど、回数を増やせば、そのうちいつか普通のΩに戻れる。それがわかってて、俺はお前から逃げ続けたんだ。恨まれはしても、謝られる覚えはない。……謝るなら、迷惑をかけた管理人さんにしとけ」

「……寮の管理人さんには、あとで適当な理由つけて謝罪しとく。……それはそれとして。なんで、カケが自分にとって嫌な選択肢を選ばなかったからって、俺が恨む権利があるの？　カケのことも、運命のΩのことも、俺が勝手に好きになって、執着しただけだよ。カケが気持ちに応えられなくても、仕方ないことでしょ……」

当たり前のようにそう口にした雄大に、言葉に詰まった。

「……だけど俺は……すごくすごく、お前を傷つけた」

「俺が勝手に傷つくたび、カケだって、同じくらい傷ついてたでしょ？　だったら、一緒だよ……」

一緒、なのだろうか……？　ならなおさら、お互い様ということで、雄大が謝るのもおかしい気がするが。

そんなことを思いながらも、気がつけば俺の視界は張った涙の膜で霞んでいた。

――ずっと俺が、悪いんだと思っていた。

受け入れられない俺が異常で……治るチャンスがあるのに、踏み出さない自分が、害悪なのだと。それなのに、お前が。……俺がΩ性を受け入れられないことで、一番苦しめたはずのお前が、俺を肯定してくれるのか。

誰もが否定する俺の行動を……雄大。お前だけは、受けとめてくれるんだな。

「ごめんね。カケ……それでも俺は、カケのこと離してあげられない」

友達でいいからそばにいさせて――そう言ったあの時のように、雄大は両手で俺の手を握り、祈るように、すがるように、そっと額に当てた。

「運命の番でなくても、カケならよかった。……でも、カケが運命の番だったら、俺、もう他にこれ以上好きになれる相手、見つけられる自信ないよ。……カケの全てが好きで好きで仕方ないのに、遺伝子レベルで恋しちゃってるんだって知っちゃったら、もうどうしようもない。他なんて、探せないいんだ。……ごめんね。カケ、ごめん。……好きになって、ごめん」

あの時と同じように零れ落ちた涙が手を濡らした瞬間、俺は痛む腰に眉をひそめながら、ゆっくり上体を起こした。

「……雄大……こっち来い」

「え……」

「頼むから、そんな風に泣くな。……泣くなら、俺の胸の中にしろ」

両手を開いて雄大を呼ぶと、雄大は涙と鼻水でぐちゃぐちゃになった顔をあげて、信じられないものでも見るかのような目で、俺を見た。

そして少しの躊躇の後、震える手を俺の背中に回して、顔を胸元に押しつけるようにして抱き着いてきた。

「……あーあ、胸に鼻水ついた。あとで、またこの辺拭けよ」

「いくらでもふくよ……ごべん……ごべんね、ガゲ……」

「……鼻水でもう、何言ってんのか聞き取れねえけど、多分謝ってんだよな。頼むから、もう謝るな。雄大。お前が謝ったら、同じだけ俺も謝らないといけない」

「……でも……ごべん…………」

胸の奥に広がる、このどうしようもないまでの愛おしさは、Ωとしての本能によるものだろうか。それとも、元々の俺が持っていた感情だろうか。

……雄大に抱かれたいまとなっては、よけい判別がつかない。その事実が、少し苦い。

「なあ、雄大。謝るくらいなら……いまの俺のことを……そしてこれまでの俺のことを、忘れないでいてくれ」

手を伸ばして引き抜いたティッシュを雄大の鼻に押し当ててやりながら、胸の奥に潜んでいた、その願いを口にする。

「『Ω性を受け入れられずに苦しむ俺』がいたことを……たとえ、俺が忘れてしまっても、お前だけは覚えてててくれ」

怖いのは、変わってしまうこと。――確かに存在した「俺」が、消えてしまうこと。

Ω性が進行してしまえば、いまの「俺」が、消えてしまう。ずっとそれが怖くて仕方なかった。

きっとそうなれば、未来の俺自身が、不都合な過去の記憶として「俺」を忘れてしまうとわかっていたから。

――だけどもし、雄大が覚えていてくれるなら。

雄大だけでも、忘れないでくれるなら。

「――忘れ、ないよ」

鼻をかんで多少ましになった声で……それでも相変わらずぐちゃぐちゃの顔のまま、雄大は首を横に振る。

「俺は、カケの全てが好きだから……過去のカケも、いまのカケも、未来のカケも、全部引っくるめて好きだから、俺は、忘れないよ。……たとえカケが忘れても、絶対に俺だけは覚えているから」

――その言葉に、救われた気がした。

「……ねえ、カケ。……お願いだから、そばにいて。俺のこと、愛せないなら、それでもいいから。都合のいい、ヒート処理の道具だと思ってもいいから。……どうか、俺から離れないで。俺、カケのためなら、なんでもするから。カケのこと、絶対幸せにするから。……だから、お願い……」

「馬ー鹿」

見当違いの愛の言葉を切々と述べる雄大を、一蹴する。

……変わることは、正直いまも怖い。

自分が自分でなくなる恐怖は、きっとぎりぎりまで捨てられないだろう。

だけど、いつか。

いつか、この悲しいまでに健気な愛しい友に、同じだけの愛が返せる日が来るのだろうと思えば。

「愛のかたちは違ってたかもしれないけど……お前のことなんか、とっくに愛してるに決まってるだろ。馬鹿雄大」

――変わった先にある未来を、愛おしく思える自分がいるのもまた、事実だった。

ヒート期における運命の番とのセックスは、どんな麻薬よりも強烈な快感をもたらしてくれる。脳みそが快感でどろどろに蕩け、嫌なことは全て忘れさせてくれる最高のドラッグ。……そう、思っていたのに。

「お前の俺への気持ちなんて、結局はバース性がもたらす錯覚なんだよ！　体が勝手に求めてるだけで、そこにお前の意思は関係してないんだ！」

「本当は、がっかりしたんだろ？　雄大。なあ、がっかりしたって言ってくれよ……！　こんな自分勝手で、卑怯で、でかくてごつい男が、お前の求める運命のΩだったことに、本当は失望してるんだろ？　なあ？　――正直に言えよ！　本当は、俺じゃない奴がよかったって！」

「雄大……お前は、俺といないほうが幸せになれるよ……まともなお前は、俺みたいな異常な奴といたらだめなんだ。……なあ、運命なんて、さして意味がないって。ただの体の相性だって、もうわかっただろ？　……一度番になっても、一年間性交渉をせずに耐え抜けば、勝手に番関係は解消される。……雄大……頼むからもう、俺から解放されてくれ……俺を、解放してくれ……」

……何故、俺は、こんな状況でもなお、お前を傷つける言葉ばかり吐き続けるのだろう。

「……雄大。いつも言ってるけど、タオルだけ持ってきてくれれば、俺は自分で拭くから。いくら腰砕けでも、そのくらいできるから」

「俺もいつも言ってるけど、俺がやりたいんだってば……ほ、ほら、カケだって俺に拭かれたほうが、気持ちいいでしょ？ ……き、気持ちよくない？ もっと優しくしたほうがいい？」

「……いや、気持ちいいけど」

「じゃ、じゃあ！ いいよね⁉ 俺が、ヒート後のカケのお世話しても‼」

「………………」

必死な雄大に、二の句が継げなくなる。

本当に……こいつは……どこまでも。

あの偶発的な初体験から、毎月欠かさずヒート期に関係を持つことはや十二回……つまり、約一年の月日が経とうとしている。

ヒート後の雄大の態度は、最初から一貫して変わらないが……それを受ける俺の心情は、確実に変わってきていた。

最初はただただ、雄大に対して申し訳ない一心だった。

雄大があれほど求めていた運命の番(つがい)が、俺のような欠陥だらけのΩであることが。

雄大が求める愛情を返せないことが、ただただ申し訳なくて、胸が苦しくて仕方なかった。

だけど……積み重なる罪悪感はそのうち俺の許容限度を超え、気がつけばそれは雄大に対する理不尽な怒りへと変わっていった。

ヒート期間中は理性が吹っ飛ぶ分、隠していた本音もまた、口から零れやすくなる。

綺麗事も、自分に言い聞かすように取り繕っていた言い訳も、その瞬間全てが無になる。

その結果、雄大に抱かれることに慣れてきた俺は、嬌声の合間に、ひたすら理不尽に雄大を責め立て続けていた。

「……なあ、雄大」

「なあに、カケ？」

「…………いや、なんでもない」

目が合っただけで蕩けるような笑みを浮かべ、そのまま心底幸福そうに俺の体を拭いている雄大を前に、それ以上何も言えなくなる。

今日も今日で、何度も雄大を傷つけるような言葉を吐き続けたのに。どうして雄大は、こんな顔をすることができるのだろう。

いつだって、そうだ。雄大は俺の理不尽な言動を、決して否定しない。

行為中も、思い出すだけで俺自身が自分の身勝手さに死にたくなるような罵声に、雄大は泣きそうな顔でただ耐え続けている。

『ごめんね、カケ……俺は自分でも、この気持ちがどこから来るかなんて、わからない。わからないけど……どうしようもなく、カケが好きなんだ』

『俺は……自分の運命の番（つがい）がわかる前から、ずっとカケだけが好きだったよ……カケしか、いらなかった。だから、他の人ならよかったなんて、嘘でも言えない』

『ごめんね。ごめん、カケ。俺の幸せは、カケの隣にしか存在しないんだよ……。俺はいままでも、そしてきっとこれからも、カケがいない日々の中に幸福を見いだせない。……だから、カケがいくら望んでも、離してあげられない。……離したく、ない。それにカケを抱ける幸せを知ったいまとなっては、カケを抱かないで一年も居続けるなんて、無理だよ。……ごめん』


どれほど、俺が罵（ののし）っても。どれほど、俺が拒絶しても。

雄大は、苦しそうに泣くばかりで、決して俺を離そうとはしなかった。

好きだ。愛してる。そばにいたい。……ごめん。

ただただ、そんな言葉をひたすら繰り返し続けている。


「なんでお前は……そんな、健気なんだよ」

「え？」

「……なんでも、ない」

……そろそろ、けじめをつけなければいけない時が来ているのだと思う。

◆

「――しかし、けじめをつけると言ってもな」

雄大の健気さに報いるために、一体何ができるというのだろう。

いくら理性がなくなっているとはいえ、現在進行形で俺はあいつを傷つけているというのに。

ため息を吐きながら見つめるスマートフォンのディスプレイには、【風邪を引いちゃったから、今日は学校を休むね】という雄大からのメッセージが表示されている。

真面目なあいつのことだから、仮病でもなんでもなく事実だろうけど、昨日の俺の拒絶による精神的ショックも少しくらいは影響しているのではないかと思うと、罪悪感で死にたくなる。

――せめて放課後は、あいつの部屋まで看病に行ってやろう。そんなことくらいじゃ、俺の仕打ちはまったく帳消しにならないけれど。

「は、畑仲くん。今日、宮本くん、休みなの？」

スマートフォンから目を離した俺に上擦った声で話しかけたのは、小動物みたいな姿のクラスメイトだった。……確か、戸塚(とつか)という名だったろうか。

バース性を公言しているわけではないが、体型からしても顔立ちからしても、十中八九Ωなんだろう。入学するなりαを公言していた雄大に、積極的に話しかけていた奴の一人だ。

「ああ。風邪引いたんだと」

「そ、それじゃあ、心配だね」

「ああ、そうだな」

「…………」

「…………」

「……じゃ、じゃあ」

それだけ言って、戸塚は同じように小さなクラスメイトのもとへ走っていった。なんだか少し怯えていたような気もするが、まあいままでろくすっぽ会話をした記憶もないのだから仕方ないといえば仕方ない。そうやって遠巻きにされることを望んでいたのは、他でもない俺自身だ。

小さく嘆息して、再びスマートフォンに視線を落とす。

……雄大のいない教室は、なんだかとても静かで居心地が悪い。

バース性が判明してから雄大に出会うまでの一年間はそれが当たり前だったはずなのに、いつの間にかすっかり雄大が隣にいることが当たり前になってしまっていたのだと実感する。

【ゆっくり寝て休め】

ただそれだけメッセージを送って、スマートフォンをしまった。

今日は、なんだか長い一日になりそうだ。


「……あ」

「…………」

昼休み。いつものようにパンを買って植物園へ向かっている途中、ばったり猛と遭遇した。

隣のクラスだし、別段避けているわけでもないのだから、遭遇しても全然おかしくはないのだけど、以前無視されたこともあって妙に気まずい。

「……よ」

「…………」

軽く手を挙げて挨拶をしてみたが、案の定無言で視線を逸らされた。

——正直俺は、猛がなんで俺にこんな敵意丸出しの態度を取るようになったのか、よく理解できてないんだよな。いくらこいつが意地っぱりとはいえ、さすがに何年も中等部の時のあのやり取りを引きずってるとも思えねぇし。

元々猛は感情でものを言いがちで失言も多いから、あれくらいの言い合いなら、いままでいくらでもしたことがあったしな。いつも俺が先に折れてたってだけで。

そもそも、あの喧嘩？　も、普通に俺悪くねぇし。……思うところはいろいろあったにしろ、言ったことはただの正論なんだよなあ。いくらあの時は頭に血がのぼっていたからって、冷静になれば猛だってそれくらいわかるだろうに。

ということは猛のこの態度は、自分がクラス落ちしたのに俺はそのまま残っていることに対する嫉妬か何かなんだろうか。

クラスが一緒だった時は、ここまで露骨じゃなかった気がするから、多分そうなんだろう。

猛のいまの心境はよくわからないが、猛の面倒くさい性格は、幼馴染だけあってよく知っている。

こういう時のこいつは、これ以上声をかけないのが一番だ。

そう思って、そのまま猛の脇を通りすぎて、一人植物園へ向かう……つもりだったのだが。

「……いや、猛。なんでついてくんだよ」

「………俺がどこへ行こうが勝手だろ」

「こっちは植物園しかないぞ」

「今日は植物園で飯が食いたい気分なんだよ。……別にあそこは、お前らのもんじゃねぇだろ」

昼休みはほぼ私物化状態であるが、植物園は学園の設備。別に俺の場所ってわけではない。

だから猛の言うことも、間違っちゃないっちゃないんだが。


「…………」

「…………」

いつもの温室の、雄大と俺の定位置になっているいつもの椅子。

なぜか俺は、そこで猛と微妙な距離をとって、無言でパンをかじる羽目になっていた。

――いや、なんでこんなことになってんだ。猛は猛でめちゃくちゃまずそうな顔でパンかじってるし。んな顔するくらいならついてくるなよ。

てかお前、清二郎とか他のダチと、いつも昼食ってんじゃねぇのかよ。清二郎とか世話焼きだから、パン買いに行ったきり戻ってこないお前のこと、心配してんじゃねぇか？

そんな言葉が喉元まで出かかったが、猛から発せられる妙に重い空気に言葉を呑みこんで、結局無言のままパンを口にする。

普段はうまい購買のサンドイッチが、まるで紙粘土でもかじっているかのように味気がない。

――いっそのこと、さっさと飯を食うだけ食って、教室に戻るか？　いや、それはそれで猛がめちゃくちゃ面倒くさくなる予感しかしない。

教室は他の生徒が騒いでいてうるさいし、どうせ居心地がよくないならまだ静かなここのほうがまだましだ。

とりあえず、猛は置物かなんかだと思って、このまま昼休みが終わるまでやりすごそう。

そんなことを思いながら、ちらりと横目で猛の様子をうかがう。

――こんなに近くで猛と対面したのは久しぶりだけど、こいつ本当に背が伸びたよな。一年の時はすでに俺と同じくらいまで伸びてたけど、もう抜かれたんじゃないか。

高校デビューのつもりなのか去年から髪も金髪に脱色して、あちこちにじゃらじゃらピアスつけているし。もはや昔の猛とは別人だよな。

初等部の頃はちびで、三つ年下の慶と同じ学年に見られてはキレてたのが嘘みたいだ。……その慶は慶で、今頃俺が知っている姿からは、だいぶかけ離れているんだろうが。

そんなことを一人思っていると、不意にこちらを向いた猛と目が合った。

見つめていたのがバレたのがなんだか気まずくて、不自然じゃないように視線を外すとようやく猛が重い口を開いた。

「……今日は、あいつはいないんだな」

「あいつ？」

「運命運命うるせぇ、空気読めねぇデカブツだよ。いつもお前に引っついてるだろ」

——これ、もしかしなくても、雄大のことだよな。

仮にも元クラスメイトに対して、なんて言いざまだ。

「雄大のことを言ってるなら、今日は休みだよ。風邪を引いたんだと」

「ふん……馬鹿のくせに夏が終わっても風邪引くんだな」

「馬鹿って……あいつ、お前より成績いいぞ」

「成績とか関係ねぇよ。運命の番を追って学園に入学したとか、入学早々公言している時点で馬鹿以外の何ものでもねぇだろ」

……それは俺も否定はしねぇけど。

雄大を擁護しようがなくて言葉に詰まる俺を睨みつけながら、猛は大きく舌打ちをした。

「それなのに……なんであいつなんだよ」

「は？」

「空気読まねぇでずかずか距離をつめようとした奴なら他にもいただろ。それなのにどうしてあいつだけは受け入れてんだよ。なんで当たり前みたいに一緒にいるんだよ」

急にキレて早口でまくし立てだした猛に、訳がわからず戸惑う。

「あんな奴より……れのほうが……っ」

「猛？」

「っ……なんでもねぇ」

猛は苦虫を噛みつぶしたような表情でそう言って顔をそむけると、そのままおもむろに立ち上がった。

「……飯食い終わったし、帰る」

「え？　……ああ」

「……………じゃあな」

ぶっきらぼうにそれだけ言い残して、速足で立ち去っていく猛の背中を、しばらく唖然として見つめていた。

「あいつ……結局何がしたかったんだ？」

まずそうにパンを食って、雄大の悪口言うだけ言って帰りやがった。

——猛と雄大って、そんなに仲が悪かったか？　話している姿自体そもそも見たことねぇんだけど。

猛の謎行動に首をひねりながらも、先ほど言われた言葉を改めて考えてみる。

「……『なんで、あいつなんだよ』、か」

正直、そんなこと考えたこともなかった。

俺がどんなに距離を置こうとしても、雄大はずかずかと距離を縮めてきて、気がつけば当たり前みたいに隣にいたから。

しいて言うなら、強引すぎるあいつに流されたっつーのが、一番しっくりくる。

「……でも俺、いくら強引に押し切られたからって、誰でもかれでも受け入れるほどお人好しじゃねぇよな」

鈴木がいい例だ。いくらΩ性に忌避感があったとしても、運命の番である雄大よりは鈴木のほうがまだ受け入れやすい相手のはずだ。仲が良かったわけじゃないが、あんなことをしなければ人間として別に嫌いなわけじゃなかったし。

鈴木だけじゃない。猛の言う通り、俺が拒絶してもめげることなく、俺をαだと思って近づいてくる生徒は、雄大の他にもいた。

そういう奴らには迷惑だとちゃんと言えていたのに、なぜか雄大にははっきり拒絶の言葉を口にできなかった。

全力で懐いてくる雄大が、大型犬のようで放っておけなかったから。

俺が離れたら、雄大が完全に一人になってしまうから。

いくつか理由が思い浮かぶが、それでもどうもしっくりこなかった。

雄大はことあるごとに俺を優しいなどと言うが、自分がどれほど自己中心的で身勝手な人間なのかは、俺自身が一番よくわかっている。

それがどんなに「正しい」ことであろうと、嫌なものは嫌だし、受け入れられないものは受け入れられない。そして終いには、全てを捨ててでも、周囲の人間を傷つけてでも、逃げようとする。……

それが、俺だ。

それなのに、なぜ雄大を……俺が俺であることにあたって最大の障害にあたる「運命のα」を、俺はダチとして受け入れたのだろうか。

いくら怪しまれたら困るからといって、完全に情が移る前なら拒絶する方法はいくらでもあっただろうに。

清二郎や猛が隣にいなくなった孤独を埋めるのに、ちょうどよかったから。

清二郎の防波堤に、ちょうどよかったから。

それらが一番の理由だと思っていたが……よくよく考えれば、おかしな話だ。それなら、適当なβの生徒に近づいて、上辺だけでも友達付き合いをするほうがよほど安全で確実だったはずなのに。

ダチを作るのは、苦手じゃない。適当に話しかけて交流して、ほどよい距離感を保ったままの交友関係を築くことは、その気になれば簡単だ。

それなのに……何故、よりにもよって一番リスクが高い相手をそばに置いたのか。

初めてまともに会話を交わした時の、雄大の笑みを思い出す。

『翔君だっけ？　俺、わからないことばかりだから、いろいろ教えてくれるとうれしいな』

あの時頭の中を占めていたのは、逃げおおせたはずの運命が追ってきた恐怖ばかりだったし、いま思えば明らかに雄大の笑顔は、作り物だった。

それでも俺は……心のどこかで惹かれていたのだろうか。遺伝子に由来するだけの、「運命」なんていう不確実な絆に。

そんなことを考えていたら、いつの間にか昼休みは終わっていて。

結局俺は午後の授業をまるまるサボることになってしまった。

「とりあえず、風邪によさそうなもん、購買で一通り買ったけど……ちゃんと飯とか食えんのかな」

放課後。

袋いっぱいの風邪グッズやら食料やらを抱えて、俺は雄大の部屋へ向かっていた。

見舞いに行くことを事前に話したら寝ないで待っていそうなので、敢えて連絡はしていない。もし寝ていたら寝ていたで、その時は時間を置いてまた訪ねるつもりだった。

「――……そっか。ごめんね、急に押しかけて」

「っ」

廊下の角を曲がり、雄大の部屋にまもなく到着するというタイミングで、先客の存在に気がついた俺は、とっさにそのまま物陰に身を隠した。

「あ、あのさ。……食べられるかわからないけど、ゼリー作って持ってきたんだ。よかったら、食べて」

『――』

「……そ、それじゃあ、お大事にね。明日……風邪がよくなって、また教室で会えること祈っているから」

インターフォンごしの会話なので、雄大がなんて言っているのかはわからなかった。

だけど先客の……朝、雄大のことを聞いてきたクラスメイト、戸塚の声は震えていて、どこか悲しげだった。

戸塚は持ってきた袋をドアノブにかけると、そのまま踵(きびす)を返して、こちらに向かってきた。

なんとなくいまの戸塚と顔を合わせるのは気まずかったが、まっすぐこちらに向かってくる戸塚に見つからない死角もなく、結局戸塚が俺の存在に気がつくまでその場に立っていた。

「あ……畑仲くん。畑仲くんも、宮本くんのお見舞いに来たんだ」

「……ああ」

「仲良いもんね。でも残念だけど、宮本くん、いま、調子悪いみたい。今日は、お見舞いは諦めたほうがいいんじゃないかな」

そう言ってにっこり笑った戸塚の目から、不意にぽろりと涙が零れ落ちた。

「……っ」

「っあ、ごめんね。急に泣いたりなんかして……すぐ、とめるから」

口元に無理やり張りつけた笑みを浮かべたまま、戸塚は袖で零れ落ちる涙を拭った。

「……馬鹿だな、僕。こうなることなんて、わかりきっていたのに」

「…………」

「宮本くんが求めているのは、あくまで『運命の番(つがい)』だけで……いくら想っても叶わないことなんて知っていたのにさ」

畑仲くんみたいに、ただの友達として宮本くんと仲良くなれればよかったな。……自嘲するようにそう言って、戸塚は去っていった。

「ただの友達」ではなく、戸塚の言う「運命の番(つがい)」である俺は、しばらくその場に立ち尽くしたあと、少しためらいがちにインターフォンを鳴らした。

『……はい』

「……俺、だけど」

『ええ!?　カケ、お見舞い来てくれたの!?　うわ、超うれしい！　ちょっと待って、すぐキー解除するから！』

不機嫌そうな低い声から一転し、いつもの明るいテンションの声が返ってきたかと思うと、すぐにロックが解除された。

少し考えたあと、ドアノブにかかっていた戸塚の見舞いの品を手に持って、すでに慣れ親しんだ雄大の部屋の中を進む。

「来てくれてありがとうね！　あ、でも、それ以上は近づかないで！　カケに風邪移しちゃうから」

「……近づかねぇと、看病できねぇだろうが」

「カケの顔を見られただけで、元気百倍だから大丈夫！」

額に熱冷ましのシートを貼りつけたまま、雄大はへらりと笑う。存外元気そうなその様子に安心しながらも、だからこそよけいに先ほどの光景を思い出してちくりと胸が痛んだ。

「……見舞いの品。いろいろ買ってきたから。熱冷ましシートとか、スポーツドリンクとか……」

「ありがとう！　助かるよ」

「あと、これ、戸塚が持ってきたゼリー」

戸塚の名前を出した瞬間、雄大の顔からへらへらした笑みが消えた。

「ああー……その辺りに置いておいて。あとで適当に処分するから」

「……食わねぇの？」

「気持ちはありがたいけど……やっぱり手作りは何が入っているかわからなくて、怖いから」

——昔、Ωから襲われかけたことのある身としては、気持ちはわからなくもねぇけど。

「……戸塚。多分、変なもの入れるような奴じゃないと思う。純粋に、ただお前のことを心配してたみたいだった」

「そうかもね。……でも、あの子がΩで、俺のことをαとして意識しているのは確かだから」

「…………」

「下手に優しくして、期待させるほうが残酷でしょう？　興味もない子に」

さらりとそう言い切る雄大に、なんだか複雑な気持ちになる。

可愛らしい顔に、小柄な体。戸塚はΩといえば誰もが想像するような理想的な姿の持ち主で、まっすぐに雄大に好意を寄せている。今日接した限り、多分性格だって健気でとてもいい。

俺みたいなΩのなりそこないでなく、戸塚のような奴が運命の番だったら、雄大にとってどんなによかっただろうか。

「……それって、戸塚がお前にとって、運命の番じゃないからか？」

思わずそんなことを聞いてしまってから、戸塚が雄大の運命の番として隣にいる姿が脳裏に浮かび、ひどく胸が苦しくなった。

誰もが一目でαとわかる雄大と、戸塚が並ぶ姿は、どこまでもお似合いで。想像上の二人は、まさに理想的なαとΩのカップルのように思えた。

戸塚が番だったならば、俺みたいにひどい暴言を吐いて雄大を傷つけることはなかっただろう。きっと当たり前のように、ただまっすぐに、お互いを愛し、愛されて……愛に飢えていた雄大を満たしてくれただろうに。

――けれども。

「違うよ」

雄大は俺の言葉をあっさりと否定して、首を横に振った。

「カケじゃないからだよ。前にも言ったでしょう？　俺はね、カケが隣にいてくれさえすれば、運命の番なんていらないんだよ。たとえ運命の番じゃなかったとしても、カケしかいらないって何度も何度も言ってるんだから……いい加減信じてよ」

本当に――どうして、お前は、そんなにも。

悲しげに笑う雄大に、なんだかとても泣きたくなった。

雄大を傷つければ傷つけるほど。そしてそれを雄大が受け入れて、俺の隣にいたいと言ってくれるたびに、胸の中にあふれ出る感情がある。

泣きたいくらいに、胸が締めつけられて。苦しくて。……けれど、とても温かい。

この感情の名を、いい加減名づけないといけない時が来たのだと。

名づけることこそが、けじめなのだと、ようやく気がついた。

「……なあ、雄大」

「なに？　カケ」

「お前、最初に入学してきたとき真っ先に俺に話しかけてきたけど……その時なんか、ピンとくるものとかあったか？　俺が自分の運命の番だって」

藪から棒な俺の質問に、雄大は目を丸くしたあと、すぐに首を横に振った。

「ぜんぜん。……だって俺、カケはαだって信じて疑ってなかったし」

「……だよなあ」

「学園のことよく知ってそうだし、友達になって運命のΩを探す情報源として利用してやろうってくらいの気持ちだったし」

「お前……そんな不純な気持ちで俺に声をかけたのか」

――なんとなく察してはいたが、いざはっきり言われると意外にショックなもんだな。

密かに俺が傷ついたことを察したらしい雄大が、あわてて言葉を続ける。

「で、でもカケと一緒にいるようになったら、すぐそんな気持ち吹き飛んだよ！　カケといるのが楽しくて、運命の番なんてどうでもいいって思ったから！　……カケが卒業後ネトラントに行くって聞かなかったら、俺、多分、運命の番探しやめてたし」

「俺がずっとダチでいてくれるなら、運命の番が見つからなくてもいいって、言ってたもんな」

それじゃあ俺が運命の番とわかるまで、あんなにも必死に運命のΩを探してたのは、やっぱり……

俺の考えていることが伝わったのか、雄大は眉をハの字にして苦笑いを浮かべた。

「だけど、ネトラント留学の話を聞いて……カケがいなくなったあとでも、すがれるものが欲しくなったんだ。カケがネトラントに行ってしまっても、運命のΩがいればきっと平気なんだって。全てを捨ててでも求める相手が運命のΩならば、きっとカケがいなくなった喪失感だって埋めてくれるんだって信じたかったんだ」

「…………」

「……結局、そんなの自分を誤魔化しているだけだって気づいてたから、最終的に友達でもいいからカケの隣にいられる道を選ぼうとしたんだけどね」

運命の番なんてくだらないと公言していた俺と違って、雄大はずっと運命の番を求めていたから。口ではなんと言おうと、やっぱり雄大にとってそれだけ「運命」という意識は強いのだと思っていた。だからこそ、最低な俺でも必死で受け入れてくれているのだと。

……でも、そんな早い段階から、雄大は運命の番よりも、俺のほうを大切に思ってくれていただなんて。

「なんで、お前……そんなに、俺が好きなの？」

俺の弱いところも、醜いところも、きっと誰より知っているだろうに。

それなのにどうして雄大は、こうも健気に俺を想い続けられるのか。

俺の問いかけに、雄大は少し考えてから、困ったような顔で首を傾げた。

「……そんなの、『カケがカケだったから』、以外に理由はいる？」

——ああ、そうか。それで、いいのか。

雄大の言葉は、まるでクイズの答えのように、すとんと俺の胸に落ちてきた。

好きで、隣にいたいと思う理由は、それだけで十分なのか。

『なんであいつなんだよ』

猛に言われた言葉が、不意に脳裏に蘇る。

いざ、そう問われると、俺も「雄大が雄大だったから」としか、答えようがないのだけど。

もはやいまの俺は、雄大が隣にいない未来を想像することすら難しくなっている。

きっと俺は、もし雄大が戸塚の好意を受け入れて、彼と番になる道を選んだとしたら、必死にそれを邪魔しようとするだろう。戸塚がどんなに理想的なΩであったとしても。否、戸塚が理想的なΩであればあるほど。

——いや、はっきり言おう。俺は、正直に言えば先ほどの戸塚に嫉妬したんだ。さして仲良くないくせに、雄大の部屋に押しかけて見舞いを名目に部屋に上がりこもうとする姿に、心の片隅で怒りすら感じていた。

雄大が戸塚のゼリーを食べずに捨てることに、暗い喜びを抱いてしまうくらいに。「雄大を取られたくない」って……本当は、ずっとそう思っていたんだ。

「……か、カケ？　急に黙りこんでどうしたの。なんだかすごく怖い顔をしてるけど……なんか俺、まずいことを言った？」

上目遣いにこちらの様子をうかがう雄大に、きゅんと胸が締めつけられた。

罪悪感でも、怒りでも……やっぱりずっと胸は締めつけられてきたけど、この感覚はまったく違う。温かくて、愛おしくて……八つ当たりで雄大に殴りかかりたくなるくらいに、なんだか気恥ずかしい。

その感覚が一体なんなのか。……俺はもう、本当はとっくに気がついている。

――ああ、くそ。もうαだとか、Ωだとか、そういうのはどうでもいい。

雄大は、とっくにそういうのを超越していたのに、こだわっていた俺のほうが馬鹿だった。

雄大は、俺の隣にずっといることを望んでいて。俺もまた、こいつの隣にいることを望んでいる。

それだけで、未来を決めるには十分だったのに。

「……ごめんな。雄大」

「え、なんでカケが謝るの？　カケが謝るようなこと、何もないでしょ」

クエスチョンマークを飛ばす雄大に、苦笑する。

――いままで傷つけてごめん、だとか。そういう台詞を言ったとしても、いまの状態の俺の台詞じゃ説得力ないよな。この感情の名前を、口にすることも。

だから、いい加減腹をくくって、まずは具体的な行動に移すべきだろう。

「雄大……体調が戻って、いろいろ落ち着いたら。そのうち休日に、俺に時間をくれないか」

「え？　もちろんいいけど、どうして？」

「俺の実家に来て、両親と、弟に会ってほしいんだ。その……俺の、番（つがい）として」

固まった雄大の額から、乾いた冷却シートが剥（は）がれて、ぽろりと落ちた。

◆

「カ、カケ？　本当にいいの？　本当に俺、カケんち行って大丈夫なの？」

「大丈夫も何も……既に親父には連絡して、みんなに集まってもらってるのに、いまさらやめるほうがおかしいだろ。いい加減、腹くくれ」

「で、でも～……」

俺に言われるまでもなく、ぴしりとしたスーツ姿で、髪もワックスできっちり撫でつけているくせに、いまさら泣き言を言う雄大を横目で睨みつける。

「……何、お前。そんなに俺の家族に、番（つがい）として紹介されるの嫌なの？」

「嫌なわけない！」

即答してから、雄大はすぐに眉毛をハの字にして、しゅんとうなだれた。……垂れた耳と、尻尾の幻影が相変わらず見える辺り、つくづく大型犬だと思う。

「俺はうれしいけど……カケが心配なんだよ……」

「…………」

「本当にいいの？　家族に俺を紹介したら、きっともう逃げられなくなっちゃうよ？　Ωとして生きることを、どうやっても期待されちゃう。……俺は、それでカケが追いつめられないか、怖い」

……本当に、こいつは……

「……お前の中の俺って、わりと最低だよな。まあ、俺のいままでの仕打ちを考えると、そう思われても仕方ねぇけど」

「……カケ？」

「だけど、な。雄大。逃げてばっかの卑怯な俺だって、大切なもんのために覚悟を決めることもあるんだよ。……ほら」

開いた手を、雄大に差し出す。雄大は意図がわからず、きょとんとした表情を浮かべていた。

「……手、出せ。ほら」

「……え？　あ、うん」

伸ばされた雄大の手に、自分の手を重ねて指を絡めた。いわゆる「恋人つなぎ」という奴だ。

目を見開く雄大に、してやったりと笑みを向けてみせる。

「カ、カケぇ!?」

「逃げねぇし、逃がさねぇから。……じゃあ、行くぞ」

「ちょ……もしかしたら学園の他の生徒も、外出許可取ってるかもしれないよ？　見られたら……俺との関係、バレちゃうよ？　せっかく秘密にしてたのに」

「いいよ、もう。……どうせ遅かれ早かれ、卒業したらバレることだ。いまだって、既に『α同士で距離が近い』って噂してる奴もいるしな」

「でも……」

つないだ雄大の手は、汗で湿り、震えていた。

その手をぎゅっと握りしめながら、雄大から顔をそむけて先導する。

「胸を張れよ、雄大。お前は俺の運命の番で、れっきとしたパートナーだろ？　堂々と関係をアピールしたところで、誰に何を恥じるって言うんだ」

——ああ、だけど。まあ、恥じる部分はあるっちゃ、あるか。主に俺に。

「……αみたいな体型の俺と、恋人と思われたくないっつーなら仕方ねぇけど」

「それはない」

少し怒ったような顔できっぱり言いきった雄大は、すぐにまたへにょんと眉を垂れさせた。

だけどその口元には、先ほどまではなかった笑みが浮かんでいる。

「どうしよう。カケ……俺、カケのご両親と会う前に、幸せすぎて死んじゃうかも」

「これくらいで死ぬとか言うな、馬鹿」

「だって……心臓ありえないくらいばくばくしてるし、なんかもう、泣きそう……こんな風に、外でカケと手ぇつなぐ日が来るなんて思ってなかった」

「……手くらい、これからは、いくらでもつなぐから」

——なあ、雄大……気づいてるか？

お前は、心臓ばくばくしてるって言うけど、……俺も同じだってこと。

なんなら手だって、お前と同じくらい湿ってるし、どうしようもなく顔も、熱い。

いまお前が抱いている感情は……そっくりそのまま俺の中にもあるなんて、お前はきっと気づいていやしないんだ。

「……カケんちって、その……意外と、可愛いね」

俺の家に到着するなり、あからさまに狼狽する雄大に、苦笑が漏れる。

「素直に言っていいぞ。金持ちのくせに、意外と家がショボいって」

「いや、そんなことないよっ！　確かに広さは宮本の本家の十分の一くらいだけど、あんな成金趣味ごてごてな家より、よっぽどセンスあるし！　この、アンティークというか、こう、敢えて古めかしくしてるレトロな感じが、お洒落というか！」

「敢えて古めかしくしてるんじゃなく、普通にそこそこ古いだけだけどな。俺が生まれる前からあって、確か築二十年以上は経ってるし。当時としては最新の住宅技術だったらしいけど、もうあちこちガタがきてて、ボロい。ボロい」

「……なんで、それなのに新しく建て直さないの？」

「親父がハタナカ継ぐ前に、自分で稼いだ金だけで建てた家だから、愛着があんだと。なんだかんだで俺らも住み慣れてるからなあ。そもそもうちの家族は貧乏体質というか、なんというか。必要ないと思ったことには、とことん金使わない性質なんだよ。家事全般も母さんが取り仕切ってて、お手伝いさんとかも雇ったことねぇし」

日本有数の大企業を経営しておきながら、まるで一般β家庭のようだと、よく驚かれる。

親父は子どもの教育には一切金を惜しまないし、必要だと判断すればそれこそ湯水のように金を使う。だけどその情熱は、家の新築に対しては向かないらしい。本人曰く「いまの住居環境に不満がないのに、むだに金を費やす意味がわからん」とのことだ。

母さんも母さんで、家事が仕事であり趣味のような人だから、掃除洗濯、食事の準備、全て他人に頼らず一人で完璧にこなしたいらしい。広すぎる家は管理が行き届かないし、普段使わない部屋なんてあってても邪魔で仕方ないのだと、いつか言っていた。

「だけど、中入って驚くなよ。ボロくて狭い家だけど、家電は最新式の奴がそろってるからな。うちの親父は職業柄か、機械関係だけはとことんこだわらないと気が済まないんだ」

そう得意げに言い放ってみせたところで、ふと、前もこんなことがあったなと思い出した。

『……えー。翔の家、うちとほとんど変わらないじゃん。せっかく金持ちのお宅訪問ができるって、楽しみにしてたのに。何、ハタナカって、儲かってるように見えて、実は貧乏なの？』

『違ぇーよ！　翔の親父さんの趣味が特殊なだけ。家に金かけない分、別のとこにたーっぷり費やしてんの。……中に入ったら、清二郎、絶対驚くぜ。こいつんちは、うちにもないような最新家電のオンパレードだから』

『なんで、お前が得意げなんだよ、猛。……清二郎、金持ちの家に期待するなら猛のほうにしろよ。伊達にあの里見クリニックの跡取りじゃないからな、こいつは。里見家の庭にはむだにでけぇプールがあるし、お手伝いさんどころか、専属シェフや執事まで雇ってんだぜ。時代錯誤も甚だしいよな』

『……仕方ねーだろ。じいさんの代から、うちに仕えてるんだから。俺の代になったら、速攻で辞めさせるし』

『そもそも俺は、猛がちゃんとあの里見の跡を継げるか自体、疑問だけどなー。だって猛、奨学金で通ってる一般家庭出の俺より、頭悪いし。お前、本当医者なんてなれんの？』

『こないだ、総合点ちょっと負けただけで、いつもは俺のが成績いいだろーが。……あんま調子乗るなよ、ど庶民。お前なんか、来年のバース判定で、絶対βに判定されるに決まってっし』

『まあ、俺は元々両親共にβだし？　順当にβだと判明したところで、才能じゃなく実力で勝負すればいいだけの話だし？　……でもそう言う猛がβ判定されたら、悲惨だよなー。α前提で、大事に大事に育てられたお坊ちゃまだろうし』

『ふざけんな！　俺は翔と一緒で、αに決まってんだろ!!』

『……お前ら。来年にならなきゃバース判定はわからないのに、無意味な喧嘩するなよ。あと、猛。俺は密かに、自分はβな気ぃしてんだけど……』

『翔がβとかありえねぇし！　来年になったら翔は、俺と一緒に選ばれしαの優雅な生活を送るんだよ！』

『いやいやいやいや。翔は意外と努力の男だから、βかもしんないよ？　翔ー。一緒にβ判定されたら、このα至上主義の糞エリート野郎なんて放っておいて、平和なβライフ送ろうなー？』

『は？　ふざけんなし。万が一翔がβだったとしても、俺が翔と幼なじみで親友なことは変わんねぇし。中学からの付き合い程度の奴が、何しゃしゃり出てんだよ』

『いや、友情に期間とか関係ないし。……なあ、翔？　翔の一番の仲良しは俺だよな？』

『いやいやいや、俺に決まってんだろ！　だろっ、翔!?』

『……今日は、いい天気だな』

『『だから、お前は、そうやって話逸らすのやめろ!!』』


「……結局、二人そろって仲良くαだったんだけどな」

「何？　何の話？」

「いや……前、ダチ連れてきた時のこと思い出してて」

　懐かしくて……少し苦い記憶だ。

「一年の時の同じクラスだった、里見猛と、本間清二郎、覚えてるか？　中等部でバース判定受ける前までは、仲良かったんだよ、俺。猛に関しては、幼稚園来の付き合いだったし」

「ああ。本間君と……さなんとか君」

「さなんとか君って……なんだその覚え方」

「だって俺、仲良くなかったし。本間君とは、まあ普通にしゃべることはあったけど」

　まあ、先日のやり取りからしても、雄大に対する猛のあたりはきつかったみたいだしなあ。雄大の猛に対する印象が悪いのも、当然と言えば当然か。

「猛は、根は悪い奴じゃないんだけど、一人っ子気質で、いろいろ癖が強いからなあ。……清二郎みたいに誰とでも仲良くできるタイプじゃないとなかなか難しいよな、あいつとダチになるのは」

　――でも、なんだかんだいつも誰かしらに囲まれているんだよな、あいつ。もちろん清二郎のアシストもあったからだとは思うけど、以前は清二郎と俺以外は遠ざけるところがあったから、ある意味では俺と離れて正解だったのかもしれない。

「それにしても、あいつら。二年次にそろってクラス落ちるとは、本当仲良いよな」

——清二郎は、前日に勉強しすぎて寝落ちしたとか言ってたか？　本当、清二郎らしい。中等部の頃から、そういう詰めが甘いとこあんだよな。あいつ。

多分猛は、自信過剰ゆえの勉強不足が原因だろう。昔から俺がせっつくまで、なかなか試験勉強はじめなかったもんな。俺なら一夜漬けでも余裕だとか、調子ぶっこいてさ。

つい最近まで思い出すのがつらかった二人との思い出を、不思議と穏やかな気持ちで懐かしむことができる自分がいた。雄大を家族に紹介する決意をしたことで、どうやらいろんなことに踏ん切りがついたようだ。

三年になる時はクラス替えがなかったから、中等部の頃からぶっ通しで六年間、あいつらは同じクラスにいるということになる。羨ましいような、羨ましくないような複雑な気持ちだけど、猛の隣に清二郎がいてくれてよかったとは思う。もし猛がぼっちになってたら、俺はきっとそのままにはできなかっただろうから。

「……ねえ、カケはさ」

「うん？」

「カケはその……また、本間君たちと仲良くしたいと思ってるの？」

想定外の質問に目を丸くすると、雄大は複雑そうな顔で、目を伏せた。

「……カケが、俺以外のαと仲良くするのは複雑だけど……カケが望むなら、俺は……」

嫉妬に耐えるようにうなる雄大に、思わず呆れた笑いが漏れた。

——そんな心配しなくても、俺を好きになるような物好きαなんて、お前しかいねぇよ。

それに……

「いまはまだ、無理だな。自分自身と、家族。それに……雄大。お前に向き合うのに精一杯で、ダチのことまで気を回す余裕はないよ」

別に俺は、二人と特別に大きな喧嘩をしたわけでもない。

例の事件のことで、猛とは多少口論をしたけど、それくらいの喧嘩は別に珍しいことでもなかった。ただ、いつもは猛が謝りやすいように、俺が先に折れてやっていたのを、しなかったというだけで。

Ωであることをひた隠しにしていたせいで、思考がついつい加害妄想気味になっていたけど、二人と疎遠になった直接的な原因は、あくまでクラス替えなのだ。

……まあ実際は、俺自身の葛藤から遠ざかったわけだけど、少なくとも二人は、クラス替えが原因だと思っているはずだ。

クラスが分かれて空白の期間ができたことで、ただなんとなく心の距離ができて、つるまなくなっただけ。そうやって人間関係の距離ができることは、珍しいことじゃない。バース性関係なく、普通のことだ。だからそのことに対しては謝ることのほうがおかしい気もする。

「あいつらはあいつらで、新しい人間関係を構築しているわけだし。いまさらそこに俺が割りこむのも、迷惑だろう？」

俺の言葉に、雄大は目を見開いて絶句したあと、すぐに呆れたようにため息を吐いた。

「……カケってさ。自分が周りからどういう風に思われてるか、あまり自覚ないよね。人の好意にはそこまでは鈍感じゃないけど、その好意のレベルを軽く見すぎというか。自分のことを安く見すぎというか」

「は？」

「いや、なんでもない。俺がその分ダイレクトに好意を伝えればいいだけだから、カケは気にしないで。……かわいそうな本間君たち。いや、さなんとか君に関しては、心からざまあだけど」

——小さな声でボソボソ言ってて何言ってるかわかんねぇけど、さっきまで複雑そうな表情をしていた雄大が、なんだかすごくうれしそうだからいいことにしよう。浮かべてる笑みが、いつもと違ってなんか邪悪な気がすっけど。

「それでもいつか……いろんなことを受け入れる覚悟ができた時、あいつらにも全て打ち明けた上で、新しい関係を築ければいいなとは思うけどな」

何年後、何十年後になるかわからないけど、いつか俺が自分の性について悩んでいたことも全て笑い話にして、あいつら二人と飲みにでも行ける機会があればいいなと思う。また昔のように、馬鹿な話をして三人で笑い合う機会が。

……まあ、とりあえずいまは、そんな訪れるかもわからない未来の話よりもまず、目下の家族との対面のほうが先なわけだが。

緊張で乾いた唇を、舐める。親父には事前に事情を説明しているけれど、恐らく親父のことだから、母さんと慶には、単に俺が友達を連れて帰ってくるとしか伝えてないだろう。俺の逃げ癖を知っているからこそ、俺の口からちゃんと二人に説明させようとしているのだ。

言い換えれば、俺の気が変わった時のために、逃げ道を残しておいてくれているということでもある。

雄大といい、親父といい……つくづく俺の周りの人間は、俺に甘い。だからこそ、よけいに俺はそれに甘えてはいけないのだろう。甘えっぱなしでいれば、いつまでも前には進めないから。

——そう考えると、厳しい現実を突きつけ続けてくれた慶の存在は、逆にありがたいのかもしれないな。

そんなことを考えながら、一度大きく深呼吸して、玄関の扉に手をかけた。

「……ただい」

「——どの面下げて戻ってきやがった、糞Ω。二度とその面晒すなと言っ……」

——思わず、反射的に扉を閉じてしまった。

「……カケ。いまのって……」

「多分……弟？」

慶、あいつ……玄関で仁王立ちしたまま、いままでずっと俺が来るの待ってたとか言わねぇよな。

「——なんで扉閉めんだよ、糞Ω！　てめえ、また逃げる気か！」

俺が扉を閉めて焦ったのか、左右違う靴を履いて玄関から飛び出してきた三つ下の弟を、改めて見つめた。

「久しぶりだな、慶。お前、声だけじゃなく、見かけまで親父とそっくりになったな。ちょっと見ない間に、ずいぶんとまあ、でかくなって……」

最後に会ったのが、俺のバース性が判明した時だから……もう四年か。そりゃあ、でかくもなるはずだ。

最後の記憶にある慶は、まだ俺の胸くらいまでしか身長がなかったのに、いまはもう俺とほとんど変わらないくらいになっている。αらしく、筋肉もしっかりついていて、全体的に骨太だ。当時は周りからΩだろうと噂されていたくらい可愛らしい顔をしていたのだけど、成長期は残酷だ。すっかり親父とそっくりな男前になっている。ところどころ当時の面影があるっちゃあるが、ちょっとショックだ。

俺の言葉に、慶は口元を引き攣らせた。

「……ちょっと？　四年が、ちょっとか？　あぁ？　――こちとら成長期なんだから、身長くらい伸びるに決まってっだろうが!!　……本当、てめえ、いい加減にしろよ。糞Ω野郎。四年だぞ、四年。四年も家族と向き合うことから逃げ続けやがって。戻ってきたからには、この際とことん、その脆弱な腐った性根を叩き直して……っ!?」

怒りを露わに、なおも罵(ののし)りの言葉を言い連ねようとしていた慶は、突然目を見開いて固まった。

「……慶？　どうした？」

酸素を求める金魚のように口をぱくぱくさせて、慶は信じられないものを見るような目で俺を見ると、続いて後ろにいる雄大に視線をやり、真っ赤に顔を紅潮させた。

「……っなんで」

「え？」

「なんで、その甘ったるいΩの香りの上から、後ろのα野郎の匂いがすんだよ……!!」

それだけ言い捨てると、慶は泣きそうな表情で走り去ってしまった。

取り残された雄大と俺は、しばらく呆然とその場に突っ立っていた。

「……雄大」

「……何？　カケ」

「家族の場合は、遺伝的に互いのバース性の香りは感じにくいんじゃなかったか……？」

αとΩが番になると、所有の証として、互いのバース性の匂いを纏うようになることは、知識として知っている。

あくまでそれは、パートナーがいることを周囲に知らせる牽制程度の機能しか持たず、ヒート中のΩの香りに、他のαが性的反応を示さなくなるよう働きかけるような効果はない。むしろ鼻がいい相手には番が誰かすぐに知られてしまうので、関係を公にしたくない者にとってはデメリットにしかならないものだ。

しかし椿山学園は、セントラルディスタービングシステムが完備されているため、俺たちはいままで、そのメリットもデメリットもいまいち感じたことがなかった。

こうやって出かけるにあたっても、いままでは比較的匂いの主が特定しにくい外を歩いてきたから、気になる周囲の反応も特別感じなかったし（というか手をつないできたので、反応があってもそのせいだと思っていた）。家族に関しては、近親相姦を防ぐために、血縁者は遺伝的にバース由来の匂いを感じにくくなっていると聞いていたから、さして自分の匂いについて気にしてなかった。

それなのに……まさか実の弟である慶が、あんな反応を示すとは。

「……カケの言う説は一般的だけどさ。最近では、遺伝要因の他に、環境要因と心理要因も関係しているって言われてるんだよね。家族として長時間一緒にいることで、鼻が匂いに慣れたり、心がバース性の違いに慣れたり、っていう」

「……えーと、つまり？」

「四年も離れて生活していたから、カケの香りに対する弟君の耐性は、遺伝的な部分だけでは追っつかなかったってことじゃないのかな。……弟君は、カケがΩであることを、ずっと気にしてたみたいだし」

なるほど……そういうことか。雄大と見つめ合いながら、大きくため息を吐く。

……本当は俺の口からちゃんと説明したかったけど、まあ、バレたもんは仕方ないか。どうせ、遅かれ早かれ、慶には知られていたわけだし。

「とりあえず……玄関口で立っているのもなんだから、あがれよ」

「あ、うん。……お邪魔します」

なんとなく出鼻を挫かれたような気分になりながらも、気を取り直して家の中へ足を進めた。

「おかえりなさい、翔。あと……宮本君だったかしら？　いらっしゃい。よく来てくれたわね。コーヒー用意するから待っててね」

「さあ、さあ。そんなとこに突っ立ってないで、そこのソファに座りなさい。しかし、翔から連絡をもらったのが、ちょうど仕事が一段落ついたころでよかったよ。こうして顔を突き合わせるのも、四年ぶりくらいか？　……こうも実家に寄りつかないとは、翔はつくづく薄情な息子だよな。宮本君もそう思うだろ？」

慶との再会が変なムードではじまったのに比べ、両親は俺たちを温かく迎え入れてくれた。特に母さんは、俺が友人を連れて久しぶりに帰ってきたことで、あからさまに浮かれて張り切っている。

「はい、宮本君。コーヒーどうぞ。ミルクはいる？」

「あ……じゃあ、はい。ありがとうございます」

「このクッキー、私が焼いたのよ。自信作なの。食べて食べて」

「あ、はい。いただきます。……あ、すごくおいしいです。これ」

「お口に合ったようで、よかったわ。……ちょっと、慶。何一人離れてるのよ。あなたもこっち来なさい」

「……いや、母さん。慶のことはいまは放っといてやってくれ。俺も経験があるけど、思春期のαはいろいろ複雑なんだよ」

「？　よくわからないけど、お父さんがそう言うなら、そうしましょう。……翔、あなたもクッキー食べなさいね。昔から好きだったでしょ」

「うん、もらうよ。……母さんのクッキーは久しぶりだ」

どうやら、親父は呆然と部屋の隅に座りこむ慶の様子に、だいたい事情を察しているみたいだな。

Ωである母さんだけが、何もわかってないようだ。

どうやら雄大や俺の匂いも、母さんには伝わってないらしい。雄大と性交渉をしている事実が母親に筒抜けなのは……番だと紹介する時点でバレバレだとは思うが……正直気まずいので、ホッとしている。

俺はコーヒーを一口飲むと、おろおろとクッキーをかじる雄大に目配せをし、本題に入ることにした。

「――親父。母さん。慶。……改めて紹介するけど。こいつは椿山で同じクラスの、宮本雄大。電子機器で有名な、あのミヤモトな」

「は、はじめまして！　宮本雄大です。俺はその……翔君の……」

ピンと背筋を伸ばして両親に向き直った雄大だが、すぐに眉をハの字にしてうつむきだした。

――おい、なんでそこで言葉を止める。

いまだによけいな葛藤があるのか、視線をさまよわせながら一人うなる雄大に、頭を抱えた。

「……カケの……翔君の……」

「……………………」

「……つ………とも、……友だ」

「――結婚を前提として交際している、俺の運命の番だよ」

葛藤の末に「友達」という紹介でお茶を濁そうとした雄大を睨みつけながら、代わりに宣言する。

――だから、もう逃げねぇし、逃がさねぇって言っただろうが。

俺の言葉に、母さんと慶の目が驚愕に見開いた。

「「……け、結婚⁉」」

――おい、雄大。なんでお前まで、驚いてるんだよ。本気で怒るぞ。

「……雄大。お前、人のうなじ噛んでおいて、結婚までは考えていなかったとか、倫理的に考えて最低だからな。訴えたら、普通に俺が勝つぞ。この案件」

「――いやいやいやいや！　俺はもちろん最初から、あわよくば将来的にカケと結婚できたらと思ってたよ⁉　責任取らせてくれるなら、喜んでいまからでも役所行くし‼　……でも、カケがまさかそこまで俺との関係、ちゃんと考えてくれてるとは思ってなくて……」

「だから……お前の中の俺、どんだけ最低なんだよ……」

αとΩにとって、番になるということは、身体的に直接制約が発生する分、法的な結びつきにすぎない結婚よりも、ずっと重い契約だ。だから一般的には、番＝夫婦、もしくは結婚を前提としている関係、と考えるのが普通なんだが。

俺、どんだけ、こいつからの信用ないんだよ。確かに、つい最近まで、ヒートにやられて番を解消してくれって叫んではいたが……親に紹介するって実家に連れてきてんだぞ？　普通はその時点で、将来の結婚相手として紹介するつもりだって察するよな……

釈然としない苛立ちは、しかし、夢見る乙女のようにぽーっと頬を染めながら両手で口元を押さえて、「……カケと、けっこん……けっこん……」とうわごとのようにつぶやいている雄大を見たら、急速にしぼんでいった。……まあ、家族に対してのけじめを優先して、こいつへの言葉を後回しにしたのは俺だからな。これくらいの不信感は、甘んじて受け入れるべきか。

「——っなんでだよ⁉　おかしいだろ！」

言葉に詰まる家族の中で、最初に口を開いたのは慶だった。

「抱かれんのが無理だから、Ω性を受け入れられないって……だから、ネトラントへ逃げるって、ずっと言ってたくせに！　何、あっさりα野郎と番になってんだよ……おかしいだろ！」

何故か半泣きで喚きたてる慶に、思わずため息が出た。

——俺がどんな道を選んでも、結局お前は気に入らないのかよ。

「……何、ショック受けてんだよ、慶。さっさとαに抱かれてΩ性を受け入れろって言ったのは、そもそもお前だろうが」

「っ⁉」

「お前にとっては、願ったり叶ったりの展開だろう？　喜べよ」

俺の言葉に、さあっと慶の顔から血の気が引いた。

「……俺の、せいか……？」

「うん？」

「……俺が、あんな風に責め立てたから」

「いや、別にそういうわけじゃ……」

ひどく落ちこんだ様子でうなだれる慶に、内心とても焦る。

——慶、お前、さっきはノリノリで俺のこと責めてたくせに、何、急にしおらしくなってんだよ。

こっちはもう、お前が四年前とは別人になったくらいの気持ちで接してんのに……そんな昔みたいな態度を取られたら、どう対応すればいいのかわかんねぇだろうが。

「……慶。あなたは、少し黙ってなさい。いまからお母さんが、翔と話すから」

バトンタッチとばかりに母さんが進み出てくれて、ほっと胸をなで下ろす。

俺にとって三歳下の弟は、生まれた時から庇護対象。姿かたちは変わっても、いまでも弟には変わりない慶を、なんだか意図せずに虐げているようで、このまま対峙し続けるのは正直ちょっとつらかった。

「翔……お母さんの質問に答えなさい」

落ちこむ慶を下がらせた母さんは、笑みを消した固い表情で、まっすぐに俺を見据えた。

「あなたは……私たち家族に気兼ねした結果、自分の性自認を曲げてまで、宮本君の番になることを決意したの？　家族のために、自分の感情を犠牲にしたの？」

それは俺にとって、完全に想定外の質問だった。

「……自分を犠牲になんかしてないよ。俺は、自分の意思で、雄大の番になることを決めたんだ」

「本当に？　……正直に言って、翔。私は、あなたがどれだけ自分のΩ性を拒絶していたか、知っているわ。そんなあなたが、たとえ運命の番が相手だとしても、自分の意思で彼を受け入れる未来を選べるとは思えないの。……本当は、私たち家族のため、なんでしょう？」

「本当に、違うんだ、母さん……！　俺は家族のために、性自認を曲げられるほど、優しくないよ！」

それが、最善の選択だと思ったこともあった。雄大に全てを打ち明け、抱いてもらうべきか本気で悩んだ。

……だけど俺は、結局は自分可愛さで、その道を選べなかった。選ばなかった。選ばないことが家族を……そして雄大を、傷つけるとわかっていながら、俺は自身の性自認を貫いた。

だから……慶や母さんが気に病むことなんて、何もないんだよ。

俺の否定の言葉に、こわばっていた母さんの顔が、少しだけ軟化した。

「じゃあ、どうして？　どうして、宮本君と番になることを決心したの？」

「……それは……」

……さすがに、本当のことは言えないよな。事故とは言え、お互い本能に負けて性交渉に耽った結果だなんて。

「……それは、俺がバース性なんて、どうでもよくなるくらい、雄大のことを好きになったから……」

「――俺が、ヒート中と知らずに翔君の部屋に押しかけ、なし崩しに関係を迫ったのが、そもそものきっかけです」

雄大の突然の暴露に、その場の空気が凍った。

「……っよけいなこと言うなよ、雄大！」

「よけいなことじゃないよ。カケ。……ちゃんと、言わなきゃいけないことだ。こんなにも、カケのことを大切に思ってるご家族には、ちゃんと全部説明しないと」

口元に痛々しい微笑を浮かべて、ゆっくりと首を横に振った雄大は、衝撃の事実に呆然としている両親に向き直った。

「俺は……翔君をαだと思ってた頃から、ずっと翔君のことが好きでした。ただの友情ではなく、性的な意味もこもった、『好き』でした。……翔君の部屋に押し入った時、彼がヒート中なのは予想外でしたが、本能的には最初から全部わかっていたのかもしれません。そして俺は……翔君の優しさにつけこんで関係を結び、快感で理性をなくしている翔君にすがって、うなじを噛み、翔君を番にしました。……翔君が、自分のΩ性を受け入れられないことを知っていてなお、自分の欲望のために、関係を押し進めたんです」

そう言って、雄大は両親と慶に向かって、深々と頭を下げた。

「――申し訳、ありません。俺は自らの欲望のために、あなたたちの大切な家族を、たくさん傷つけてきました。そしていまもまだ、彼を縛り続けています。……ご家族の責めは、甘んじて受け入れます。それでも俺はもう、二度と翔君を手放すことはできないんです」

……何を、謝っているんだ。こいつは。

「……ってめえ、」

「――ふざけるなよ。雄大」

慶が手を伸ばすのよりも、俺が雄大の胸ぐらを掴むほうが早かった。

「お前、加害者意識もいい加減にしろよ……何が、『申し訳ありません』、だ」

何も、わかってない。こいつは本当に、何もわかってない。

怒りで唇を震わせながら、至近距離から雄大を睨みつけた。

「勘違いすんじゃねぇ……お前が、俺を縛りつけた結果、いまここにお前がいるわけじゃない。『俺が』……『俺が』、お前を選んだんだ。他の誰でもなく、俺がお前を選んで、番(つがい)として家族に紹介することを決意したんだ。……そんな俺の気持ちを、馬鹿にするな……！」

「俺は……馬鹿にしてなんか……」

「馬鹿にしてるんだよっ！　お前は俺の想いが、お前の手で無理やり引き出したものだとか……ただの同情だとか。流されてるだけだとか。その程度のものだと、馬鹿にしてるんだっ！　俺は……俺は……」

本気で困惑している雄大に、俺は自分が完全に、想いを伝えるべき順番を間違っていたことを悟った。

俺はまずは家族よりも先に、雄大と向き合うべきだった。ちゃんと自分の想いを、はっきり口にするべきだった。

雄大がこんな風に思うのは、仕方ないのかもしれない。俺の、自業自得なのかもしれない。……否、自業自得なことは誰より俺がわかってる。

俺は長い間、雄大から一方的に「それ」を注がれるばかりで、返すことができないでいた。さんざんさんざん雄大の想いを拒み続けた俺が、ようやく自分の想いに名前をつける決心をしたところで、信じられないのは当たり前だ。俺だってそれがわかっていたからこそ、言葉よりも行動で示そうと思っていたんじゃないか。

だけど、この不幸な男の、幸せの閾値(いきち)があまりにも低いものだから。

些細なことにさえ、あまりにも幸せそうな反応を示してくれるものだから。

勘違いしてしまった。俺は、雄大をここに連れてきたというだけで、十分に想いを伝えられたのだと。言葉にしなくても、雄大はちゃんと察してくれているだろうと、思いこんでいた。

雄大はただ、それ以上の幸福が自分になんて与えられるはずがないと、諦めきっていただけなのに。

雄大に対する怒りは、不甲斐ない自分に対する自己嫌悪と、深い悲しみに変わっていく。

雄大に俺の想いが、伝わっていなかったのが、悲しい。

こんな状況でなお、俺が逃げるんじゃないかと疑われていることが、悲しい。

「……ごめん……ごめん……カケ……俺が、カケを傷つけるようなこと、したんだよね……ごめん、泣かないで……」

気がつけば頬に伝っていた涙を、雄大は泣きそうな顔で拭った。

「謝るから……改めるから……俺のこと、嫌わないで……っ！　俺から、離れていかないで……っ！」

ああ――やっぱり、こいつは全然わかっていない。

「……この期に及んで……俺が、お前を嫌うと思うのかよ」

どこまでもネガティブにしか物事を捉えられないくせに、それでも必死に俺にすがる雄大が、ただただ悲しくて……そして、愛おしいと思った。

胸ぐらを掴んだ手を外し、下からそっと雄大の頬を両手で挟みこむ。

「雄大……あとで、ちゃんと伝えるから……二人きりになったら、ちゃんと改めて話すから」

家族の前では言えない言葉も、全て晒すから。

プライドとか羞恥心とか、全部かなぐり捨てて、腹の内に秘めていたもん、全部お前にやるから。

「だからいまはとりあえず……俺を、信じろ。俺の想いを、疑うな」

――俺がお前から離れることなど、もうありえないのだから。

「……翔。ちょっと、いいかい？」

雄大が何かを言おうと口を動かし、結局何も言えないでいる間に、親父が俺の肩を優しく叩いた。

「宮本君と話したいんだ」

少し迷ったあと、俺は雄大の頬から手を離して、その場から引いた。親父の口元には穏やかな笑みが浮かんでいて、雄大を傷つけるようなことは、きっとしないだろうと思ったから。

「あ、宮本君。もう頭を下げなくていいよ。謝罪も不要だ。……改めてそんなことされたら、俺が翔に怒られてしまう」

親父と向き合うなり再び頭を下げようとした雄大を、親父のほうが先に制した。雄大の目に、戸惑いが滲む。

「一つ、質問したいんだ」

「……はい。なんでも聞いてください。俺の実家のことですか？」

「いや、ミヤモトのお家事情はどうでもいい。なんとでもなるからね。……宮本君。いや、雄大君。君はさっき、翔をαと思って好きになったと言ったけど、その気持ちは翔が運命のΩと知ったいまも、変わりがないかい？　運命の番でなくても、翔のことを愛したと、君ははっきりそう言えるかい？」

親父の言葉に雄大は虚を突かれたように目を丸くしてから、少しだけ考えこんで、口を開いた。

「……畑仲さんは、宮本の醜聞をご存知ですか？」

「知っているよ。君が、どんな風に生まれ、どんな風に育ったのか。言い訳と虚飾に満ちた噂を耳にしたうえで、だいたい何が真実かも察している。宮本の当主の性格は、知っているからね」

「なら、話は早いです。……俺は、幼い頃運命の番を見つけた母に捨てられ、父や義母から疎まれて育ったことで、バース性が判明して以降はずっと、自分の運命のΩに執着していました。その匂いを追って……椿山に入学したくらいに」

　さらりと告げられた雄大の悲惨な境遇に、慶と母さんの顔は歪んだが、親父は変わらなかった。

「運命を、憎むのではなく、執着したのかい？」

「……それしか、希望はありませんでしたから。ですが、翔君と出会って友達となったことで、俺は新たな希望を得ることができたんです」

　雄大の愛情に満ちた目が不意にこちらへ向けられ、どくんと心臓が跳ねた。

「俺は、翔君から、優しさと温もりを与えられました。……俺がずっと求め、焦がれていたものを、翔君は当たり前のようにくれたんです。『誰かを愛する』という気持ちを、翔君は、生まれて初めて俺に教えてくれました。αだとか、Ωだとか関係なく……彼を愛しました。愛さずには、いられなかった。翔君がそばにいてくれれば運命の番なんていらないと、心から思ったんです」

　改めて告げられる雄大の気持ちに、胸が締めつけられた。

　当時はただ、苦しいばかりだった雄大の想い。いまはそれが、確かな甘さを帯びて、俺の心に響いた。

「実際は、翔君が俺の運命のΩでした。だから、嗅覚が遮断されてなお、本能が翔君を求めたのだと言われれば、否定できません。この想いの由来を、俺は、はっきり断言はできませんから。……

ただ一つ断言できるのは。俺は、運命だろうと、運命でなかろうと、この先も翔君から離れることはできないということです。たとえ、俺たちが子どもを生すことがなかったとしても、いつか加齢で生殖能力がなくなったとしても……俺はずっと、翔君だけを求めて、愛し抜くでしょう。それくらい俺は、翔君が、翔君だけが好きなんです」

「……それを聞いて、安心したよ」

小さく笑ってうなずいた親父は、母さんのほうに視線をやった。

「母さん……慶のバース性も判明したし、あのことを話してもいいかい？」

「ええ……話すべきだと、思うわ。いつ慶も、翔のように、愛する人と出会うかわからないもの」

固い表情でうなずく母さんの背を、落ち着かせるようにそっと撫でながら、親父は俺たちに視線を戻した。

「……俺は、運命の番の匂いにあてられて、翔と関係を持った雄大君を責める気はないよ。運命の番の匂いが、どれほど強力なものか、身をもって知っているからね。運命の番だったことに加え、翔はヒート中で、しかも雄大君はずっと翔のことが好きだったとあれば耐えられるはずがない」

「それって……」

「翔と慶に話したことはなかったが……俺は、自分の運命の番に会ったことがあるんだよ。母さんが、翔を妊娠中にね」

それは、俺と慶にとって、あまりにも衝撃的な告白だった。

「じゃ、じゃあ、親父はお袋を裏切って……まさか、俺の母親は……っ!!」

「落ち着け。慶。俺は、お前が思うような裏切り行為は一切していないし、お前は正真正銘、母さんの息子だ。変な疑いをもつんじゃない」

「だ、だけど……」

どんな顔をすればいいのかわからずうなだれる慶を横目に、俺は親父を見つめた。

「……運命を、拒絶したのか。親父。あの、強烈な匂いに耐えて」

「当たり前だ。俺が母さんを、どれだけ愛していると思っている。……それに拒絶したのは、俺だけじゃない」

「え……」

「俺が出会った運命のΩも、既に別のαのパートナーがいたんだ。お互いに、迷いは一切なかったよ」

そして親父は、俺たちが知らない昔話をはじめた。


親父が運命のΩと出会ったのは、母さんが俺を妊娠したことを機に勤務時間を安定させようと、いままで勤めていた仕事を辞めて、祖父が社長を務めるハタナカに入社したばかりの頃だという。

身内でも容赦がない祖父は、後継者である親父に特別なポストを与えることもなく、営業職の一平社員として雇って容赦なくこき使った。

親父は親父で負けず嫌いなものだから、あちこちの病院に飛び回っては、嫌な顔をされようが冷たくあしらわれようが、あの手この手で粘り強く営業を続け、着々と実績を作っていった。

ある時、高額な超音波治療器の大口契約を取るべくアポイントメントを取った病院に、同じように営業をかけていたライバル企業の女性社員が、親父の運命のΩだった。

「当時はまだ、セントラルディスタービングシステムも日本ではほとんど普及していなくてね……俺は、取引先で勃起するという醜態を晒してしまったんだよ」

出会った瞬間全てを察した彼女の対応は、素早かった。自分はすぐに常備していた抑制剤を飲み、そして人前で発情する失態をおかした親父ににっこり笑いかけたと言う。

「『私は緊急時に備えて、α用の抑制剤も常備しています。その醜態を治める薬が欲しければ、今回の契約は私に譲ってください』……と、言ったんだ。下手したら、いますぐでも自分を襲いかねない相手を前にして。……後にも先にも、あんな怖いΩの女性を、俺は他に知らない」

人前でヒート状態を晒せば、襲われてもΩの責任になる。しかし彼女は抑制剤を飲んで、傍目からは変化がわからなくなってしまった。ただ、否応なしに運命の番(つがい)の香りを嗅がされている親父だけが、激しい性衝動に苦しんだ。

結局親父は、電話で今回の商談の辞退の旨を申し入れ、薬を受け取ってすごすごと立ち去ったという。親父としては、初の大黒星だった。

そして後日、会社を通じて彼女からコンタクトがあった。

「俺たちは、互いのパートナーも交えて話し合った。もちろん、離婚の相談なんかじゃない。……生活圏及び営業先の棲み分けと、今後間違ってもヒート中にかち合わないように、互いのパートナーを通じて、彼女のヒート周期の情報を共有するためだ」

話し合いはほとんど向こう主導で進められたが、自分が建てた家に愛着がある親父は、引っ越しだけは断固断った。すると彼女は、ちゃっかり自分たちの引っ越し費用を全て親父負担になるよう仕向けたという。

……なんというか、強烈な女性だ。

親父は、飄々としながら交渉相手を自分のペースに乗せることが大得意だ。そのまま舌先三寸で簡単に相手を丸めこんでしまう。それなのに、話を聞く限り、その親父が完全に押し負けている。……さすが、親父の運命の番と言ったところか。

「彼女は言ったよ。『私は本能が勝手に選んだ相手よりも、自分が意思と感情をもって選んだ相手を信じる。運命なんて、いらない』と。――そして、俺もまったく同意見だった」

迷いなくそう言いきったというその女性を、俺は好ましく思った。……だけど、仕事のパートナーではなく、番という意味では、親父とはきっと合わねぇだろうな、とも思った。

似た者同士すぎるというか、お互いが強すぎるというか……。共同経営者とかなら、大成功しそうな気もするけど、一緒に生活していたら喧嘩ばかりしてそうだ。恐らく親父も、俺と同じ意見な気がする。

「……母さんは、親父の運命の番が現れて、つらくなかったの？」

俺の問いかけに、母さんは少し苦々しげな笑みを浮かべて、目を伏せた。

「……つらくなかったと言えば、嘘になるわ。でも、うれしくもあったのよ」

「え……」

「いつか見知らぬ誰かから、お父さんを奪われるかもしれないという不安から、解放されたのだもの」

母さんはそう言って、まっすぐに俺を見据えた。

「運命の番以外と結ばれたαとΩは、愛し合っていれば誰だって、どちらかに運命の番が現れることに怯えるの。相手の運命の番が現れて、パートナーが奪われることにも。自分が運命の番に狂って、パートナーを裏切ることにも。……でも、お父さんは運命の番よりも、私を選んでくれた。本能よりも、自身の意思と感情のほうが強いことを示してくれた。……だったら私も、大丈夫だ、って思ったの。いつか運命のαが現れても、私も迷いなくお父さんを選べるって、心から信じられたのよ」

その時の記憶を噛み締めながら、頬を薔薇色に染めてはにかむ母さんは、俺が知らない恋する少女の顔をしていた。そんな母さんの肩を、親父は愛おしげに抱く。

「翔。慶。……いまの話を聞いて、わかっただろう。『運命の番』は、絶対じゃない。運命だからと言って、愛さなければいけないものじゃないし、愛せるとも限らない」

親父の言葉に、雄大の体が、怯えるようにびくりと跳ねた。

「マジョリティであるβの中には、やっかみも込めて『αやΩは、性的欲望を抑えこめない、動物的な性の持ち主だ』などと言う者もいる。だけど実際俺たちは、理性も意思もある、人間だ。本能をねじ伏せて、自らの理性と意思で、共に生きるパートナーを選ぶことができる。……その上で、翔。お前に、問うよ」

親父の真剣な眼差しが、俺に注がれる。

「雄大君は、運命の番でなかったとしても、お前を選んだと言った。……翔。お前も、雄大君に同じ言葉を返せるかい？　Ωであることを受け入れられなかったお前が、本当に彼を番として受け入れられるのかい？」

そんな問い――とっくに答えは出してる。

「なあ、親父。……昔、俺を診た医者は、俺がαに抱かれさえすればバース適応障害は治ると言ったけど……あれは、嘘だったよ」

「え？」

「確かに、抱かれることに対する嫌悪感は、なくなった。……それでも、やっぱり、胸の中の違和感はなくならないんだ。俺が自分はΩだと心の底から認められる日は、きっと来ないんだと思う」

これはもう多分、脳ではなく、心の問題だ。いくら脳が、俺がΩであると主張したところで、十数年かけて形成された意識はそうそう消えてくれない。身体がαのように成長してしまった分、よけいに。

俺はきっとこの違和感を、一生抱えて生きるのだと思う。

「自分がΩであることを受け入れらないせいで、俺は何度も何度も、雄大を傷つけてきた。運命のΩとバレる前までは、雄大の想いを知ってなお逃げ続けてきたし、バレたあとも、運命の番なんてただの体の相性なんだって。結局お前は本能に振り回されているだけなんだって。そう喚いて、八つ当たりみたいに、雄大の想いを否定した」

そう、本当は……想いを軽視されたところで、俺が雄大を怒る権利なんかないんだ。俺自身が、散々雄大にしてきたことだから。

ヒート中で、理性がなくなっていたことなんて、言い訳にならない。

もしかしたら、そんな俺の態度こそが、雄大に俺への期待を、諦めさせたのかもしれないのだから。

……それでも。

それでも、雄大は。

「それでも……雄大は、俺のそばにいたいと言い続けてくれたんだ。Ω性を受け入れられない俺を、決して否定することなく……そんな俺ですら好きだって、ずっと言い続けてくれたんだよ」

『――つまらない理由なんかじゃないよ！』

『ごめん……ごめんね。カケ。……つらかったでしょう。自分の性を認められないで苦しんでいたのに、俺が執拗に運命のΩを探したせいで、カケをますます苦しませていたんだね。……それなのに、俺はヒート中のカケのところに押しかけて、こんな目に遭わせて……』

一年前、そう言って、俺の歪な性を受け入れてくれた雄大は、本当にただの一度も、俺がΩ性を受け入れられないでいることを責めなかった。

俺の異常性に、一番苦しんでいるのは雄大自身なのに。雄大はいつだって、俺の性のあり方をそのまま肯定してくれた。ヒートにあてられ、理性を失って、なお。雄大は傷つきながら、ずっと俺の言葉を受けとめ続けてくれた。

――そのことに俺が、一体どれだけ、救われたか。

「そばにいてと、雄大はいつも俺に言うけれど……そばにいてほしいのは、俺も同じだ。求める関係が違っていた頃から……俺は、本当はずっと、雄大にそばにいてほしかった。雄大のそばに、いたかった」

友達でいいから、そばにいさせて。

——そう、懇願されたあの時。本当は、その言葉に甘えて、すがってしまいたかった。

友人としての雄大を、あの時の俺は……確かに愛していた。

愛していたから、離れたくなかった。そのままずっと、そばにいたかった。雄大のダチで、居続けたかった。

だけど、それは自分のバース性も、運命の番としての雄大も、受け入れられない俺が望むには、あまりにも身勝手な願いだと思っていた。だからこそ、決して俺は雄大の願いを受け入れることはできなかった。

あの時の想いは……変わらずいまも、俺の胸の中にある。

「雄大が、どんなバース性の俺でも好きだと……そばにいたいと言ってくれるなら。俺も、自分がどんなバース性であっても、雄大のそばにいたいと思う。運命の番だからではなく……雄大だから。歪な俺をそのまま受け入れてくれた雄大だからこそ、この先も一緒に生きていきたいと思えたんだ」

もし、他の誰かが俺の運命の番だったなら。きっと俺は、その相手を受け入れられなかった。そして向こうは向こうで、Ωとして不完全で歪な俺に、失望したことだろう。

雄大だからこそ、俺は共に生きる決意ができた。

ただ同情や罪悪感から流されたわけでもなく。運命だから、本能的に引きつけられたわけでもなく。

雄大が、雄大だったから。

「親父。——俺は確かに、自分の意思と感情で、雄大を選んだよ」

雄大だからこそ、そばにいたいのだと、俺は胸を張って言える。

「……そうか。じゃあ、もう俺たちからは何も言うことはないな。なあ、母さん」

俺の言葉に、親父は満足げに目を細めて、母さんを見た。

「そうね。お父さん。……翔は、いい人と出会ったのね」

母さんもまたうれしそうにうなずいて、雄大に向かって頭を下げた。

「雄大君。翔をどうか、よろしくお願いします。Ωらしくはないかもしれないけど……私たちの自慢の息子なの」

「ミヤモトの口出しなら、気にしなくていいよ。ミヤモトには以前売った恩が多少あるし、いくつか弱みも握っている。……君が俺の義息になるというのなら、俺は君と翔の未来のために、全力を尽くすと誓おう」

「……あ……その……」

脳がオーバーヒートしているのか、雄大はあたふたと視線をさまよわせたあと、すがるように俺を見た。

目が合った瞬間、微笑みながらうなずいてみせると、雄大はくしゃりと顔を歪めて、うつむいた。

「……ありがとう、ございます……」

掠れた声で告げられた感謝の言葉に続いて、すぐに鼻水をすすりあげるような音が聞こえてきたので、思わず苦笑が漏れる。そのまま黙ってその隣に並んで、ぽんぽんとその背中を優しく叩いた。

これで雄大も、少しは、俺の気持ちを理解できただろうか。

――いや、まだまだ足んねぇな。絶対。

雄大には、もっともっと、俺の想いの大きさをわからせてやんねぇと。

「――慶。あなたも黙ってないで、翔に何か言いなさい。もうあなたが、翔に怒る理由もなくなったでしょう？」

不意に告げられた母さんの言葉に、その場にいる全員の視線が、先ほどからずっと黙りこくっている慶へ向けられた。

「……何かって、言われても……」

慶は気まずそうに視線を逸らしてから、葛藤するかのように唇を噛み締めた。

そしてしばらくの沈黙の後、意を決したかのように俺のほうを向いた。

「…………兄貴」

――あ。俺への呼称が「糞Ω」じゃなくなったな。さすがに、昔みたいに「兄ちゃん」とは呼んでくれねぇけど。

慶はおずおずと視線をさまよわせながら、絞り出すように言葉を紡いだ。

「……俺は正直、まだαとΩの関係とか、運命の番とかピンとこねぇから、いまの話聞いてもよくわかんねぇし……兄貴となし崩しに関係持った、そこのα野郎を気に食わねぇと思うけど……」

すっかり存在感を増した慶の喉仏が、こくりと上下する。

「兄貴が、そこのα野郎と、番になるんなら……もう、兄貴は、ネトラントへ行く必要はなくなったのか？　兄貴はこのままネトラントに行かないで……ハタナカの会社を、俺と一緒に支えてくれるのか？」

　期待と不安が混じった、すがるような眼差しに、四年前の慶の姿が垣間見えた気がした。

「……いや。予定通り、俺は卒業したらネトラントの大学へ進学するつもりだ。ただし、雄大も一緒に、だけどな」

　親父と雄大と、それぞれ何度も話し合って決めた進路。

　それを聞いた慶の顔が悲痛に歪んだ。

「っなんで……！」

「バース性に特化したネトラントの医療機器の技術が、今後のハタナカのためには必要になると、俺も親父も判断したからだ」

　いまの日本の医療機器は、マジョリティであるβの身体構造に合わせて作られているものが多く、他のバース性……とくにΩ性向けに作られているものは圧倒的に不足している。

　しかし、日本の高額給与所得者の多くはαであり、その子を生(な)すことができる番(つがい)は、Ωだ。せめて出産の際に必要とされる医療機器だけでもΩに特化したものを日本の各病院に卸すことができれば、ハタナカにとって大きな利益になる。

　そのために俺が、ネトラントの大学に進学し、向こうの医療機器について学ぶことは有意義であると、俺と親父の意見は一致した。

　だから俺は学園を卒業と同時に、予定通りネトラントへ発つ。雄大も同行することにはなったけど、その進路を変えるつもりはない。

「だけど……それは、大学の四年間だけの話だ。四年経てば、俺は雄大と一緒に、ちゃんと日本に帰ってくるつもりだ」

「っ」

うつむいて唇を震わせていた慶に、少しためらってから、そっと手を伸ばした。

「だから慶。お前一人に、ハタナカの全てを背負わせたりなんかしないから、安心していい。……それに、親父とも話したんだが、お前がどうしてもハタナカを継ぎたくねぇなら、雄大が婿養子として継ぐ方法もあるし、なんなら血縁関係にこだわらないで後継を決める道だってある。直系で唯一のαだからって、お前が必ずハタナカを背負う必要はないんだ」

ぴきりと固まった慶の頭を、昔みたいにくしゃりと撫でてやりながら、まっすぐに視線を合わせて微笑みかけた。

「ごめんな。俺は自分のことに精一杯で、お前の気持ちを汲んでやれなかった。……四年間、一人であれこれ悩んで、つらかっただろう。慶」

四年間で、すっかり見違えるほど大きく成長した慶。だけど、その根本が何一つ変わっていないのなら……いつか親父が電話で言っていたことが事実なら、慶はこの四年間、激しいプレッシャーに押し潰されそうになっていたに違いない。

慶はずっと、俺がハタナカの後継になることを信じて疑っていなかった。いつか俺の右腕になるのだと。兄弟で、ハタナカをもっと大きくしようと。口癖のように言っていたりもした。

それなのに、俺がΩであることが判明し、想定してなかった後継の座が自分に回ってきたのだ。

戸惑い、不安にならないはずがない。

一番身近な存在だった俺に頼りたかっただろうに、当の俺はいきなりネトラントへ行くと言いだして、めっきり実家に寄りつかなくなってしまったわけで。

──そりゃあ、「糞Ω」と罵りたくもなるよなあ。

新たな自己嫌悪に襲われながら慶の頭を撫で続けていたら、唖然として見開かれていた慶の目が、みるみる潤みだした。

眉が垂れ下がり、口がへの字に曲がって、とうとう大粒の涙が頬に零れ落ちた瞬間、別人のように大人びたと思っていた慶の顔は、俺がよく知る昔のものに変わっていた。

「……兄ちゃん……ごべんっ…………俺…………」

──あー。なんか、覚えあるな。この感じ。

「……俺……おれ……兄ちゃんに、糞Ωとか……さっさとαに抱かれてこいとか……ひどいこと、たくさん言った……」

「大丈夫だ、慶。別に気にしてねぇから」

「俺……怖く、て……ハタナカの名前が、重くて……八つ当たり、したんだ。……兄ちゃんは、悪くねぇのに。……好きで、Ωになったわけでもねぇのに……」

「いや、俺が悪かったよ。……お前とちゃんと向き合わないで、逃げたんだから」

「俺は……俺は、兄ちゃんみたいに優秀じゃねぇのに。……αなんて、柄じゃねぇのに。……なんで、なんで俺が、って。……兄ちゃんがαで、俺がΩのほうがよかった、って……みんなも思ってんじゃねぇかって思って……」

「けーい。昔から言ってるけど、お前は自分を過小評価して、俺を持ち上げすぎなんだよ。お前の中学、ちょうど、中間テストの結果出た頃だろ。何位だったんだよ。今回は」

「……二百人中……九位……しか、とれなかった」

「椿山の中等部より偏差値高ぇお前の学校でそれなら、立派なもんだろ。俺と大して変わんねぇよ。……まったくお前は、なんでそんなに自分に自信持てねぇのかね。こんなにでかく、男前に成長したのによ」

しゃくりあげて泣き出した慶を宥めるため、俺と体格が変わらないその体を引き寄せて、昔のように抱き締めてやる。

しかし……改めて、本当。でかくなったなあ。昔はこうやって抱いてやっても、慶の顔がつくのは俺の胸元がせいぜいだったのに、いまでは肩の上に顎を乗せさせるのが精一杯とは。

「自信持て、慶。お前が嫌なら無理にハタナカを継げとは言わねぇけど、その理由が自信ないからってだけなら、俺はお前に任せたいと思ってるよ。お前なら、任せても大丈夫だって信じてる。親父だって同じ意見だ。……心配しなくても、足りない部分は、俺が隣で埋めてやるから」

「っ……兄ちゃんっ……‼」

「ぐぅっ！」

感極まった慶に、力いっぱい抱きつかれて、潰れた蛙のような声が喉から漏れた。

——ちょ……腕、締めすぎだっつーの……！　慶、お前、αの力の強さちゃんと考えて加減しろよ……！

「やっぱり兄ちゃん、大学の間も、ネトラント行くの辞めろよ……っ！　これからさらに四年会えないとか、ありえねぇし。つらすぎるだろ！　……むだに会えなかった四年分と合わせて、八年だぞ、八年。行くなら家から通える大学にして、四年分の穴埋めてくれよ……っ！」

「無茶言うな。おい」

そもそも家から通える範囲に、医療機器についてを学べる大学なんぞない。……いくら可愛い弟の頼みでも、無理なものは無理だ。

「……とりあえず卒業まではちょこちょこ実家に帰るようにするし、ネトラント行ってからも長期休みのたび、戻ってくるから。な？」

ぽんぽんと頭を優しく叩きながら妥協案を提案すると、慶は不承不承うなずいた。

「……約束、だからな……」

「ああ。約束する」

「……絶対。絶対だぞ。……嘘ついたら、怒るから」

「うん。絶対な。ほら、指切りげんまん」

ぐしゃぐしゃの泣き顔を見ていると、記憶にあるよりもさらに幼い頃の弟を相手しているような気分になって、ついつい対応が幼い子に対するそれになってしまう。

しかし慶は慶で思うところがあったのか、子ども扱いに怒りだすこともなく、子どもっぽく唇を突き出したまま、差し出した俺の小指に自身の小指を絡ませた。

「……指、切った。……約束破ったら、本当に針を千本買ってきて、呑ますからな」

「ああ。わかった。わかった。その時は千本だろうが一万本だろうが、呑んでやるよ」

「つか……兄ちゃん……」

「うん？　今度はどうした？」

すん、と俺の首元に鼻を押しつけた慶は、とろんとした目つきで上目遣いに俺を見つめた。

「そこのα野郎の匂いが邪魔だけど……兄ちゃんのΩの匂いって、すげぇいい匂いするよな……近くで嗅いだらよけいに」

……急に、何を言い出すかと思えば。

「俺は、慶のαとしての匂いは、さっぱりわかんねぇけど。遺伝的に感じにくいはずの家族の匂いでも、慶はちゃんとわかるんだな」

というかセントラルディスタービングシステムで管理された学園で生活している俺は、雄大以外のαの匂いに関しては、いまいちピンとこない。……兄弟である慶はともかく、他のαなら多分それなりに感じるんだろうけど。

「わかるよ。なんか懐かしい匂いだから……甘いのにしつこくなくて、すげぇ安心する」

「……そうか」

——臭いと思われるよりはいいけど……これはこれで、反応に困るな。一応Ωは、αを匂いで誘うと言われているわけだし。

うれしそうにすんすんと鼻を鳴らして俺の匂いを嗅ぐ慶に、やめろとも言えずにそのまま身を任せていると、不意にべりっと音を立てるようにして慶の体が引き剥がされた。

「てめえ……何しやがる、糞α……！」

「はい、麗しい兄弟愛の時間はこれでおしまーい！　いくら弟だからって、αのくせにこれ以上人の番に近づかないでください」

「俺の兄ちゃんだぞ……！」

「そして、俺の番です。……ね？　カケ」

慶の体を力ずくで引き離した雄大は、自分の匂いをつけ直すかのように、俺を後ろからぎゅうぎゅうと抱き締めてきた。

「……大人げねぇぞ。雄大」

「三歳下だろうが、カケの実の弟だろうが、カケの匂いをいい匂いと思う時点で俺の敵だもん」

「な……俺が兄ちゃんに、変なことするとでも思うのかよ!!」

「さすがに、それはないと俺も思いたいけどねー。……頭でわかってても、やっぱりこう、俺の中のα因子が勝手に敵対するというか。そういうの置いておいても、単純に弟というだけでカケに甘えられる立場が憎らしくて、気に食わないというか」

「気に食わないのは俺のほうだ!!　ボケッ!!」

俺を挟んできゃんきゃんと喚き出した二人を、母さんと親父は微笑ましげに眺めていた。

「……よかったわあ。翔と慶が、ちゃんと仲直りできて。慶は雄大君とも、ずいぶん仲良くなったみたいだし」

「仲良くなんか、なって（ねぇ／ません）!!」

「喧嘩するほどなんとやら、だな。……翔。今日は夕飯も食べていくんだろう？」

「ああ。そのつもりだけど」

「ふふふ。久しぶりに、家族水入らずのご飯ね。うれしいわ。腕によりをかけて夕飯の準備をするから、楽しみにしててね」

母さんの言葉に、雄大の表情が気まずそうに陰った。

「あ……じゃあ、家族の団欒を邪魔しちゃ申し訳ないので、俺は先に学園に……」

「……何を言ってるんだい、君は」

――本当に、な。

親父の口から漏れたため息と、俺の口から漏れたため息は、同時だった。

「変な気を使わないで、雄大君。あなたは将来翔の旦那様になるんだから、もう私たちの家族も同然でしょう？」

「そうだぞ。雄大君。君が遠慮することなんて何もない。なんなら卒業と同時に畑仲の籍に入るかい？　俺たちはいつでも歓迎するよ」

「――俺は、認めてねぇけどな」

「慶っ！」

母さんにたしなめられた慶は、仏頂面でそっぽを向きながら、雄大を横目で睨んだ。

「……でも別に、夕飯一緒に食うくらいなら、いい」

素直じゃない慶の精一杯の譲歩に、笑ってしまいそうになるのを堪え、返事に困っている雄大の背中を後押しするように叩く。

「だと、よ。みんながこう言うんだから、夕飯食ってこうぜ。母さんの料理、マジでうまいから。……つうか、お前を一人で帰らせるくらいなら、俺も飯食わないで一緒に帰るし」

「でも……」

「でも、も、だってもあるか。馬鹿」

結婚自体は、まだまだ先の話だ。大学を卒業するまででも四年以上あるし、卒業後もしばらくは結婚せずにハタナカの仕事に集中したいから、下手したら十年以上も先になるかもしれない。

だけど、そんなことは、いまはどうでもいい話だ。

「俺はお前の番なんだから、法律上はどうであれ、関係で言えばとっくに家族だろう？　お前の家族である俺の家族なんだから、もうお前にとっても家族でいいんだよ。難しいこと考えず、素直に甘えておけ」

「……カケのお母さんの料理、すげぇおいしかったね」

帰り道。雄大はにこにこ笑いながら、俺にそう話しかけた。

「カケのお父さんもお母さんも、温かく俺を迎えてくれて……なんか、本当、カケのご両親！　って感じの人たちだった。ああいうご両親に育てられたから、いまのカケがあるんだろーなって思ったよ。……弟君は、ちょっと生意気だったけどね」

「……言ってやるな。あれでも、結構お前に気ぃ遣ってたんだぞ。あいつ」

慶は、昔から人に対する好き嫌いが激しく、嫌いな相手にはあからさまに辛辣だ。

俺としてはわりと似たもの同士だと思うんだが、幼なじみだった猛とは馬が合わず、一緒に遊んでいてもお互い存在を無視して俺にばかり話しかけていた。

それに比べれば、雄大に対する今日の慶の態度は可愛いものだ。なんだかんだで慶なりに、俺が自分のΩ性を受け入れるきっかけになった雄大に、感謝しているんだろう。

「……どうしよう、カケ。今日、俺、本当に幸せ。カケが手ぇつないでくれた時は、それ以上の幸せなんてないって思ってたけど……カケの家族に受け入れてもらって、簡単に上限が振り切れちゃった。こんなに幸せで、本当に俺、いいのかな？」

本当にうれしそうに、幸福を噛み締めている雄大の姿が、なんだかとても苦々しかった。

「……何、勝手に、これで締めようとしてんだよ」

「え？」

言っただろうが、馬鹿。……あとで二人になったら、ちゃんと話すって。

何、なかったことにしてんだよ。まだ終わりじゃねぇだろうが。

「……この先に、小さい頃遊んだ公園があるから、ちょっと寄ってくぞ」

「あー、懐かしい。滑り台とか、ブランコとか、ジャングルジムとか。小学校のグラウンドにもあったなあ」

すっかり日が暮れたあとの公園には、俺たち以外には人気（ひとけ）がなかった。雄大は懐かしそうに遊具を見渡すと、心配そうに俺を見た。

「でもカケ、こんなところで遊んで大丈夫だったの？　いくら家自体は庶民的とはいえ、ハタナカの息子ってことで誘拐されたかもしれないのに」

もっともな雄大の疑問に苦笑する。

「親父が最新の防犯グッズやらGPSやら持たせてくれたし……ここに来る時は、大抵猛と一緒で、里見の覆面SPがついてたからなあ」

『庶民の遊びの調査だ！』——そう言って、最初に俺をここに連れ出したのは、猛だった。

『一般家庭のガキは、こんな安い遊具で遊んでいるのか……』とか、そんなことをぶつくさ言いながらも、本当は俺よりここでの遊びを気に入っていたのも知っている。

基本的には猛と二人きりか、たまに慶が混ざるくらいで遊んでいたが、そのうち近所に住む公立小学校の子どもたちとも顔見知りになって、野球のメンバーが足りなかったのをきっかけに、遊びに交ぜてもらうようになった。覆面SPは、俺たちが危険な目に遭わない限りは特別口を挟まず他人のふりをしていてくれたので、俺たちは学校にかかわらずにわりとのびのび遊ぶことができた。

ただ公園に行くだけだったけれど、あの頃の俺たちにとっては、月に一度か二度の楽しいイベントだった。

「おお……ブランコって、こんな横幅狭かったんだ。しかも、座る位置めっちゃ低いから、どう考えても足きっつ……これじゃあ、乗れないいや」

「立ち乗りしたらいいんじゃね？」

「いや……この高さだと、俺の場合は上に頭つくよ。下手したら、体重で鎖切れちゃうかもしれないし」

長身ならではの問題に、しゅんとした様子でうなだれながら、雄大はブランコに足をかけることがないまま、惜しそうに鎖を握りしめた。

「残念だな……一回、乗ってみたかったんだけど」

「まるで一度もブランコに乗ったことがないみたいな言い方だな」

「だって、ないもん」

俺の言葉に、雄大はなんでもないことのように笑いながら、肩をすくめた。

「小学校のブランコはいつも誰かしらが遊んでたし……そもそもあの時俺、遊ぶ余裕もなかったたし、友達もいなかったからね。だから、カケといるいまならと思って、ちょっとだけ乗ってみたかったんだ」

さらりと告げられる雄大の過去に、胸の奥がちくりと痛んだ。……そう言えば、そうだったたな。

脳裏に、他の子がブランコに乗る姿を羨ましそうに眺める幼い雄大の姿が思い浮かぶ。あくまで想像の姿だけれども、すぐ近くに遊具はあるのに一度も遊ぶことのできないでいる子ども時代の雄大が、どうしようもなく切ない。

なんとか雄大に子ども時代のリベンジをさせてやりたくて、何かないかと公園内を見渡した。

「……よし、雄大行くぞ」

「行くって、どこに？」

「ジャングルジム」

ブランコはだめでも……何人もの子どもが乗っても大丈夫なジャングルジムなら、きっと俺たち二人が乗っても大丈夫だろう。

「ちょうど満月も出てるし……二人でジャングルジムに登って、上で月を眺めよう」

俺や猛が、幼い日にそうやって遊んでいたように。

近づいてみると、ジャングルジムは記憶にあるそれよりも、ずっと小さく見えた。……それだけ俺がでかくなったということか。

「……だ、大丈夫なの？　ほら、大人数の子どもには耐えられても、大人の俺たちは一人当たりの体重が重いから、一辺にかかる負荷が……」

「許容重量とか書いてねぇし、見たところサビたりもせずにしっかりしてるから大丈夫だよ。つーか、これで壊れるくらいなら、ハタナカの金で弁償してやったほうが、子どもたちの安全にとってもいいだろ。……よっと」

一段足をかけても軋む様子がないジャングルジムに安心して、そのまま上を目指す。昔はもっと軽く上がれた気もするけど、だからと言ってつらいというほどでもない。

かつては猛と取り合った、一つしかない天辺の出っ張りの上を陣取って、心配そうにこちらを見上げる雄大を見下ろした。

「ほら、雄大も来いよ」

「……う、うん」

二人分の体重でさすがに少し軋むジャングルジムを、雄大は恐る恐る慎重に上ってきて、俺より一段下のところに腰をかけ、空を見上げた。

空の上には、真っ白な満月がぽっかり浮かんでいた。

「すごい……こんなちょっとしか高くなってないのに……なんだか、すげぇ月が近い気がする。手を伸ばせば、届きそう」

その言い方が、なんだかすごく切なそうだったので、ふと悪戯心が湧いた。

「……手、伸ばしてみろよ」

「え……？」

「伸ばしたら……届くかもしれねぇだろ」

ぱちぱちと瞬きをした雄大は、少しためらってから、空に浮かぶ月に向かって静かに手を伸ばした。

いくら空に手を伸ばしたって、その手が月に触れることはありえない。そんなの、当たり前だ。

だから——伸ばされたその手を、代わりに俺が握りしめた。

「っ」

「……雄大。——愛してる」

逃げられないように、しっかりその手を捕まえながら、胸に秘めたままだった、その言葉を口にした。

「ダチとしては、ずっと愛してた。人間としても、愛してた。……そしていまは、番としてのお前も、愛してる。……ようやくいま、心から、そう言える」

愛のかたちが、変質したわけではない。

友としての愛情も、人間としての愛情も、いまも変わらぬかたちで、俺の中には残っている。

ただ、この一年で、もう一つ新たな愛のかたちが増えただけだ。……その事実を受け入れるのに、だいぶ時間がかかってしまったけど、ようやく認められた。

「親父にも言ったけど……正直、俺はいまも、αのお前をΩとして愛していると言うのには、抵抗がある。多分、自分がΩであることの違和感は、一生消えないと思う」

その事実が申し訳ない反面……安堵している自分がいることもまた、事実だった。

変わってしまうことが、怖かった。

Ω性を受け入れられない自分が、消えてしまうことが、怖かった。

だけどどれだけ雄大に抱かれて、体がΩ性を受け入れるように変容していってもなお、過去の自分の残滓はいまだに俺の中に留まり続けている。

過去の俺自身を忘れないで済む——そのことが、苦々しくて、うれしかった。

「俺はΩとしては、不完全で歪な存在だ。それでも……お前が求めてくれるのなら。受け入れてくれるのなら。俺はこの先もずっとお前と生きていきたい。このまま、お前の番でありたい。……お前となら、この違和感や恐怖を乗り越えてでも、子どもを作りたいとさえ思えるんだ」

子を孕む恐怖は、きっといまの俺の恐怖の比ではないだろう。正直いまの俺では、我がこととして想像することすら難しい。

それでも――いつか、その恐怖に自ら身を晒してでも、雄大との子どもを作りたいと思う。家族に恵まれなかった雄大に、新しい家族を作ってやりたいと、心から思える。

雄大となら――俺は、前に進める。

「だから……この先もどうか、俺のそばにいてくれ。一年間、待たせて、ごめんな」

強く手を握りしめながら微笑みかけると、雄大は唇を震わせた。

受け入れて、くれるのだと。きっと喜んでくれるのだと。

そう信じて疑ってない俺は、ただ黙って、続く雄大の笑顔を待った。

「……昔……これとよく似た夢を、みたよ……カケの部屋に泊まった、あの夜に」

「……え？」

俺の期待とは裏腹に、雄大の表情は硬いままだった。蒼白な頬に、ぽろりと大粒の涙が伝う。

「すごくすごく幸せで……決して、叶わないはずの、夢だった。……カケが俺の想いを受け入れて、そばにいることを望んでくれるなんて、現実になるはずはないって……望んじゃいけないってずっと思ってた……」

雄大の顔が、苦しげにくしゃくしゃに歪んだ。

「ねぇ。カケ……俺はまだ、あの夢の中にいるのかな？　目を覚ませば、また、元に戻ってしまうのかな……？　……どうしよう。カケ……俺、怖い……舞い上がった瞬間、全てが消えちゃいそうで……どうしようもなく、怖いよ」

震える声でそう口にした雄大の様子が、あまりにも悲痛で絶望に満ちあふれていたので――いい加減、腹が立った。

「……ネガティブなのもいい加減にしろよ。お前」

「……カケ……？」

雄大がこんな風に思うのは、仕方ないのかもしれない。自業自得なのかもしれない。

否、自業自得だ……なんて、殊勝なこと、いつまでも思ってられるかよ……！

「俺の一世一代の告白を……勝手に夢にしやがって、この野郎」

捨て台詞を吐いて手を離し、そのまま勢いをつけてジャングルジムから飛び降りる。

雄大は時々俺を聖人君子か何かのように勘違いしているような節があるが、実際の俺は、それなりに心が狭くて身勝手な、どこにでもいる男だ。

決して悪人ではないが、特別善良というわけでもない。どんなに正しいことであっても、嫌なものは嫌だし、嫌いなものは嫌いだ。

根本的に俺が悪いのだとわかっていても、あまりに拒絶を繰り返されれば、腹も立つ。

「カケっ!!」

「……っとと」

少し体勢は崩れたが、足を痛めることもなく、それなりに優雅に地面に着地して雄大を振り返る。

青白い顔で焦ったようにこちらを見下ろす雄大を、下から睨めつけた。

「……カケ……もしかして怒っ……」

「怒ってる」

俺は今日だけで、どれだけお前に想いを否定されたと思ってるんだ。どんだけお前は俺を信じられねぇんだ。

舌打ちを一つ漏らしながら、両手を開いて吐き捨てる。

「――だから、さっさとお前もジャングルジムから降りて、俺を抱き締めろよ。夢だとかふざけたこと言ってねぇで、俺が本物なことをその手で確かめやがれ」

雄大の夢の中の俺なら、ここで優しい言葉や謝罪の言葉を口にするのかもしれないが、残念ながら俺はそれほどできた人間じゃない。

……というか、自分がお前の運命のΩであることを隠して散々逃げまくったあげく、見つかってなお、お前を拒絶していたような男だぞ。人格者なわけねぇだろ。気づけ、アホ。

「…………っ」

息を呑んでためらうようにうつむいた雄大は、それでも俺の言葉に逆らうことはなく、そのままジャングルジムから飛び降りた。……俺より優雅に着地しているのが、地味に腹立たしい。

睨みつける俺の前に立ってなお、まだためらってやがったので、有無を言わさずこちらから抱き締めてやった。

触れた場所から伝わる雄大の熱と鼓動が。嗅ぎ慣れた甘い香りが。

確かにこれが現実なのだと、俺に伝えていた。

「――どうだ。雄大……夢が、こんなにリアルな感触するか？　うん？」

「……する、かもしれない」

「まだ言うか、てめえ」

周囲に人気（ひとけ）がないのをざっと確かめて、噛みつくように、その唇に口づけた。

番（つがい）になったことで互いの匂いにはある程度耐性がついたし、周期的なヒート中ほどの高揚は現れないが、それでもやはり唾液は甘いし、こんな密着した距離でディープキスをかませば体も火照（ほて）る。

舌を差しこんだ瞬間、あっさりと陥落した雄大が舌を絡め返してきたことに、してやったりな気分になりながら、しばらくそのまま夢中で口づけしあった。

「……どうだ？　これでもまだ、お前は夢だって言うのか？」

互いの唾液で濡れた唇を拭いながら、再度尋ねる。

「いや……むしろカケからキスしてくれる辺り、ますます俺の夢っぽい……」

「いい加減殴るぞ。お前」

痛みでなお目が覚めなかったら、こいつはようやくこれが夢でないことを認めるのだろうか。……いや、それでもなお、ぐだぐだ言い続ける気がする。

もはや、悪魔の証明だ。俺は俺の主観でしか物事を捉えられないから、雄大が俺を自分の夢の中の住人だと言うのなら、俺がそれを否定する術はない。オカルトチックな話になるが、雄大にとっては本当に俺が夢の住人である可能性だって、ゼロではないのだから。

「……わかった。もういい。お前がどうしても、俺を夢の世界の住人にしたいっつーなら、もうそれでいい。そういうことにしよう」

だんだん考えるのが面倒になった俺は、ため息を吐きながら、雄大の背中に手を回した。

「俺はお前の夢の住人でいいから……その代わりもうお前、二度と目を覚ますな。お前が目を覚ますことなく、この世界で俺のそばに居続ける限り、俺はお前から離れねぇから」

終わらない夢ならば、現実と何も変わらない。だったら、ずっと夢の世界にいればいい。

俺の言葉に雄大はきょとんと目を丸くした。

「目を覚ますなって……それって俺の意思でなんとかなるものなの？」

「知らん。気合いでなんとかしろ」

「気合いって……無茶苦茶だなあ。もう」

「無茶苦茶なこと言わせてんのは、お前だろ」

そこで雄大は……ようやく笑みを見せた。

「そうだね。……でも本当に意思でなんとかなるなら、もう俺、二度と起きなくていいや」

震える手で抱き締め返されて、涙で濡れた雄大の頬が、俺の額を濡らした。

「俺とカケがおじいちゃんになって死ぬまでずっと……この幸せな夢の中にいることにする」

……じいさんになるまで、ずっと一緒にいられると思っている辺り、ポジティブなんだか、ネガティブなんだか。

苦笑しながら、そのまま雄大の熱に浸っていると、ふと腹の辺りに何か硬いものが当たっていることに気がついて、口元が引き攣った。

「……雄大。お前」

「あのさ……カケ」

雄大が頬を染めながら、上目遣いにもじもじと切り出す。

「今日はヒート中じゃないけど……シたい。お願い。カケ。……これが夢じゃないって、確かめさせて」

――お前さっき、「ずっと夢の中にいる」とかなんとか言ってなかったか？

番（つがい）になって、一年。番（つがい）の特性として、月に一度のヒートは、毎回欠かさず性交渉に耽（ふけ）らざるを得なかったわけだが……実はヒート中以外で、俺と雄大はそういう行為に及んだことがない。

月に一度の、あの濃厚すぎる行為があれば俺は十分だと思っていたし、雄大もいままで不満を口にすることはなかった。

雄大が、自分の意思表示をできるようになったのだと思えば、いい兆候ではあるのだが……

「……わかってるのか？　雄大。ヒート中じゃないってことは、それだけ、得られる快感も少なくなるんだぞ」

「うん。普通に考えればそうだね」

「子宮の弁が閉じてるから妊娠の可能性はないけど、その分自分で腸内洗浄もしないといけないし、濡れないからローションだって必要になる」

「ローションは、いつかこの機会が来る時に備えて、ずっと前に買ってあるよ。腸内洗浄は……カケさえよければ、俺も用意を手伝うけど……」

「……やめろ。お前にさせるくらいなら、自分でやる」

――さらっとアブノーマルな提案をするな。ディープな世界の扉を開くな。

俺の拒絶の言葉に、雄大は何故か残念そうな顔をした。……頼むから本気でやりたかったとか言うなよ。ただのずれた親切心か、もしくは冗談にしておいてくれ。

「あと……妊娠しなくても、ゴムは必須だからな。ヒート中と違って、腸内細菌が残っている可能性が高い。絶対、生ではできないぞ」

「う……それは残念だけど、まあ、仕方ないよね。うん。ゴムもローションと一緒に買ってあるから、準備は大丈夫だよ」

どれだけデメリットをつらねても、まったく揺らぐ様子のない雄大に、口元が引き攣る。

「……お前、そんなに今日、俺としたいの？　来週に予定してる次のヒートまで、どうしても待てないのか？」

「したい。待てない。……というか本音を言うと、俺は前々からずっとヒートじゃない時のカケとヤりたかったし……もっと言うと、いくらヒート中の行為が濃厚だろうと、月一回じゃ、俺は全然足りない。少なくとも週一回くらいは、カケとつながりたいとずっと思ってた」

切々と語られる雄大の本音に、小さくうなった。

――薄々はそうなんじゃねぇかなあ、とは思っていたけど……やっぱりか。月一とは言え、二日で何十発もヤってても、まだ足りないか。

「……逆にカケは、したくない？　やっぱり、なんでもない時に、俺と普通にセックスするのは嫌？」

雄大の口から出てきた「セックス」という直接的な単語に、かあっと顔が熱くなった。

「……嫌な、わけじゃなくて……」

生理的な嫌悪感は、もはやまったくない。腸内洗浄はとても面倒ではあるが、雄大の願いを叶えてやれると思えば普通に耐えられる。

ただ……

片手で口元を押さえながら、雄大から視線を背けた。

「恥ずかしい、だろ……いつもよりずっと、理性がある状態で抱かれんのは」

ヒート中以外に抱かれれば、「ヒートだから仕方ない」という言い訳はできなくなる。雄大に抱かれ、確かな快感を得ている自分自身を認めないわけにはいかなくなるのだ。それを思えば、どうしても、二つ返事で受け入れることはできなかった。

顔を赤くして唇を噛む俺に、雄大は少し驚いた表情を見せたあと、すぐに小さく笑って、再び俺の体をぎゅっと抱き締めた。

「……カケがどうしても嫌なら諦めるけど……理由が『恥ずかしいから』だけなら、できれば抱かせてほしいな」

「……っ」

「お願い。カケ……俺は、理性がある状態のカケも、抱きたいんだ。カケの全てが、欲しいから」

――こいつは俺が、自分の「お願い」に弱いことをわかってて、こんな甘い声で口説いているんだろうか。わかってやってるのだとしたら、とても性質(たち)が悪い。

「……明日は学校だから一回だけ……いや、二回までに済ませるって約束できんなら。寮に帰って一時間後に、俺の部屋な」

――結局俺は、そんな雄大を、受け入れて甘やかさずにはいられないのだから。

「……早まった、か」

その後、俺の手を引いて猛ダッシュで寮に帰った雄大と別れ、一人腸内洗浄を済ませた俺は、刻一刻と迫る約束の時間に、頭を抱えた。

やること自体は、毎月のそれと何も変わらない。それなのに……こうやってただ待つだけでも、身悶えしそうになるくらい恥ずかしい。

「ヒートに侵されてない状態で俺を見たら……がっかりしたりしないかな。あいつ」

裸なんて散々見せているからいまさらなはずなのに、ついにはそんなネガティブなことまで考えてしまう。……どこの乙女のつもりだ。俺。

シャワーを浴び終えたあとも、一体どんな服装で待つべきか、しばらく悩んだ。

ヒート中なら、再び脱ぐ手間が惜しいから、いつもベッドの上で裸になって待っている。……だけど、素面の状態ではそんなあからさまなことはできなくて、結局は初めての時と同様、Tシャツとスウェットを着た。

まるで、雄大との初めてをやり直すみたいだ。……そう思ったら、なんだかひどく落ち着かない。

わたわたと意味なく立ったり座ったりしているうちに、インターフォンが鳴った。

いつもはベッドの上から子機で対応しながら遠隔操作でロックを解除するが、今日は体自体には余裕があるため、自ら玄関に雄大を迎えに行った。

「……ほら、入れよ」

「お邪魔しまーす。……カケから、こうやって迎え入れてもらえるのもうれしいね。準備ありがとう」

こちらの戸惑いを知らず、上機嫌な雄大はにこにこと笑いながら、まっすぐベッドへ進んでいった。

そんな雄大の後を追いながら、次の行動をどうすべきか頭の中でぐるぐるシミュレーションする。

――まずい。何を選んでも、恥ずかしい気がする。

いつもは一体どうやって……俺たちは「セックス」をはじめていたのだったか。

「カーケ」

ベッドに腰を下ろした雄大が、甘い声で俺の名前を呼ぶ。

「……そんな離れて立ってないで、カケも早くこっちにおいで」

見慣れた甘い表情が。嗅ぎ慣れた甘い匂いが。ようやく俺に、その手順を思い出させた。

開かれた雄大の太腿に割りこませるようにして、ベッドに片膝を乗せる。ぎしりとベッドが軋む音と共に、身を乗り出して雄大の体にもたれかかり、その唇に口づけた。

「……はっ……雄大……」

舌を絡め、唾液を貪り合うのは、さっきも公園でしたから、恥ずかしくはない。

だけど、口づけながら当然のようにTシャツの下から手を入れられたことで、どうしてもその先の行為に意識が行ってしまう。

舌をやわやわと食みながら、雄大の節くれ立った手が俺の皮膚を優しく撫でる。触れられた場所から、じわじわと熱が広がっていくようだと思った時、雄大の手が乳首を掠った。

「……んっ……」

それは、もどかしい快感だった。

ヒート中ならば、こんな風にかすかに指が掠ったただけでも、それだけで達してしまいそうなくらいひどく感じてしまう。だけどいま、その快感は、かなり緩和されて鈍いものへ変わっていた。

そんな俺の反応の違いを感じ取ったのか、普段はすぐにダイレクトに刺激を与えてくれる雄大は、敢えて焦らすように乳輪の周りだけを、そっと撫でた。

くすぐったいだけなのか、気持ちいいのかわからないその刺激に、体がぴくぴく跳ねる。

「……カケの乳首。いつもと違って、小さいね」

「っ……ヒート中が異常なだけで、いつもはこれが普通だ……」

まくられたTシャツの隙間から見える乳首は、勃ち上がってはいるが、ヒート中のように卑猥に赤く腫れ上がったりはしていない。雄大はそんな俺の乳首を興味深げにまじまじと眺めて、指を這わした。

「でも小さい乳首も……すごく、可愛い。いつもみたいに弄ってあげれば、かたちを思い出すかな」

「……んっ……馬鹿……乳首に、変な期待すんなよ……俺だって、原理がよくわかってねぇんだから……ぅんっ……」

摘ままれ、直接こねくり回されてなお、悪態をつける余裕はあった。だけど雄大からそこを刺激されるたびに、俺の男性器は確実に熱く、硬くなっていく。

まるで熾火のような快感だと思った。いつもより鈍い快感は、それでも確かに俺の内側でじわじわ燃え上がり、その範囲と勢いを増していく。

「……はい。カケ。ばんざーい。ばんざい、して？　……はい、脱げた。今度は下脱がせるから、腰、浮かしてね」

幼児に着替えを促すかのような口調で上下共に服を脱がされ、羞恥心は一層増していく。

それなのに……その羞恥が、俺の知らない類の快楽をもたらしていることもまた、確かだった。

ヒートにあてられている時だと雄大はいつもどこか余裕がないけれど、今夜はひどくねちっこい。普段の倍以上の時間をかけて、時折フェイントすら交えながら乳首をこねくり回し、舌で転がしてくる。

「……あ、はっ……カケの乳首、だんだんヒート中みたいになってきた」

徐々にぽってり赤く腫れ上がっていく乳首を、雄大はうれしそうに眺めて、いたわるように指の腹でそっと撫でた。

「ヒート中でなくても、ちゃんと俺の手で与えられる刺激を覚えてるんだね。……えらいえらい」

「っそれ……やめろ……っ」

「それって、何？」

「人の乳首に……人格があるみたいに、話しかけるな……！」

恥ずかしい。恥ずかしい。

……恥ずかしくて、訳がわからないのに、性器が熱くなる。

「だって、可愛いんだもん。……ヒート中でなくても、ちゃんと反応してくれてる、ここも、ね」

「……んっ……」

雄大の唇が、今度は性器に落とされ、期待で腰が揺れた。

Ωであろうがなかろうが、男性であれば誰でも性的快感を得られる男性器。生まれた時から、バース適応障害に関係なく備わっているそこへの刺激は、俺が最も抵抗なく受け入れることができる快感だった。

吸ってほしい。

擦ってほしい。

溜まった精を、吐き出させてほしい。

そんな期待のこもった目で、雄大を見つめた。

「でも……こっちは、いつもとあんま変わらないから、これでいいかな」

「……え」

数度の口づけだけで、決定的な快感を与えてくれないことに、思わず恨みがましい表情になる。

そんな俺にくすくす笑いながら、雄大は俺の太腿を掴んで上に上げさせた。

「まずは、こっち……乳首みたいに、俺のことちゃんと思い出させてあげないと」

そしてそのまま肛門に、湿った柔らかい舌を這わせてくる。

「っ……雄大、それ、いい……今日は、しなくて、いい」

「……初めての時みたいなこと言うね、カケ。最近はいつも受け入れてくれてるのに」

「だって今日は……そこは、性器じゃない……っ」

ヒート中ならそこは男性Ωにとって性器に変わるが、そうでないいまは、ただの排泄器官だ。いくら洗浄して綺麗にしてあるとはいえ、舐められるのは抵抗がある。

「何言ってるのカケ……ちゃんとここは、今日も性器だよ。だってほら……俺の舌を喜んで、ひくひく収縮して歓迎してくれてる」

「っ……んんん……」

拒絶の言葉に構わず、内側にまで雄大の舌が差しこまれ、思わず声に甘さが混じる。

……本当に嫌なら、俺は必死で雄大を押し退ける。それをしない辺り、心の底ではこの刺激を求めていたのかもしれない。

じわじわと湧き上がる覚えのある感覚に、普段はない背徳感やら羞恥が合わさり、目元に涙が滲んだ。

いつもとは、いろいろ勝手が違う。……それでも、確かに「気持ちいい」のだと、認めざるを得なかった。

「唾でたっぷり濡らしたけど……やっぱり滑りは悪いから、ローション使うね」

雄大は持参した未開封のローションを開け、ジェル状の冷たいそれを丁寧に塗りこめてくる。

——肛門を、性器にされている。

そう思った瞬間、つぷりと指が埋めこまれた。

「……さすがにいつもより、狭いね。痛くない？　カケ」

「痛くはねぇけど……なんか、変な感じだ」

いつもは指を差しこまれたら、どの場所を弄られてもイきそうになるのに、今日は気持ちよさより異物感のほうが勝った。

「変な感じだけなら、ちょっと待ってね……確か、この辺が」

「っあぁっ！　……んんっ……!?」

「ああ、やっぱり……この辺りのこりこりしたところ触られると、いつもカケ、特別乱れてると思ってたんだよね。前立腺なのかなあ。ここが」

「あああああっ……やめっ……そこばっかり！」

ヒート中じゃないのに、ヒート中みたいな快感が一気に押し寄せてきて、頭が真っ白になる。

喉から漏れる嬌声が、抑えられない。

「だって、普段と同じ刺激じゃ、物足りないだろうから……ね？」

「んあああぁっ!!　……ふぁっ……んっんっんっんっ」

二本に増やされた指で挟むようにそこを刺激され、目を剥きそうになる。

こんなに感じているのに、理性が残っているいまの状態が恨めしい。

ヒートがなくてもこんなに感じてしまう事実が恥ずかしくて、恥ずかしい分よけいに気持ちよかった。

「カケのここもいい子だ……ちゃんと、俺の指を覚えてて、きゅうきゅうに締めつけてくる」

十分にほぐし、拡張し終えたあと、雄大はゆっくりそこから指を引き抜いた。

ヒート中ほどではないがギンギンに性器を勃起させ、興奮で息を荒くさせながら、かたわらに置いていたコンドームへ手を伸ばす。……と、そこで雄大の動きは止まった。

「……雄大？」

「……あのね、カケ」

先ほどまで、普段は見せない雄の顔で俺を責め立てていた男は、すがるような情けない目で俺を見た。

「……アメリカの学説で、ヒート中以外でも男性Ωの腸内細菌は、αの性器に悪影響を及ぼさないってのがあって……」

「とんでも論文で有名なシュタール博士の奴な。……却下」

……過激なバース自然主義の頭でっかちαの論文、ここで持ち出すな。馬鹿。萎えるわ。

「お前さ……この期に及んで生でしたいとか言うなよ。事前にちゃんと話しただろ」

「だって……実際カケの中に指入れたら、やっぱり直接カケを感じたいなって……ゴムなんて初めてするから、上手くつけられる自信ないし……」

「……あの、なあ。俺はいいんだぞ、別に。俺は問題ねぇから。ヒート中じゃなきゃ妊娠もしないし、あとで掻き出す手間ぐらいしかない。……困るのは、お前のほう。知らねぇからな、腫れ上がって、今後使いものにならなくなっても」

「……それはやだ……」

しょげてうなだれる雄大に連動するように、ギンギンだった性器もしおしおとうなだれている。……犬のしっぽか。

ヒート中ではありえない雄大の性器の変化に、思わず吹き出す。さっきまでのエロい雰囲気は、すっかり霧散してしまった。

——普段よりは余裕があって、ちょっと格好いいとか思っちまった俺が馬鹿みたいじゃねぇか。なんで最後まで、あれを貫けねぇのかね。

「……まあ、これでこそ、雄大か」

「……カケ？」

「仕方ねぇな。……ほら、そのゴム貸せ。んで、お前は黙ってそこ、寝てろ」

雄大の手からコンドームを奪ってから、その肩を押して覆い被さるようにベッドに沈める。

とっさに体勢を戻そうとする雄大を片手で押さえこみながら、ゴムの袋を口に咥えて、そのままもう一方の手で開けた。

「俺がつけてやるから」

その言葉を聞いた瞬間、萎(な)えていた雄大の性器は、再びピンと勃(た)ち上がった。

——やっぱり犬のしっぽだ。わかりやすいな、お前。

それでもゴムをつけるにはまだ硬度が足りなそうだったので、先にそこを咥えて刺激してやることにした。口に含もうとすると大きすぎてとても収まらないので、根元の部分は手で擦りながら、先端を中心に舌で舐(ねぶ)る。

刺激するたびに硬度を増していく様子が、少し愉快だった。

「……カ、カケ……あんまりされると、出ちゃうから……」

興奮で息を荒くした雄大の、掠れた声にぞくぞくする。

先端から出てくる先走りは、ヒート中はただただ甘く感じていた。いまも甘いは甘いが、後味は青臭くて、運命の番ではない場合の精液の味は、ヒート中でもきっとこんなのなんだろうなってのがわかる。

けれど雄大の反応が愉しくて、そんな味の変化はびっくりするほど気にならなかった。

「……よし。つけるぞ」

先端を吸って、裏筋に舌を這わせ、存分に雄大の反応を楽しんだあと、袋を開けたままかたわらに置いていたコンドームを手に取った。

ゴムなんて扱ったことはないが、説明さえ見ればこういうのは器用にこなせるほうだ。特に手間取ることなく雄大のそれに装着し終えると、興奮で乾いた唇を舐めた。

「できたから、そのまんま寝てろ。……挿れるのも、俺がやってやるから」

どうも俺は、受け身の立場でいるのは羞恥を感じるが、自分から動く分には平気な性質らしい。

実際、騎乗位なんかはヒート中に何度もやっている。いまさら恥じる理由もない。

ゴムを被せたそこに手を当て、ゆっくりと腰を下ろす。

「っ……」

先端がそこに触れた瞬間、ゴムの感触に少しだけ違和感を抱いた。

だけどそのまま思い切って腰を落としてしまえば、直腸もまた、咥えこんでいるそれを馴染みのものだと認識して、特に抵抗もなくあっさり呑みこんでくれた。

「……全部、入ったぞ……」

荒い息を吐きながら、興奮で身を震わせる雄大を見下ろしたら、ヒート中以外の性行為も悪くないな、と思った。

ヒート中の俺は、いつもぐずぐずで、マウントを取ったとしてもその自覚がないまま、気がつけば雄大に責め立てられている。

——だけど、いま、この場で主導権を持っているのは、確かに俺だ。

自分の根本を司る「男性」の部分が刺激され、湧き上がる征服感に酔いそうになる。

「……気持ち、いいか？　雄大……」

腰を上下させながら、そっと雄大の頬に手を添えて、微笑みかける。

叶うのならば……このまま雄大を、喘がせたい。

気持ちいいとすがらせて、もっともっとと甘い声でねだらせたい。

俺が主導のままで雄大を絶頂に導けたら……きっとすごく愉しい。

……しかし、そんな俺の余裕も、長くは続かなかった。

「……っごめん！　カケ！　もう、我慢できないっ」

「え？　……っあああ!!」

突然俺の腰を掴んで固定した雄大に下から思い切り突き上げられ、一気に形勢は逆転した。

自分の体重も手伝って雄大の性器は深く深く体内に食いこみ、そのまま最奥の特に感じる部分をごりごりと擦られて、快感で目の前がちかちかした。

体に力が入らなくて、くたりと雄大の体にもたれかかると、そのままあれよあれよと体位を変えられ、いつの間にか雄大主導の正常位で責め立てられていた。

——結局こうなるのかよ!! くそっ!!

「はぁっ……カケ……声、聞かせて」

「……んっ……ん………」

せめてもの抵抗に、必死に口を噤んで、喘ぎ声を堪えた。……こうなったらもう、雄大が先にイくまで、絶対声は出さねぇ。男の意地だ。

「お願い……ねぇカケ、お願い……」

「……ぁふっ……んん、……ふぅ、ん……」

甘ったるい声で懇願されて、あっさり声を出してやりそうになったが、口元を手で押さえて、すんでのところで耐えた。

——俺がいつもいつも、お前のお願いを聞いてやると思うなよ、雄大。

「……カケ……ねぇ、カケ」

「ん、ふ……うんっ……」

「好きだよ、カケ……カケだけが、好きだ」

「……あ……んっ、くふ……ん…………っ!」

「……だから、お願い。……これからも、ずっと、そばにいて……!」

「……っだから、そばにいるって言ってんだろ!! いい加減にっ……ひあっ! あっあっ!

あぁっ！」

……ああ、うん。

耐えられなかった。……こいつがまた、ネガティブモードに入ってそうで。

「……ああ、もう。カケったら、本当可愛い……」

「てめっ……わざとか！　っあああ！」

……もうだめだ。気持ちいいところばっかり狙って突かれて、脳みそが溶けそうになってきた。

もはや、ヒート中との違いも、よくわからない。

気持ちいい。気持ちいい。……もう、それしか考えられない。

「ごめんね、カケ。代わりにほら……さっき弄らなかったここも、ちゃんと擦ってあげるから」

「つや……あ！　雄大、やめっ、イく！　……も、イくからああ！」

勃起してる性器まで扱かれ、もう限界だった。

「……うん。イっていいよ……俺もイきそう……一緒に、イこう？」

「――ぁあああああっっっっ!!」

そのまま雄大の手の中に俺が精液を吐き出したのと、中でゴムがふくらむ感触がしたのは、同時だった。

――二回という約束がぐだぐだの内に反古され、三回目の性交が終わったのは、日付が変わったあとだった。

「あー……ヒート中じゃないけど、すげぇ、気持ちよかった。俺、死ぬ時は絶対腹上死がいいなぁ……カケの中で絶頂しながら、天国行けるとか幸せだよね。すごく」

三回ヤったとは言え、二日間ひたすらヤり続けるヒート中に比べれば、ずいぶん余裕がある。

そんなわけで、俺たちはこの一年で初めて、ピロートークらしいピロートークをしているわけだが……よりにもよって、最初の言葉がそれか。おい。

「……俺が嫌だわ。馬鹿。ヤってる相手に、上で死なれるほうの身になれ」

「いてっ」

幸せそうに笑って裸のまま抱きつきながら、物騒なことを宣う雄大の頭を、軽く小突いた。

「それに、実家に行く前も言ったけど……死ぬとか簡単に言うなよ」

「だって……」

へにょんと眉を下げる雄大の考えていることは、なんとなくわかる。

手の内の幸福さえまともに信じられないこの男は、幸せの絶頂の瞬間に果ててしまうことを望んでいるのだろう。

そうなれば、もう裏切られることも、失うこともない。その瞬間の幸福を、永遠にできる。

……あまりにも刹那的かつ悲観的で、実に腹立たしい考え方だ。

「雄大……お前、本当、死ぬ気で幸福の閾値をあげろ。じゃないと俺、お前のこと何度も殺すことになるから」

「え？」

頬を両手で挟みこみ、こつんと額を合わせながら、まっすぐに雄大の目を見据えた。

「今日より、明日。明日よりも、明後日。……お前の幸せの最大値が毎日上がっていくくらい、幸せにしてやるから。こんなんじゃ、まだまだ本当全然足りないから……これくらいで死ぬとか言うなよ。残される俺が、不幸じゃゃねぇか」

こんなんじゃ、まだまだ足りない。まだまだ、満足なんてさせない。

お前が疑う気も起きなくなるくらい、もっと愛を注いでやるから。うんざりするくらい、幸福にしてやるから。

だから雄大――お前は、俺の隣で生きろ。

それが俺にとっても、何よりの幸福なのだから。

俺の言葉に、雄大は戸惑うように視線をさまよわせたあと、ぎゅっと唇を噛んでぽろりと涙を零した。

「……どうしよう……俺、幸せすぎて、本当、死……生きる」

「……そうだな。生きろ」

「死にそう」と言いかけて、なんとか持ち直した雄大の手を握りしめて、誓いのようにその手の甲に口づけた。

「一緒に生きよう、雄大。……きっと俺は、お前さえいれば、この先何があっても前に進めるから」

セントラルディスタービングシステムで守られた学園を卒業したあとの俺の未来は、きっとそれほど容易いものではない。

社会に進出するにあたって、Ωは蔑視されることが多いし、それが異端者ならなおさらだ。いまは運よく周囲に受け入れてもらっているが、俺のように一目でバース性の異常がわかるΩに向けられる世間の目は、決して温かいものではないはずだ。

きっと俺はこの先何度も、理不尽で窮屈（きゅうくつ）な目に遭うのだろう。自分ではどうしようもないことに、怒って、泣いて、苦しむのだろう。

それでも……どれほど苦渋に満ちた未来が待ち受けていたとしても、未来の俺はきっと「幸福だ」と、胸を張って笑うのだろうと信じられる。

「雄大……俺は、お前が思うよりずっと、お前を愛しているよ。お前がそばにいてくれるから、俺は未来に希望が持てるんだ」

この、愛しい番（つがい）が、共にいてくれる限りは、きっと。

番外編　異郷の地で

「……おお！　すごい、すごい！　なんかすごく外国って感じ！」

成田空港を発って、約半日。ようやくネトラントの首都、スアエルのポーテルダム空港に到着し、雄大は長時間のフライトによる疲労を一切感じさせないテンションではしゃいでいた。

「……まだ空港なのに、よくもまあ、そこまではしゃげるな。成田とそこまで変わらないだろ」

「いやいやいや。成田空港以上に外国人たくさんいるじゃん！　めちゃくちゃ英語飛び交ってるし！」

「言っておくけど、ここでは俺たちのほうが外国人なんだからな」

ここでこんなにはしゃいでいたら、街に出たら一体どんなテンションになるのだろう。そう思って呆れる反面、少しうれしい自分がいる。

この幸せの閾値が低い、不幸な過去を持つ男には、少しでも多くの幸福な記憶を植えつけてやりたいと思う。初めての海外での生活は、絶対に楽しいものにしてやらないと。

「……でもさ。せっかくのカケとの初めての海外なんだからさ。やっぱり、飛行機はファーストクラスのほうがよかったよーな……」

「まだ言ってんのかよ。学生の俺たちには分不相応だって言っただろ。……ビジネスクラスでも大概贅沢だってのに」

俺としてはエコノミーでも十分なくらいだったのだが、雄大が猛反対したうえに、家族からもせめてビジネスで行けという後押しがあって、しぶしぶビジネスクラスで妥協した。

確かにフルフラットシートで寝られた分体は楽だけど、今日は引っ越し作業くらいしか予定はねぇのに、と思ってしまう。

「……カケって意外とケチだよね。お金持ちの家の息子なのに」

「俺はお前の心配してんだよ、お前の。いまは事業が好調でも、いつまで時流に乗り続けられるかなんてわかんねぇだろ。アプリ業界なんてマウスイヤーって言われるくらい成長速度が速いのに。実家は頼れねぇんだから、今後のために貯金しとけよ。それに俺は、留学費用はいつか親父に返すべき借金だと思ってるし」

いくら家が裕福だからと言って、いつまでも甘えてはいられない。学生ビザでこちらに来ているから留学中にバイトはできないけど、その分こっちでしっかり学んでハタナカに貢献しなければ。

「わかってるよ。俺だって、その辺はちゃんと考えてるって。だから滞在中に借りるアパートメントも、立地がよくてセキュリティがしっかりしてれば、部屋数少なくて手狭でも全然構わないって妥協したじゃん。節約のために」

「……お前、狭くて部屋数少ないほうが俺のそばにいられるからいいって言ってなかったか。俺が、一人になれる場所もあったほうがいいんじゃないかって提案したら、猛反対したよな」

「……さあて。それじゃあ行こうかカケ！　俺たちの新しい愛の巣に！」

「さらっと誤魔化すな、おい。あと当然のようにタクシー乗ろうとするな。電車で行くぞ」

ネトラントの首都、スアエルは、中央駅を基点として運河が放射状に張り巡らされた、水の都だ。商業も観光も盛んで、中心部には歴史ある建造物が散見される。

「見て見て、カケ！　この飾り窓、すごく綺麗じゃない？　すごい、この運河の両岸一帯の建物、いろんな飾り窓が見られるねぇ」

「それは風ぞ……やめろ。写真撮ろうとするな。働いている人に失礼だ。とりあえず、いったんここから離れるぞ」

建物の中は全てセントラルディスタービングシステム完備とはいえ、外はそうもいかない。けれど、俺のΩの匂いに気づいて少しだけ怪訝そうな顔をする人はいても、日本ほど露骨に好奇の眼差しを向ける人はいなかった。それだけ、ネトラントでは性的マイノリティが許容されているということだ。

そもそも、この国では女性もΩも、日本人に比べてずいぶんでかい。身長一八〇センチそこそこの俺くらいでは、Ωといってもそこまで浮かないのだろう。

そう思ったら、なんだか呼吸がしやすくなった気がして、気がつけば俺も雄大と同じくらいはしゃいでいた。まっすぐにアパートメントを目指すつもりが、荷物もそのままについ、いろいろ観光してしまい、ビジネスクラスでの旅で軽減された分が台なしになるくらい疲れ切って、アパートメントに到着した。

「飯できたぞ」

「わあい！　カケの手料理だあ！」

引っ越しの手続きを終えて、部屋の整理をしたあと、近所のスーパーへ買い出しに行った。日本では見かけないような珍しい食材や、ものすごい種類のチーズに圧倒されながら、「新婚さんみたい」と心ここにあらずな雄大を連れ回さなければならないものだったから、普通の買い出しの何倍も疲れた。

「うう……おいしい。こんなにおいしい料理、俺、初めて食べたよ」

「肉と野菜切って、塩コショウで炒めただけの飯で泣くなよ。母さんの料理のが何倍もうまいだろうが」

「カケのお母さんは確かに料理上手だけど、それはまた別の話なんですー！　カケが俺のために作ってくれたというだけで、万金に値するんですー！」

相変わらずな雄大に呆れながら、切ったチーズをバゲットに載せて、口に運ぶ。香ばしいバゲットが癖のあるチーズの風味をしっかり受けとめていて、ただ切って載せただけの簡単料理なのに贅沢な気分になる。

「……そうだ。忘れてた」

立ち上がってキッチンに向かい、冷蔵庫で冷やしてあった缶を二本取り出す。緑色に光るそれを見て、雄大は目を輝かせた。

「あ、それって！」

「この国では合法な年齢だからな」

音を立ててプルタブを開けると、持って帰る時に揺らしてしまったのか、せり上がった泡が飛び出そうになった。

あわてて雄大の缶にこつんとぶつけて乾杯をしてから、縁に口をつける。どこかフルーティな風味とともに、独特な苦みが口内に広がる。

「うぇえ……俺、ビール初めて飲んだけど、ちょっと苦手かも」

「お子ちゃま舌め。俺は好きだけどな。パンとチーズと合わせてみろよ。つまみと合わせればお前でもいけるかもしんねぇぞ」

結局飲めなかった雄大の分まで引き取って、二缶全部俺が飲むことになった。

「料理はカケがしてくれたんだから、片づけは俺がします！」と張り切って台所へ向かった雄大を横目で見ながら、残りのビールを飲む。少しだけアルコールに侵された脳で、今後のことを考えた。

……やっぱり、今日ヤんのかな。絶対ヤるつもりだよな、雄大。

雄大の熱烈な主張の結果、寝室は一つだし、当然のようにベッドも一つ。つまり、逃げ場はない。

雄大の希望を尊重した結果、最近はヒート中でなくても週一でヤるようになっている。決して嫌なわけじゃねぇんだが……

「……恥ずいもんは、恥ずいんだよな。いまだに」

初めての海外。初めての同棲。記念すべき、新たな生活の第一歩。

――なんつーの？　そういう記念日みたいな時にヤるのは、雄大は好きかもしれないが、俺はすごく苦手だ。なんか、普通にするより、こっ恥ずかしい。

今日はお互い疲れてるし、アルコール摂取したらそのまま寝てくんないかなあって期待も込めてのビールだったんだが……雄大呑まねぇし。俺だけが酔ってるのって、あいつにとっては一番おいしい状況だよなあ。……失敗した。

「カケー。俺洗い物もうちょっとかかりそうだから、よかったら先シャワー浴びて？」

「お、おう……そうするわ」

洗い場から声をかけられ、思わず舌がもつれる。……これは、抱かれる準備をしとけってことだよな。やっぱり、腸内洗浄しとかないとだめなんだろうか。正直、引っ越ししたてのアパートメントの風呂場で最初にするのが腸内洗浄って、なんかすごく嫌なんだが。ユニットバスだから、いろいろ作業しやすいにしても。

「ん？　どうしたの。カケ？」

それでも、うれしそうににこにこ笑っている雄大を見たら、そんなことは言えなくて。

結局何も言わずに、風呂場へ向かったのだった。

「やっぱりベッド、キングサイズで正解だったよね。二人で寝ても、こんなにひろーい」

「……そうだな」

……ついに、この時が来た。

新品の巨大ベッドに二人で寝転びながら、雄大に背を向けて一人大きく深呼吸する。

……腸内洗浄もしたんだし、いい加減覚悟決めろ、俺。正直、新品のベッドの寝心地がよすぎて、いまにも寝そうだけど。こんだけはしゃいでいる雄大を、がっかりさせたらかわいそうだろ。

「……ねえ、カケ」

砂糖の塊に練乳をぶちまけたかのような甘ったるい声で囁かれたと同時に、後ろから抱き着かれて、やっぱりきたかとため息を吐く。……いや、ベッドに入って即襲ってこなかっただけ、雄大にしては我慢できたほうだ。確実に「待て」ができるようになってる。えらいぞ。雄大。

「これから卒業するまで、こうやってず――っとカケと一緒に生活できるんだね」

「……俺としては、卒業後もずっとお前と一緒にいるつもりなんだが」

「ふふふ。……カケがそのつもりでいてくれることは、わかってるよ。『婚約者』だもんね。ただ、この部屋でこのベッドで過ごすのは、卒業するまででしょ？」

――まあ、いろんな事情で引っ越さないとは限らないが。一応、卒業まで住みたいとは思ってるな。ベッドも高かったから、ネトラント滞在中は使い倒したいところだし。

「俺……すっごく、幸せ」

「……そうか」

「カケといると、本当毎日幸せの最大値が更新されてくよ。……多分、今日より明日のが幸せなんだろうなあ」

そんな風にしみじみと幸福そうにつぶやかれると、ますます応じないわけにはいかなくなるじゃねぇか。

「その……」

「……おやすみ、カケ」

首を捻(ひね)って後ろを向いた俺に触れるだけの優しいキスを落とすと、雄大はにっこり微笑んで、そのまま俺を抱き枕みたいに抱いたまま目をつぶった。

——えっ。

「……ヤんねぇの？」

「そりゃあ、ヤりたいけど。でもカケ、疲れてるでしょ。だから、今日はいいや」

猫にでもするかのように、すりすりと俺の頬に自分の頬をこすりつけながら、雄大は笑った。

「こうやって、カケをぎゅうってして寝られるだけでも、俺幸せだから、いーよ。明日も明後日も、カケは逃げずに俺の隣にいてくれるんだし」

……正直疲れている俺には、ありがたい提案と言えば、ありがたい提案ではあるが。

「……ケツに、当たってんだけど。硬いの」

「うん、それはっかりはね！　仕方ないよね。こんな近くにカケがいれば、普通に勃(た)つよね！」

完全に開き直って、恥じらう様子もない雄大に、ため息が漏れる。……体は正直だよな。本当。

「……いいのか、そのままで。つらくねぇの？」

「……でも、そんなこと言ったら、これから毎日カケを求めちゃいそうだし。大丈夫、大丈夫。放っておけば、そのうちなんとかなるから」

「……そのうちなんとかって」

なんか、ますます硬くなってる気がするんだが……本当に大丈夫なのか。

寝返りをうって、雄大と向き直る。ちょっと困ったように笑う顔が、「待て」をさせられている犬そっくりで、非常にいたたまれない。

——せっかく腸内洗浄したしなあ。いや、でもいまの疲労感でケツに挿れられんのは、やっぱりキツイ。……でも、手や口でなら……

「……雄大。よかったら」

「……う」

……う？

次の瞬間、嗅ぎ慣れた青臭い匂いが立ちのぼり、状況を察した瞬間、かあっと雄大の顔が赤くなった。

「ち、ちが！」

「……何が違うんだ。雄大」

「俺、いますっげぇ疲れてるからさ！　それに、カケがなんかすごいエロい顔で上目遣いで俺のこと見てくるから！」

俺のせいにすんなと言ってやりたいところだが、涙目で顔を真っ赤にして言い訳をする雄大がかわいそうで可愛くて、思わず生ぬるい目で見つめてしまった。

「お、俺、シャワー浴びなおしてくる！」

そのまま猛ダッシュで寝室を後にした雄大に、とうとう笑いが漏れた。

「勃(た)ってることは恥ずかしくないのに、早漏なのはいっちょ前に恥ずかしがるんだな、あいつ」

俺なんか、ヒート中は嫌でも早漏状態だっつーのに。……そう思ったら、なんだかひどく複雑な気持ちになった。

「……最初のヒートの時でも、あいつあんなに早くなかったよな」

理性が蕩(とろ)かされてなお、それだけ気を張っていたということかと思うと、胸が痛む。……いまは、あんな早漏になるくらい、俺といてリラックスできているんだと考えれば、喜ばしくもあるが。


「……カケ、寝ちゃった？」

しばらくして、シャワーで後始末を終えた雄大が戻ってきた。シャワーを浴びるだけにしてはずいぶん時間がかかっていたから、もしかするともう一、二発抜いてきたのかもしれない。

「起きてるよ」

へにょんと眉を下げ、情けない顔をした雄大の栗色の髪は先から水が滴っていた。ドライヤーどころか満足に拭いてもなさそうな辺り、風呂場で抜いてきた説がますます濃厚になる。

「こっち来て、腰かけろよ。髪拭いてやるから」

手招きしてやると、なんだか気まずそうな表情をした雄大は、それでも素直に従った。

首にかけられていたバスタオルを取ると、そのままガシガシと乱暴に頭を拭いてやる。

「ちょ、カケ！　痛い、痛い！」

「こんくらい強く拭ったほうが、よく乾くだろ」

「乾く前にキューティクルなくなるよ！　てか、抜ける！　ハゲる、ハゲちゃうからあ！」

「大丈夫、ハゲても好きだよ」

俺の言葉に、雄大はちょっと目を丸くしたあと、ふてくされたような表情で唇を尖らせた。

「……一瞬、普通に喜びそうになっちゃったけど。この場合、ハゲさせるのはカケなんだから、ハゲで嫌うのってすげぇ理不尽な話だよね。騙されないもん」

「お、気づいたか」

「好きだって言えばいつだって俺が誤魔化されると思わないでよね」

そう言いながらも、口元の緩みが抑えきれていない、単純なお前が大好きだよ、雄大。

くつくつと喉を鳴らして笑いながら、今度は優しい手つきで雄大の髪を拭ってやる。

「なあ。雄大。……早漏くらいで嫌いになったりしねぇから、変な心配すんなよ」

「……別に、俺もいまさらそんなことで、カケが俺を嫌いになるなんて思ってないもん」

そう言うと雄大は一瞬びくりと体を跳ねさせてから、きまり悪そうにそっぽを向いた。

「ふうん。喧嘩するたびに、俺を嫌いにならないでって泣いてた男が成長したな」

「そのたびカケが、絶対嫌いにならないって太鼓判押してくれたからね！　……でも、それとこれとはまた、別な問題なの！　男の沽券にかかわる問題というか……」

「……おい。それは、ヒートのたびに早漏にならざるを得ない俺は、男じゃねぇって言いてぇのか？　うん？」

「……ゴメンナサイ。間違エマシタ。男ジャナクテ、αノ沽券デス。ダカラ、髪ヲ人質ニ取ラナイデ」

――Ωだから早漏でも仕方ないって言われるのも、それはそれで腹は立つが。事実は事実だからそこは反論しないでやろう。

ぶち抜くくらいの勢いでぎゅっと握りしめていた雄大の髪を解放し、そのままもたれかかるように雄大の肩を抱いた。

「……男の沽券とか、αの沽券とか、気にすんなよ。俺は男だとか、αだとか関係なく、お前がお前だからこそ好きなんだからさ」

「っ」

むしろ、情けなくない雄大なんて雄大じゃねぇから、このままでいてほしい。こうやって、たびたび肩の力が抜けるようなことをやらかしてくれるからこそ、俺はいろいろ思いつめずにいられるんだから。

俺の言葉に雄大はカッと目を見開いたあと、視線を自分の股の間に落とした。つられて視線を落として、後悔した。

「……どうしよう。カケが男前すぎて、また勃った」

「さて。髪もあらかた乾いたし、今度こそ寝るか」

「ちょ、カケ待って！　俺がやらかす前、なんか言いかけてたよね！　もしかして手伝ってくれる気だったんじゃ！」

「いや、もういい加減に眠気限界だし。だいたい、キリがねぇだろ。いくらすぐ出てもすぐにまた復活するんじゃ。賭けてもいいけど、この展開じゃお前一回抜いてやっても、絶対もう一回ってなるぞ」

「うわん、すぐ出るって言わないで！　……そして否定ができない自分が憎い！」

泣きごとを言う雄大に背を向けて、目をつぶる。

口元は自然と緩んでいた。

初めての海外生活ということもあって、正直いろいろ不安もあったけど……こいつと一緒なら、飽きない日々になりそうだ。

◆

「……ああ。やっぱり、ネトラント語の講義はところどころ理解できねぇ単語が出てくるなあ。英語の講義にするべきだったか……」

より正確にニュアンスを聞き取りたくて、このバース性に関する講義だけは敢えてネトラント語を選択したのだけど、自分の語学レベルを考えたら、英語のほうがましだったかもしれん。失敗したな。

「……雄大がいれば、聞き逃した単語を確認できたかもしれねぇのに」

俺が一番取りたかったこの講義は、雄大が一番取りたがっていたウェブマーケティングの講義と重なっていた。雄大はそれでも俺に合わせようとしてくれてはいたけれど、現在進行形で個人事業を頑張っているあいつの足を引っ張るわけにはいかない。雄大のプログラミング技術はすでにピカイチでも、経営のほうはまだ改善の余地があると、俺も思っていたし。

わからない単語は一つなのでなんとなく全体の意味は理解できるが、単語の意味が俺の憶測と違っていたら、文章全体がひっくり返る可能性がある。辞書や翻訳アプリを使おうにも、その時間も講義は進んでるから、聞き逃しが怖い。

——仕方ねぇ。穴あきのまま講義の流れをまとめて、あとで調べて埋めるか。

そう思った時、隣から肩をつつかれた。

『……ニーハオ。何か困ってるなら、お手伝いしましょうか？』

流暢な英語で話しかけてきたのは、二メートルはありそうな大柄な男だった。ネトラント人の平均身長は、日本人よりずっと高いと言われているが、それにしてもずいぶんでかい。こいつの後ろの席の奴は、前のスクリーンがちゃんと見えるのだろうか。

複雑に編み込んだ長めの金髪を後ろでくくっていて、瞳は美しいエメラルド色をしている。垂れ目でセクシーな顔立ちが、どこか雄大を思わせた。もっとも、雄大は顔立ちに反してただの人懐こい大型犬であるにもかかわらず、こいつは顔立ち通り肉食獣みてぇな雰囲気だけど。

『……声をかけてもらって悪いが、俺は日本人だ』

『あ、そうだったのかい？　東洋の子の人種は、やっぱりよくわからないな。どちらにしても、愛らしいことには変わりないけど』

訂正されたことに気まずい素振りも見せず、男はにこりと笑った。自分の魅力を熟知しているような、どこか色気が漂うその笑みに、なんだか嫌なものを感じて思わず眉間に皺が寄る。

『ちなみに俺は、ネトラント人だよ。まあ、ネトラント語の講義をとってるんだから、当たり前と言えば当たり前だけどね。だから、日本の可愛い子ちゃん。君が言語のことで困っているなら、多分助けてあげられると思うのだけど』

……いま、可愛い子ちゃんとか言わなかったか。俺の聞き間違いか、翻訳ミスか。

日本人相手なら目ぇ腐ってんじゃねぇのと言い返せるが、ネトラント人の体格のよさを考えたら、あながち冗談じゃないのかもしれない。なんにせよ、あまり積極的に関わりたくない相手だ。

『気持ちだけ、受け取っておく。……ありがとう』

『そんなこと言わないで。ね？　ほらほら、なんでも聞いてよ。ね？　日本は島国だから、日本人はあまり語学が堪能ではないって聞いたよ？　それとも、君はもしかしたらネトラントは長いのかな』

――だあ！　しつこくて、講義に集中できねぇ！　こいつに話しかけられている間に、どんどん講義進んでいくし！　全力で集中しねぇと、まだうまくリスニングできねぇのに！

『……さっきの単語なんだけど』

これ以上話しかけられたくなくて、不本意だけどわからない単語を聞いてみる。隣の男は流暢な発音で『エクセレント（よくできました）』と言って、目を細めた。

『その単語なら、【未成熟】って意味だね』

『助かった。……ありがとう』

『いいえ。気にしないで。……お礼は、講義後にクロケット一つでいいよ。自動販売機のね』

クロケットは、いわばネトラント版のクリームコロッケで、固めた肉のシチューにパン粉をまぶして揚げたファストフードだ。……無理やり教えといて、さらにお礼まで要求すんのかよ。

そう突っこみたかったが、その時には既に隣の男はノートに視線を落として、講義に集中していた。釈然としない思いを抱えたまま、俺も意識を講義に戻したのだった。


『はい。クロケット。熱いから、気をつけてね』

『……て、俺じゃなくて、お前が金払うのかよ』

コインロッカーのような見た目の自販機からクロケットを取り出した男は、真っ白な歯を見せて笑った。

『やだな。単語一つ教えたくらいで奢れなんて言わないよ。俺は、お礼にクロケット一つ分可愛い子ちゃんの時間をちょうだいって言ったの』

なんだか言い返すのも馬鹿らしくなって、渡されたクロケットをかじる。クロケットの自動販売機は駅をはじめとしたネトラントのあちこちにあって、後ろに調理している人が常駐しているので、タイミングがよければ揚げたてにありつける。

「……あちっ」

ちょうど揚げたてにあたったらしく、中の熱いシチューが飛び出てきた。思わず舌を出すと、なぜか隣の男がエメラルドの瞳でじっとこちらを見つめていた。

『……なんだよ』

『いや。赤い舌がセクシーだな、と思って』

……こいつ、俺がΩだとわかっていて口説こうとしているのだろうか。

『俺、日本人としては、かなり背が高くて体格がいいほうなんだが』

牽制のため、俺がαである可能性を遠回しに伝えてみるが、男は笑みを深めるだけだった。

『αやβの相手に、可愛いとかセクシーって言ったらいけないのかい？　美しいものを愛でるのに、バース性は関係ないよ』

さすがバース先進国ネトラントというべきか。……バース性が関係ないと言われるのは本来ならうれしいことだが、こいつから言われるとなんだか警戒心しか湧いてこない。男が見るからにαだから、だろうか。

『アダムだ。薬学部だけど、ヒート関連の薬品開発に興味があって、バース性の講義にはほとんど出ているんだ』

握手を求めるように手を差し出されて、少し躊躇する。あまりよろしくしたくはないが、大学生活を送るうえで、現地の友人がいたほうがいろいろ助かるのも事実だ。

その時、差しだされたアダムの指の薬指に、指輪がはめられていることに気がついた。

『あ、これ？　俺の運命の番（つがい）とペアなんだ。婚約の証もかねてさ』

——なんだ。婚約者がいるのか。しかも運命の番（つがい）。それじゃあ、そう警戒することもねぇか。

『……翔だ。よろしくな』

俺が手を握り返すと、アダムはうれしそうに笑みを返したのだった。

最近、ずっと雄大と一緒にいて、雄大の精神状態が安定していたから忘れていた。

「……うわあん、カケが浮気したあああ！」

雄大は、変態的に鼻がいい。匂いで俺の後を追って椿山学園に入学したくらいに。

「浮気じゃねぇよ！　握手しただけだっつーの！」

「俺以外のαに、カケの綺麗な手を触れさせたの⁉」

「握手くらいするわ！　それくらいで騒ぐな！」

ぐすんぐすんと鼻を鳴らす雄大にため息を吐く。

相変わらず、しょうもない駄犬だ。可愛いっちゃ可愛いけど。

「なあ、雄大。……俺はやっぱりαの奴と友人になったらだめか？」

――バース性が判明する前に親しかった奴らはことごとくαだったから、Ωよりαのほうが絡みやすいんだけど、やっぱり俺がΩだということを考えると問題だよなあ。かといって、βはαやΩを自分たちとは異なる存在と見て、よくも悪くも遠ざけがちな奴が多いから、なかなか絡みに行きにくいし。

……つーかぶっちゃけ、ここ数年ずっとぼっちで、雄大以外と絡まない生活を送ってきたから、ダチの作り方忘れたんだよな。

俺、バース性が判明する前、どうやって初対面の相手に話しかけていたんだったたか。俺以外にダチがいない雄大を、まったく笑えん。十分コミュ障だ。俺も。

だから、α云々関係なく向こうから近づいてきたアダムは、渡りに船というか。

美しいものにバース性は関係ないって言ったアダムなら、俺がΩであることを知っても態度変わんねぇ気もすっし。あのあとしばらく話したけど、思いの外話も合ったし。でも……やっぱり雄大は嫌だよなあ。

「前も言った、というか言いかけたけど……カケが俺以外のαと仲良くするのは複雑だけど……カケが望むなら、俺はとめないよ」

すんと鼻を鳴らしながら、雄大はうつむいた。

「……でも、ごめん。嫉妬はする。それはやめられない」

ああ……ぺしゃんと倒れた犬の耳が見える。本当、こいつはしょうもなくて、可愛くて、びっくりするくらいいじらしい大型犬だ。

「心配すんなよ。……そいつ、運命の番(つがい)の恋人がいて、ベタ惚れみたいだから」

そう言って、自己嫌悪で落ちこんでいるらしい雄大を慰めるように、片腕で雄大の頭を抱いた。

『本当、天使のように愛らしくて、趣味も嗜好もまったく同じ、最高のパートナーなんだ！』

俺のことを口説くような台詞を口にしながら、そうやって思いきりのろけてきたアダムには面食らったけど、ただ普段からそういうノリの奴なのかと思ったら、変な心配するのが馬鹿らしくなった。

ただのリップサービスっつーか、挨拶みたいなもんなんだろう。アダムにとっては、ああいう台詞が。そういうノリの奴はイタリアとかフランスに多いのかと思ってたけど、ネトラントにもいるんだな。ああいうタイプ。

「……なら、いいけど」

「運命の番」という言葉に弱い雄大は、しぶしぶ納得してくれたようだが、それでもまだ複雑そうな表情だった。なので、ご機嫌取りもかねて、前々からの雄大の望みを叶えてやることにする。

「なあ。雄大。……明日、天気もよさそうだし、大学のテラスで一緒に飯食わねぇ？」

俺の提案に、雄大は目を見開いた。

「……そんなことしたら、カケがΩだって噂になっちゃわない？」

「いまさらだろ。学園にいた時と違って、いまはセントラルディスタービングシステムが効いた建物の中だけ移動するわけにはいかねぇんだから、知ってる奴はとうに知っているさ」

いくらネトラントの建物のほとんどがセントラルディスタービングシステム完備とはいえ、全てが学園の中で完結していたあの頃とは違う。大学に通学する際はどうしても外に出る機会はあるし、同じ大学の学生と思われる奴に怪訝そうな表情をされたこともある。

けれど、結局それだけだ。このネトラントでは、俺は少々異質なΩってだけで、大きな差別は受けていない。だから、もういいんだ。俺がΩということが、周りにバレても。

「そもそもみんな、さして俺に興味なんかないんだよな。ただ、俺が自意識過剰だっただけで」

「……あんまり気にしすぎるのも、よくないとは思うけど、気にしなさすぎるのもどうかと思うよ。カケさ、普通に周りから注目されてるからね。この国でも」

「ああ。アジア人はやっぱり、この辺りでは少し珍しいからな」

「そ・う・じゃ・な・く・て！　なんで、カケは自分がαと間違われてモテることは自覚しているのに、Ωとして下心向けられる可能性には完全に無頓着なの!?　ねえ!?」

「んな物好き、お前しかいねぇから安心しろ」

「安心できないから言っているのに！」

何故かひどくぎゃあぎゃあ騒いで葛藤しはじめた雄大だったが、結局外で俺と一緒に飯を食べたい欲が勝ったらしく、最終的にしぶしぶ承諾した。

——単純だから、大喜びでうなずいて機嫌直すと思ったのに。意外に手ごわいな、雄大。ちょっとあいつに対する情報をアップデートしとかねぇと。

◆

「……ほらほら。やっぱり見られてるよ、カケ」

「だから、多少は見られるだろ。俺はΩとして異質な上に、お前と番ってこと丸出しな匂いぷんぷんさせてるんだから」

「そうじゃなくて。あいつとか、絶対やらしい目でカケのことを見てる！　ほら！」

……ネトラントでは、日本語理解できる奴が少なくてよかった。こんな会話聞かれたら噴飯ものだわ。濡れ衣すぎて。

「馬鹿な妄想してないで、落ち着いて席につけ。せっかくのランチが冷めるぞ」

ハムとチーズが載った甘くないネトラント風パンケーキを切り分けながら、ため息を吐く。パンケーキといえば、日本で食うとなんだか乙女チックで少し恥ずかしいメニューだが、ネトラントだと気にならないから不思議だ。……まあ、ごついαも普通に食ってるからな。ここでは。

外はカリカリ中はもちもちの独特な食感と、絶妙な塩気を堪能しながらコーヒーをする。……ああ。いい昼だ。

「なんで、カケはそんなリラックスしてるの!? 俺以上に注目浴びてるのに!?」

「うっせ。お前がそんなに騒ぐから、もはや逆に完全に開き直ってるっつーの」

少しカップが重いので両手で持ったら今度は「可愛い仕草しないで！」とキレられる。完全に意味不明だ。何度も言うが、俺がそんなことをして可愛いと思うのは、お前だけだぞ。

「お前……そんなに俺と番(つがい)って思われるのが嫌なのか？」

いい加減らちが明かないので、こういう時のお決まりの台詞を口にしてやることにする。

「嫌なわけない！」

「だよな。お前、俺のこと大好きだもんな。ほら、ならさっさとパンケーキ食え。うまいぞ」

「……なんか、対応が雑じゃない？ カケ。愛を感じないよ」

今度は別の方向で面倒くさくなったが、まあいい。こっちのほうが、まだ対処が楽だ。

「はいはい。俺も大好きだよー」と適当に言って頭を撫でてやると、雄大は「やっぱり雑！」と抗議しながらも、うれしそうにパンケーキを食いだした。いつも通りで何よりだ。

「こんくらいの視線なんか、気にしてられるかよ。……ここ卒業したら、日本でずっとお前の隣にいるのに」

バース大国ネトラントよりずっと性的マイノリティに厳しい日本で、雄大の番として生きていくなら、多少の好奇のまなざしくらい笑い飛ばせるようにならないといけない。こんくらいでいちいち臆してられるか。

そう言ってコーヒーをすすると、なぜか雄大が目を潤ませていた。

「……今度はどうした？　なんで泣きそうなんだよ。お前」

「いや……カケが当たり前みたいに、俺といる未来を想定してくれてるのがうれしくて」

「いい加減、信用しろよ。何度も言ってるだろ」

「いいや、信じてないわけじゃないんだよ！　信じてないわけじゃないけど……うれしくて」

頬を染めながら、いそいそとお茶をすする雄大に、ため息が出る。怒ったり泣いたり喜んだり……忙しい奴。

「……ほら。口元にパンケーキのかすがついてんぞ」

『おや。山奥にひっそりと咲く黒ユリのごとく、神秘的で美しい人がいると思えば、翔じゃないか！』

雄大の口元に伸ばしかけた手は、むせ返るほど強いαの匂いと、聞き覚えがある声に固まった。

……なんだ、この強烈な匂い。ネトラントに来てからαの匂いを嗅ぐ機会も増えたが、いままで出会ったαで、雄大以外ではこいつが一番強烈だ。

αもΩも匂いで互いを誘うが、運命の番でもない限り、発情中以外はさほど性的欲求を誘発する効果はないし、Ωに比べてαの匂いはずっと誘発力が小さい。だからよっぽどのことがない限り、

αの香りにはそれほど警戒しなくていいのが一般的なんだが……

――これ、外じゃなかったら完全に腰くだけになってんぞ。ヒート中に嗅ぐ雄大の匂いほどじゃねぇけど、強すぎる。

とっさに鼻をつまんで、声の主に振り返る。

『アダムお前、その匂い……番のヒート中じゃないのか？　なんで出歩いてんだよ。迷惑このうえないし、番のΩがかわいそうすぎるぞ』

ヒートはあくまでΩにだけ訪れる定期的な変化で、αはあくまでそれに性衝動を誘発されるだけだ。だから、こいつがこんなに強い匂いをまき散らしているということは、ヒート中の番にあてられて発情した結果以外に考えられない。

しかしアダムは俺の言葉に、困ったように肩を竦めた。

『いやいやいや、誤解だよ。翔。俺は、ただαのフェロモンを常にまき散らしてしまう体質みたいでね。セントラルディスタービングシステム外では、常にΩを誘惑してしまうんだよ』

『常時、抑制剤飲んでろ。歩く公害め』

見ると、アダム近辺にいたΩ数人が、顔を真っ赤にしてその場を立ち去っている。ぐったり机に突っ伏しているΩまでいる。鼻をつまみそこねてアダムのフェロモンに当てられ性的な反応を示してしまったのだろう。……かわいそうに。

『残念ながら、俺の体質は強力すぎて、有効な抑制剤がなくてね。だからこそ、俺は自分で専用の抑制剤を開発できるようになるため、薬学部に入学したってわけ』

そう言って、アダムはいたずらっぽくウィンクした。

『でも、特異体質はお互い様じゃないか、翔。君はΩだったんだね。見た目は完全にαなのに、びっくりしたよ』

——やっぱり、匂いでわかったか。

想定内のこととはいえ、思わず身構える。

『……俺がΩだったら、何か問題があるか』

『いや？　神秘的ですごく素敵だと思ってさ』

笑顔でそう言うと、アダムはずいと身を乗り出した。……おい、近い、近い。

『ねえ、翔。君や俺のような特異体質の持ち主がこうやって出会ったのも、何かの運命だとは思わないかい。やっぱりここは一度、二人で……』

『ちょっと！　俺の運命の番に近づきすぎないでください！　いい加減怒りますよ！』

当然といえば当然の展開だが、存在を無視されていた雄大が俺とアダムを引き剥がし、間に割りこんできた。顔からはいつもの笑みが完全に消え失せ、いい加減怒ると言っておきながら、もはやほとんどぶち切れている。

アダムもでかいが、雄大もそこらのネトラント人αくらいかそれ以上のタッパがあるから、なかなか迫力のある構図だ。……俺からすれば、飼い主の危機に歯を剥いて威嚇している大型犬にしか見えねぇけど。

『君が翔の運命の番？　ふーん』

アダムは楽しそうな顔で、雄大を上から下までじろじろと眺めだした。雄大はますます表情を険しくしながら、俺を背中にかばうようにして両手を広げた。

――気持ちはうれしいが、雄大。多分、俺、お前よりよっぽど喧嘩強いと思うぞ。日々鍛えているから。αの特性でむだに筋力はあっても、ろくすっぽ運動もしてねぇインドアのお前には絶対負ける気はしないんだが。

『……何か？』

警戒を露わに冷たい声音で尋ねる雄大に、アダムはにっこり笑った。

『わあ。さすが、翔の運命の番だ。君も、すっごく可愛いね！　俺、バース性がどうとか気にしないから、一発俺とヤらない？　俺、すごく上手いよ』

……は？

まさかすぎる言葉にぽかんと目を見開いて固まる雄大の手を、アダムはぎゅっと握りしめた。

『あ、自己紹介がまだだったね。俺はアダム。翔と同じバース性の講義をとってるんだ。栗毛の可愛い子ちゃん、君の名前を教えてよ』

『あ、いや、俺は』

『さっきのキリっとした表情もよかったけど、いまの表情はもっと可愛いね！　あ、そうだ。日本人の名前いくつか知ってるから、当ててみせようか？　タカシ？　ケン？』

……おい、雄大。そんな半泣きの目で助けを求めるように俺を見るな。俺も会ったばかりで、そいつの対処法はよくわからん。俺以上に見るからにαな雄大を口説きはじめるとは、完全に想定していなかった。

暴走するアダムをどうやって止めるべきか戸惑っていると、不意に服のすそを引かれた。驚いて、思わず鼻を摘んでいた手を放してしまう。

『……ふうん。君が噂の「カケル」かあ』

上目遣いにそう言ってきたのは、天使のように愛らしい外見のΩの男だった。

背は低い。俺の胸くらいまでしかなく、日本人のΩともさして変わらなそうだ。しみ一つない真っ白な肌をしていて、はちみつ色の髪をおかっぱのように切りそろえている。手足は折れそうなくらいに細くて、すっと長い。零れそうなほど大きな瞳は、澄み渡った空のような青で、心なしかきらきらと輝いて見える。

何より、この匂い。Ωである俺でも酩酊しそうになるくらい、甘い甘い香りがする。おかげでアダムの匂いが気にならないが……もしかして、こいつもアダムと同じ体質なんじゃないだろうか。

近くのαが前かがみになっている。

そう思った瞬間、男は蠱惑的に微笑んだ。

『初めまして。翔。僕はエト。アダムの運命の番だよ』

美しい白い手がそっと俺の頬に添えられた瞬間、エトの蕾のように愛らしい唇が、信じられない言葉を吐いた。

『アダムの言ってた通り、君は本当に神秘的で格好いいね！　君の番も、すっごくタイプだけど。……ねえ翔。Ωなら童貞でしょ。僕が筆おろししてあげよっか？　Ωを相手にするのは初めてだけど、きっと満足させられると思うよ』
――それが、俺たちと貞操観念ゼロのフェロモン垂れ流しカップル、アダムとエトとの出会いだった。

◆

出会い方こそアレだったが、アダムもエトも決して悪い奴ではなかった。

フェロモンが制御できない自身の体質を知っているからこそ、望まない者があてられて困ったことにならないように配慮はしているし、一般常識や良識は意外にきちんと持ち合わせている。

二人とも人懐っこくて親切で、頭の回転も速く、話しているといろいろ勉強になる。生粋のネトラント人ということもあり、俺たちの知らない国の情報を教えてくれるし、一体どんな関わりかは知らんが、アダムの仲介でネトラントの医療機器会社の重鎮との伝手(つて)までできた。

ダチとしては、非常に得難い奴らだとは、心から思う。おそらく雄大も同じ意見だろう。

アダムとエト。二人と友人になったこと自体に、後悔はない。

『やあ翔。今日もエキゾチックで綺麗だね。今夜こそ俺と一発ヤらないか？』

――ただ、絶望的に貞操観念が欠如しているのだけはなんとかならねぇもんかとは、いつも思っちゃいるが。

『……何度断れば、お前は夜の誘いをやめるんだ。アダム』

『翔を魅力的に思えなくなった時だね。つまり、やめることはありえないな。美しい人を口説くのは、αの義務さ』

色っぽくウィンクされても俺にはちっとも響かないことは、いままでの経験則で知ってるだろうに。むしろ殴りたくなると以前ストレートに伝えてみたが、『過激な翔も素敵だよ！』と笑うばかりで、一向にやめる気配はない。

『俺を美しいなんて言う奴は、お前と雄大くらいだよ』

『まったく翔は無自覚さんだな！　日本ではどうか知らないけど、このネトラントで君を狙っているαは多いぜ。君は、α性とΩ性が融合した稀有な美を持っている。……それに、君はネトラントの平均的なΩとさして身長も変わらないしね』

頭一つ上にあるアダムのエメラルドの瞳を見上げながら、俺はため息を吐いた。

『褒めてもらってるのはうれしいが、どっちにしろ却下だ。俺には雄大がいる』

『まったく、どうして日本人というのは、こんなにも性に保守的なんだ！　番と、一夜のパートナーは別物だろ？』

『……運命の番がいて、よくそんなことを言えるな。お前』

『運命の番がいるからこそ、お互いの愉しみを尊重しているんじゃないか！　だって、どれほどつまみ食いしても、最終的には互いのもとに戻ってくるんだもの』

そんなことを言い募るアダムに冷たい眼差しを向けるが、アダムは『その目、ぞくぞくするよ。勃ちそう』と笑うだけだった。

『俺と二人が嫌だったら、雄大と三人でもいいよ。俺は雄大なら、αでも全然抱ける。というか、抱きたい。絶対可愛い』

『っお前、いい加減に……！』

『おや、噂をすれば、雄大とエトだ』

アダムの言葉に振り返ると、うんざりした顔でこちらに向かってくる雄大と、その周りをちょろちょろと子犬のようにまとわりつくエトの姿があった。

『ねえ雄大、今日こそ僕と一発ヤろうよ。日本人のαって抱かれたことないから、気になるんだ。前、外で僕の匂い嗅いだよね？　雄大だってαなんだから、僕の匂いにそそられたでしょ？』

『だから、嫌だって。どれほどエトの匂いがαの性欲誘うものでも、運命の番であるカケの匂いに比べれば大したことないし、まったく興味もないから』

『じゃあ、翔と一緒でもいいよ！　翔だったら僕、普通に抱かれてみたいし。いや、逆に僕が抱くほうでもいいかな。それはそれで楽しそうだよね』

『ぜっっったい、嫌だ!!』

あまりに既視感がある光景に絶句している俺をよそに、アダムはうれしそうに笑ってエトの体を抱きしめた。

『おお、さすが、俺の運命！　俺の唯一！　考えることは同じか！　というか、もういっそ４Ｐに持ちこんだら最高な気がしてるんだが』

『ああ、アダム！　天才だ！　さすが僕のダーリン。是非そうしよう。きっと最高の快楽を得られるはずだよ』

熱い抱擁を交わしながらそのままディープキスをしだした二人に、雄大とそろって顔を引き攣らせる。

「本当……世界は広いな」

こいつらのような性のかたちもあるのだと思うと、自分が悩んでいたことがだんだん小さなことのように思えてくる。それもまた、アダムとエトと友人になってよかったと心から思える理由の一つだ。

聞いていた以上に、この国は様々な性のあり方に寛容だ。

フェロモン垂れ流しのカップルが人前で堂々とベロチューをかましていても、すでに見慣れたいつもの光景としてみんなあっさり受け入れている。

アダムとエトだけじゃない。同じバース性や、子を生せない組み合わせで愛し合うカップルも、人目を気にすることなく堂々と大学や町中を闊歩している。

アダムとエトを見て真似するように、ふざけあいながらキスをしているのは両方Ω性の男女のカップルだし、馬鹿なことをしていると呆れたような目線を送りながら手をつないで通りすぎたのは、βの女同士のカップルだ。

「やっぱり……この国に来てよかった」

この国は、歪だと思っていた自分の性のあり方を当然のように受け入れてくれる。もちろんこの国にだって、好奇の目で見る人間はいるけど、それでも日本に比べればずっと少ない。こんな価値観の国もあると肌で感じられたことは、俺が日本でマイノリティとして生きることへの、勇気になる。

どれほど好奇や忌避の眼差しを向けられたとしても、人の価値観は多様だ。雄大が、家族がそうだったように、こんな俺のことを個性として受け入れてくれる人は、どこだって必ずいるのだ。

――そのことがうれしい一方で、ネトラントに来たからこその苛立ちも、あるっちゃあるのだが。

「……カケ」

不意に硬い声で俺の名を呼んだ雄大に、ガシリと肩を掴まれた。何故かその顔はひどく蒼白だった。

「カケはもしかして……アダムやエトの提案を受け入れたいの？」

「はあ？」

なんか、とんでもない勘違いをされている。

「俺はカケのやりたいことは、できるだけ応援しようと思ってるけど……それだけは、無理。我慢できない」

「………」

「もしカケが俺以外の男と寝たら、多分そいつ殺して、カケ閉じこめるから」

「……なんで男限定なんだよ」

「だって……カケは元々女の子が好きだから……女の子なら仕方ないかなって……」

泣きそうな顔でうなだれる雄大に、ため息が出る。

本当、こいつは何もわかってない。

「……お前さあ。嫉妬も、独占欲も、自分だけだと思ってんだろ」

「……え？」
ああ、腹が立つ。腹が立つ。
以前の一件を反省して、それ以来は行動でずっと示し続けてんのに。
それでもなお俺の気持ちとそして自分の現状を何もわかってねえ雄大にも。雄大を誘うエトにも、
雄大のケツを狙ってるらしいアダムにも。現在進行形で、雄大に性的な無視線を向けている奴らも。
全てが全て、腹が立つ。
普通に考えてみろ。俺の歪な性さえ受け入れてくれる寛容な国なら、日本でだって普通にモテる
雄大は、さらに性的視線を向けてくる奴が増えてモテまくっているってことだ。俺に馬鹿な冗談を
言ってくる奴はアダムを含めてごくわずかだけど、雄大は陰でたくさんの奴から本気で口説かれて
いることも知っている。
俺がそのたびに雄大の心変わりを心配していることなんか、こいつは知らないんだろう。
「……お前は俺ので、俺はお前のだろ。アホな心配する前に、お前はもっと俺から愛されている自
覚を持て」
「カケ……？」
「ああ、もう。そういうむだに可愛い表情、マジでやめろ。αの奴らまで気にしないといけなくなっ
たら、周りの奴らみんな敵に思わないといけなくなるじゃねぇか」
ああ、くそ……郷に入れば郷に従えだ。雄大の頬を両手で挟みこんで下を向かせ、背筋を伸ばす。
アダムが口笛を吹いて、エトがにやにや笑う。

周囲の奴らもざわついているが、お前らは普通にしていることだろ。ふざけんな。

衆人環視の中、俺は日本人としての慎みを全部投げ捨てて、周りの奴らに雄大が誰のものか見せつけるべく、深いキスを送った。

「………………」

しばらく固まっていた雄大だったが、俺が口内に舌を入れた瞬間、カッと目を見開くと、そのまま俺をばりっと引き剥がした。

「……なんだよ。やっぱりお前も人の視線は気に……っ」

次の瞬間、ふわりと体が浮いたかと思うと、雄大に俵抱きにされていた。

『……アダム、エト。代返』

次の講義は、アダムは俺と、エトは雄大と一緒だ。単語だけで意味を察したらしい二人は、顔を合わせてから笑って手を振った。

『今日の分のノートの写しもつけたげる。でも、貸しだよ。今度僕らのヒート中、よろしくね』

『いいけど。……絶対さ、君らヒート終わったあとまでヒート口実にしてヤってるでしょ。いつも期間長すぎだよ』

『野暮なこと言わないでくれよ、雄大。一度火がつくと、ヒート後も簡単には止められないんだよ。ヒート中のエトは天使のように美しくて、悪魔のように妖艶だからね』

『獣のようになったアダムがセクシーすぎて、期間が終わったあとも熱が冷めないんだから、仕方ないよね。……あ、思い出したらいますぐエッチしたくなっちゃった。やっぱり代返しないで、僕らもサボっていい？』

『だめ。カケを煽ったのは君らなんだから、責任取ってよね』

『ちぇっ。……まあ、僕らはさっきの空きコマでしてきたばかりだし、今回は譲ってあげるよ』

――なんだか、すごく不穏な会話をしているような。

つか、雄大。ヒート中でもないのに、なんだかめちゃくちゃ匂いが強くなってねぇか？　アダム並みに強烈なんだが……

番になったことで普段の雄大の匂いに耐性はついてきていると言っても、ここまで強い匂いはさすがに我慢できない。嗅ぎ慣れた、脳まで蕩かすような匂いに、自然と体が熱くなった。硬くなってきた性器が落ち着かなくて身じろぐと、雄大が小さく笑った。

――これだけ俺が誘発されてるってことは、雄大も間違いなく勃ってるだろ。お前の発情に引きずられているのに、笑われる筋合いねぇと言ってやりたいが、もはやそんな余裕はない。

『ヤり場にちょうどいい場所教えてあげよっか？』

『乱れたカケの姿を人に見せるのなんて絶対ごめんだから、家に帰るよ』

『ちぇ……覗きに行こうと思ってたのに。それにしても、服越しでわかるくらい、雄大の立派だね。アダムに負けてない』

『ええ、それはないよ。エト。絶対俺のが勝ってるって！　そうだ、雄大！　兜合わせで大きさ比べを……』

『早く講義行って』

しっしっと追い払うかのように手を振ってから、雄大は俺を担いだまま、足早にその場を去った。

俺と雄大のアパートメントは大学から近いが、それでもそれなりに重い俺を担いでいくのは、相当きついはずだ。それなのに雄大は、まるで何も持っていないかのような速足で、そのままスタスタとアパートメントへ向かった。


「……カケ。……カケ、カケ」

アパートメントの玄関に入るなり、その場に押し倒された。

呼吸も唾液も全て奪うかのような、荒々しい深い口づけに頭が朦朧（もうろう）としているうちに、服のすそから手を入れられた。そのまま、くりくりとこね回すように乳首をいじられ、体が跳ねる。

「……おま、こんなところでっ」

「ベッドまでなんて、待てない……ごめん」

番（つがい）になったあの日ですら、ベッドに連れていく余裕くらいはあっただろ――そんな言葉は、再び口内に差しこまれた雄大の舌によって封じられた。馴染んだ温かく柔らかいものが、口内を撫でる。

甘い。甘い。雄大の唾液も、全身から立ち上る匂いも、どこまでも。

口に流れこむ雄大の甘い唾を一滴たりとも取り零したくなくて、こくこくと喉を鳴らして必死に呑みこむ。

変な感覚だった。ヒート中よりもまだ理性は残っているのに、ヒート以外でする時のような余裕はなく、それでいてどうしようもないくらい興奮しきっている。

αの発情に当てられるのは、こんな感じなのか。ヒートとそうでない時を足して二で割ったみたいだ。そう思った瞬間、ズボンを中途半端に引き下げられ、雄大の指がつぷと肛門に当てられた。

「っ……おい。今日は、まだ準備して……」

「……大丈夫。ヒート以外の時に性行為を何度も繰り返してたら、Ωの体は朝の排泄時以外は、いつでも行為が可能なように変化するんだってさ。エトが教えてくれたよ」

ほら、見て——そう言って、雄大は俺の肛門を撫でていた指をそっと俺に見せた。

ヒート時期以外通常は分泌されない粘液が、見せつけるように開かれた雄大の指の間で、差しこむ西日にてらてらと光りながらねとりと伸びる。

「カケは気づいてないかもしれないけど、ここ最近ずっとこんな感じだったよ」

そう言えば、最近は毎朝軽い下痢のようなものが続いていたし、その一方でヒート前の【腸内洗浄期】がびっくりするほど軽くなっていた。後者のほうは雄大に抱かれるようになって、ホルモンバランスが安定した結果だと思っていたのだが……

知らぬ間に、体が作り替えられていた。その事実に、じわりと嫌悪感が湧き上がる。

バース性について学んでいるのだから、本来なら知っていて当然の情報だろうに、俺はいまだ性的なことに対するΩの知識に直面できていないことに嫌でも気づかされる。

怖い。気持ち悪い。……けれどそんな感情は、雄大によって与えられた快感で、すぐに上書きされた。肛門は、既に受け入れ慣れた雄大の指を当然のように咥えこみ、引きこむようにぱくぱくと収縮する。

「……ん……あ、あ、あ」

「でもやっぱり、ヒート中に比べたら分泌量が少ないね。……少し足しとこ」

気持ちいい場所を刺激していた指が引き抜かれ、名残り惜しげにひくつくそこに、今度は雄大の生ぬるい舌が差しこまれた。筒状にすぼめられた雄大の舌先から、どろりと唾液が注ぎこまれる。甘い香りが体内に入りこむようで、一層性器が熱く昂るのがわかった。

そこだけじゃなく、前も触ってほしい。……じゃなければ、自分の性器が飾りのように思えてしまう。

αや男性のβと違い、Ωである俺の男性器には生殖能力はなく、ただの性感帯の一つにすぎないことはわかっている。

けれど、自分をΩ以外の男性体だと信じて生きた身としては、性器がなくても絶頂できる事実を受け入れたくなくて。けれど、そのことを雄大に告げるのは、どうしてもためらわれて。

「……ん……んっんん」

気がつけば俺は、自らの性器を握りしめて必死に慰めていた。雄大から与えられる肛門への刺激を上書きするように、先走りを零して濡れそぼるそれを夢中で扱いた結果、快感が相乗されて目の前がチカチカした。

「んんああ……ふぅっ……」

……何をやってるんだ。俺は。何を。

自分の手の中に精子を吐き出してから、急速に訪れた賢者モードにより、自分がどれだけ恥ずかしいことをしていたか気づかされる。

本当だったら、ここはシックスナインでもして、雄大を追いつめて溜飲を下げるべきところだろうに。——雄大を放ったらかして、一人で盛り上がってイクだなんて。……最悪だ。ケツだけでイクよりよほど恥ずかしい。

「……ちが……雄大、いまのは」

何も違わないのに、言い訳のように出てきた言葉は、すぐに雄大の唇と舌によって封じられた。

「カケ……すげぇ可愛い……」

聞き慣れたはずの台詞なのに、どうしてかいまはひどくその言葉が突き刺さった。たとえ俺がΩでなかろうと、雄大が同じ言葉を口にしただろうことは、わかりきっているのに。

「ごめ……そろそろ限界……物足りないだろうけど、いっぺんまず挿れさせて……」

いつもだったら、お預けをくらった犬のように、絶対俺の許可を取らずに挿入したりしないのに、今日はよほど余裕がないらしい。荒い息を吐きながら、雄大は膝にかかったままだった俺のズボンだけかろうじて下着ごと引き抜くと、そのまま昂った性器を肛門に押しこんできた。

「……んんっ」

肉食獣に牙を突き立てられるかのような勢いで、雄大の性器がずぶりと体内に押し入ってくる。

いつもより前戯が足りないので、少しきつい。けれど玄関先で、下半身以外の……雄大に至っては性器以外露出していないような状態でセックスにもつれこむのは初めてで。雄大の匂いにあてられていることもあって、異様に興奮した。

もはや完全に性器と化した肛門が、まさにこれが欲しかったのだと、涎をたれ流しながら硬くて太い愛しい番の性器を咥えこみ、うれしそうにきゅうきゅうに締めつける。

「あ……んんんっ……」

ベッドルームは防音だけど、ここはどうなんだろうか。ひょっとしたら玄関先を通りかかった人間には、俺のこの気持ち悪い声が聞かれてしまっているのではないだろうか。そう考えたら、胸の奥が重くなるのに、快感はますます強くなった。

気持ち悪い。気持ち悪い。……気持ち悪いのが、気持ちいい。

頭はどれだけ否定しても、体はどこまでもΩなことを改めて思い知らされる。

玄関の靴箱には、身支度を整えるための鏡があって、雄大に貫かれている自分の姿を嫌でも直視することになった。

頬を染めて快感に喘ぐ俺の姿は、どこまでもΩそのもので。体と顔のアンバランスさが、どうしようもなくおぞましく見えた。

――何が稀有な美だ。ただただみっともなくて、醜悪なだけじゃねぇか。吐き気がする。

そう思った瞬間、荒い息を吐きながら腰を動かしていた雄大に、頬を押さえこまれた。

「……よそ見、しないで。カケ。俺だけ、見てて」

「ん……ああ、ぁああ！　雄大、深っ……んんんっっっ」

奥の気持ちいいところを、がつがつと咀嚼するように突かれて、頭の中が真っ白になった。

雄大から与えられる快感以外何も考えられなくなって、開きっぱなしの口の端からだらだらと涎を零しながら、その広い背中にすがりつく。

「……っ好きだよ、カケ……大好き。……Ωとか、運命の番とか関係なく、そのままのカケが、好きなんだ」

「ああ……ああっ……んんんっ！」

「だから、いまはΩがどうとか、考えないで……ただ、俺の、ことだけ……考えてて……っ！」

「ぁあっ……！」

雄大の肩に顔を埋めるようにして必死にうなずきながら、腰の動きと合わせて押しつけられる雄大の腹筋に、俺は本日二度目の精を吐き出したのだった。


「……だめだな。俺は」

ベッドの上でうつぶせになり、痛む腰をさすりながら、賢者モードと合わさった自己嫌悪に沈む。

結局あれから、ベッドで第二ラウンド、次はシャワーで第三ラウンドがはじまり、気がつけばすっかり夜も更けてしまった。

「ええー。俺はすごく満足だけどなあ。たまにはいいじゃない。ヒート中以外に、講義サボってイチャイチャする日があっても。俺らがだめ人間なら、アダムとエトはどうなるのよ」

「あれと比べるな。……って、違ぇよ。俺がだめだって言ってるのは、授業サボってヤってたことじゃねぇって、わかってて言ってるだろ」

第四ラウンドをおっぱじめそうな勢いで、頬にキスを落としながらすり寄ってきた雄大を引き剥がし、ため息を吐く。

「……また、Ωがどうとか、考えちまった」

――アダムとエトを見て、多様性を認めるネトラントの在り方に感動したばかりだっつーのに。郷に入れば郷に従うべきだと、好奇の目を覚悟で人前で雄大とベロチューして周りに見せつけてやったのに。

結局俺は、「Ω」はどうであるべきだとか、いままで通りの凝り固まった考えに陥って、自分が抱かれることに対して嫌悪感を抱いてしまう。一体俺は、ネトラントに来て何を学んでいるんだ。俺を差別しているのは、周りの人間じゃなく、俺自身じゃねぇか。

枕に顔を埋めて落ちこむ俺に、雄大は呆れたようにため息を吐いた。

「……あのねえ、カケ。多様性を認めるってことは、自分がΩであることに嫌悪感を抱くカケを否定することじゃないよ。むしろ逆」

「……どういう意味だ？」

「自分に嫌悪感を抱いてしまうカケも、多様性の一部だって認めて肯定するべきだってこと」

そう言って、雄大は俺の手を握って、微笑んだ。

「カケが抱えているのは心の問題でもあるんだから、完全に克服できなくて当然なんだよ。カケだって、そればっかりは一生治せないと思うって以前言ってたじゃない。だからこそ、カケはそんなありのままの自分を認めて、許してあげないと。否定して無理に抑えこもうとするんじゃなくさ」

――そうだ。雄大は、こういう奴だった。こいつはいつだって、俺のありのままを受けとめてくれる。

「だけど……やっぱり、お前は傷つくだろ。俺がΩであることを否定すると」

それはつまり……番(つがい)としての絆を否定していることに他ならないから。

けれど雄大は、笑顔で首を横に振った。

「全然。言ったでしょ。俺、カケならバース性なんて関係ないんだって。たとえ運命の番(つがい)じゃなくても、俺はカケを選んだって言ったの、忘れちゃったの？」

「だけど……」

「むしろ……勝手なことを言わせてもらえば、少しうれしくもある、かな」

少しばつが悪そうにそう口にして、雄大は頬をかいた。

「うれしい？」

「カケが苦しんでいるのに、こんなこと思うのは不謹慎だってわかってるんだけど……こんなにΩであることに苦しみ続けているカケが、それでも俺の隣に居続ける未来を選んでくれているんだって思ったら、どうしてもうれしいって思っちゃうんだ。勝手でごめんね。カケ」

ごめんねと謝っておきながらも、少し困ったような表情で笑う雄大は幸福そうで、そこに以前のような悲愴感はない。

「お前、本当変わったな。……なんつーか、図太くなった」

「そう？　だとしたら、カケが約束通り、毎日俺を幸せにし続けてくれたおかげかな。でも、根本的にはなんも変わってないと思うよ。カケがアダムたちの提案に乗るかもって思っただけで一気に情緒不安定になったし」

「俺があんな提案乗るわけねぇだろ」

「わかってるけど……でも、もしかしたらって、思っちゃうんだ。どうしても」

そう言って雄大は、握りっぱなしだった俺の右手を自分の頬に当てた。

「ねえ、カケ。遠い国に来て、いままで知らなかったような価値観に触れると、人間はすごく変わった気になるけど、実際そんな簡単に変われないいんだよ。いままでの在り方を変えるのには、どうしたって時間が必要なんだ。だから、ネトラントに来たからって、急に焦らなくてもいいんだよ」

雄大の言葉は、オブラートやらゼリーやらで包んで飲みこみやすくした薬みたいに、すとんと胸に落ちてきた。

焦らなくてもいい、か……確かに先進的なネトラントの性意識や、それを体現したようなアダムたちに会って、俺は焦っていたのかもしれねぇな。

「変わるのが怖いって思ってたカケが、変わらなきゃって焦ってるだけで十分進歩だと思うし、些細なことでカケに嫌われるって怯えてた俺が、カケに愛されてるって素直に思えるだけで、すごいことだと思うよ。だからさ、一緒にゆっくり変わっていこうよ。カケ。無理せず、自然のままに」

変わっていくカケも、変われないカケも……そして変わる前のカケも、全部大好きだからさ。そう言って、雄大が手の甲に唇を落とした瞬間、泣きそうになった。

『――忘れ、ないよ』

『俺は、カケの全てが好きだから……過去のカケも、いまのカケも、未来のカケも、全部引っくるめて好きだから、俺は、忘れないよ。……たとえカケが忘れても、絶対に俺だけは覚えているから』

あの時の約束を、雄大は違うことなく守り続けてくれている。

「……さて、そろそろ寝るか。明日はどんな一日になるかな」

滲む涙を誤魔化すように、再び枕に顔を埋めながら口にした言葉に、雄大は苦笑いを浮かべた。

「……まあ、間違いなくアダムとエトにはからかわれるだろうね」

「間違いないな」

「でも……明日もきっと幸せな一日だよ。だって、カケが一緒にいてくれるんだから」

ぎゅっと拳を握りしめながらそう告げられ、自然と笑みが漏れる。

――今日より明日。明日より明後日。ずっと幸せにしてやると言ったけど、結局幸せになっているのは俺のほうだな。

そんなことを思いながら、雄大の手を強く握り返して、目をつぶった。

明日も、明後日も。そして、それを何千何万と繰り返した先にも、この愛しい温もりが隣にあることを願いながら。

この作品に対する皆様のご意見・ご感想をお待ちしております。

おハガキ・お手紙は以下の宛先にお送りください。

【宛先】

〒150-6008 東京都渋谷区恵比寿 4-20-3 恵比寿ｶﾞｰﾃﾞﾝﾌﾟﾚｲｽﾀﾜｰ 8F
（株）アルファポリス　書籍感想係

メールフォームでのご意見・ご感想は右のＱＲコードから、
あるいは以下のワードで検索をかけてください。

アルファポリス　書籍の感想

ご感想はこちらから

本書は、「アルファポリス」（https://www.alphapolis.co.jp/）に掲載されていたものを、
改題・加筆・改稿のうえ、書籍化したものです。

この物語はフィクションです。
一部、飲酒に関する表記がありますが、
未成年者の飲酒は法律で禁止されています。

隠れΩの俺ですが、執着αに絆されそうです

空飛ぶひよこ（そらとぶひよこ）

2021年 9月 20日初版発行

編集－渡邉和音
編集長－倉持真理
発行者－梶本雄介
発行所－株式会社アルファポリス
〒150-6008 東京都渋谷区恵比寿4-20-3 恵比寿ｶﾞｰﾃﾞﾝﾌﾟﾚｲｽﾀﾜｰ8F
TEL 03-6277-1601（営業） 03-6277-1602（編集）
URL https://www.alphapolis.co.jp/
発売元－株式会社星雲社（共同出版社・流通責任出版社）
〒112-0005 東京都文京区水道1-3-30
TEL 03-3868-3275
装丁・本文イラスト－春日絹衣
装丁デザイン－AFTERGLOW
（レーベルフォーマットデザイン―円と球）
印刷－中央精版印刷株式会社

価格はカバーに表示されてあります。

落丁乱丁の場合はアルファポリスまでご連絡ください。

送料は小社負担でお取り替えします。


ISBN978-4-434-29381-8 C0093